Hans Haug

Im Schatten
des Klosters

GRUND RISS über das CLOSTER BEBENHAUSEN

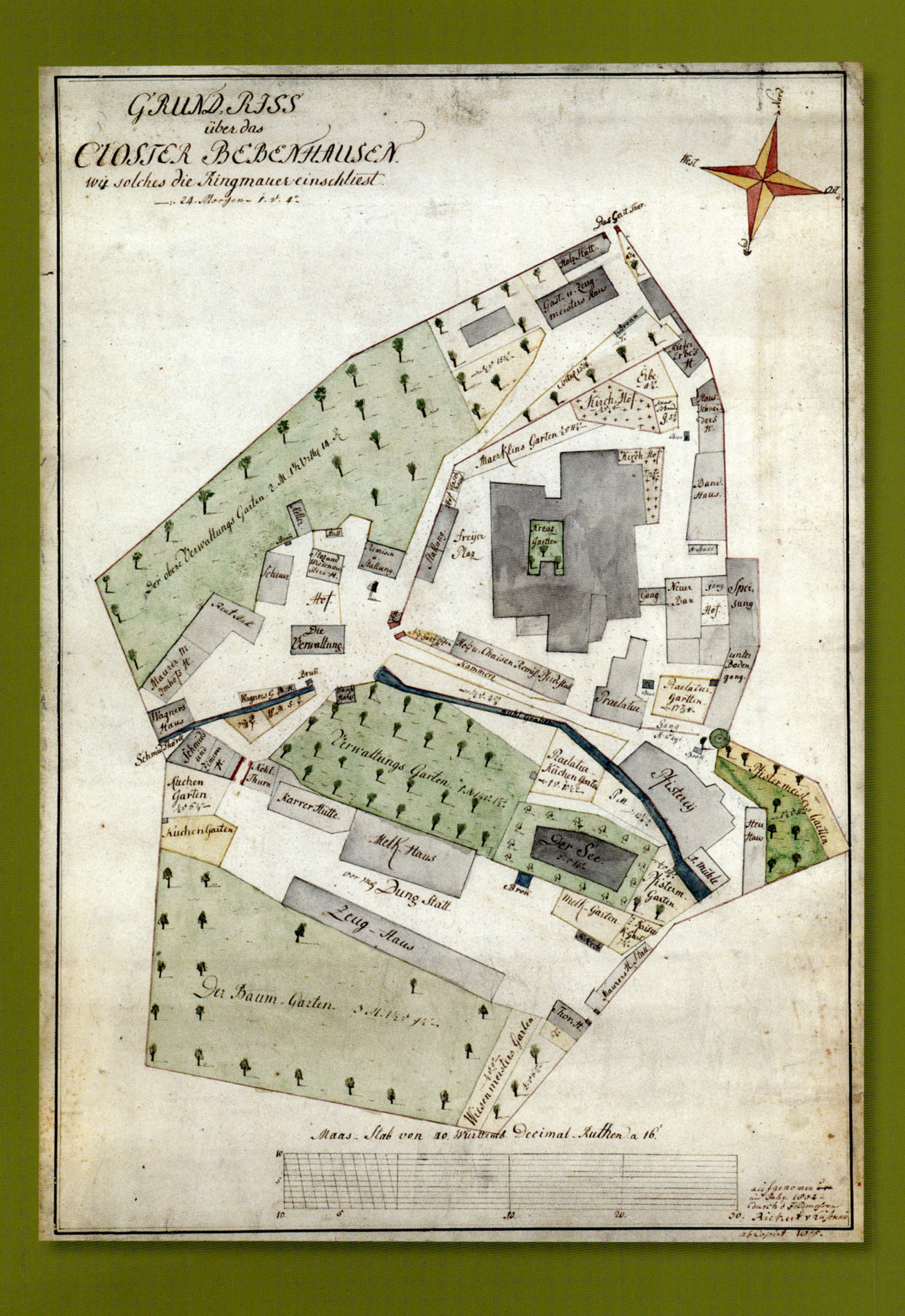

wie solches die Ringmauer einschliest.

Hans Haug

Im Schatten des Klosters

Eine Ausnahmeerscheinung
unter den Dörfern Württembergs

Das Dorf Bebenhausen

Silberburg-Verlag

Der Autor:
Hans Haug, Jahrgang 1941, ist Nachfahre der seit dem 17. Jahrhundert in Bebenhausen ansässigen Klosterküferfamilie Erbe und ausgewiesener Kenner der Dorfgeschichte. Sein Vater machte im Dorf wesentliche Veränderungen mit: 1932 jüngster Angestellter der ehemaligen Königin Charlotte von Württemberg, nach dem Zweiten Weltkrieg Mitarbeiter des Landtags von Württemberg-Hohenzollern, dann Schlossverwalter.

Einbandvorderseite:
Heuernte im Prälatengarten 1912, und Wappen der Gemeinde Bebenhausen. Heraldische Beschreibung: Das der Gemeinde Bebenhausen 1948 verliehene Gemeindewappen zeigt in Grün einen von Rot und Silber doppelreihig geschachten Schräglinksbalken, den so genannten Zisterzienserbalken.

Einbandrückseite: Kinderumzug durchs Dorf, 1957.

Vorderes Vorsatzpapier:
Karte des Naturparks Schönbuch, Stand 2012.

Seite 2:
»Grundriss über das Closter Bebenhausen wie solches die Ringmauer einschliest, aufgenommen im Jahr 1802 durch den Feldmeister Rieckert v. Lustnau.«

1. Auflage 2013

© 2013 by
Silberburg-Verlag GmbH,
Schönbuchstraße 48,
D-72074 Tübingen.
Alle Rechte vorbehalten.
Umschlaggestaltung:
Anette Wenzel, Tübingen.
Druck: Gulde Druck,
Tübingen.
Printed in Germany.

ISBN 978-3-8425-1265-8

Besuchen Sie uns im Internet
und entdecken Sie die Vielfalt
unseres Verlagsprogramms:
www.silberburg.de

Inhalt

Vorwort — 7

Wie Bebenhausen zur Gemeinde wurde — 8

Die schweren Anfangsjahre der jungen Gemeinde — 16

Bebenhausen und die württembergischen Könige — 21

Das Dorf und König Karl — 21

Das Dorf und König Wilhelm II. — 28

Witwensitz von Charlotte,
der letzten Königin Württembergs — 38

Die Zeit des Nationalsozialismus und des Zweiten Weltkriegs — 42

Das Kriegsende — 50

Unter französischer Besatzung — 53

Wohnort der ehemaligen Reichsfrauenführerin — 55

Die Jahre nach dem Krieg — 57

Das Dorf heute — 65

Gemeindeverwaltung und öffentliche Einrichtungen — 71

Die Gemeindedienste — 74

Die Feuerwehr — 75

Die Post — 76

Der Kindergarten — 78

Die Gemeindebücherei — 78

Der Friedhof — 78

Das Wasch- und Backhaus — 79

Das Jagd- und Forstwesen — 81

Die Herrschaftsjagd im Schönbuch — 82
Die Waldgerechtigkeiten und deren Auswirkungen — 85
Die weitere Entwicklung im 19. Jahrhundert — 89
Vom königlichen Oberforstamt zu einem Zentrum für das Jagd- und Forstwesen — 95

Die Kirche und kirchliches Leben — 98

Die Glocken — 101
Die Orgeln — 104
Der Kirchenchor — 105
Kinderkirche, »Stund« und Mädchenkreis — 107

Die Schule — 108

Die alten Häuser im Dorf — 115

Die Gasthöfe — 124

Die Landhäuser — 131

Menschen im Dorf — 136

Anhang — 146

Das Dorf in Zahlen — 146
Quellen- und Literaturverzeichnis — 148
Ein Dank — 150
Bildnachweis — 151

Vorwort

Während die Wurzeln des Zisterzienserklosters Bebenhausen mehr als 800 Jahre zurückreichen, wurde der zu seinen Füßen liegende Ort erst im Jahr 1823 zu einer selbständigen Gemeinde. Die Geschichte dieses Dorfes weist viele besondere Aspekte auf, nicht zuletzt auch als ein bedeutender Erinnerungsort für das Königreich Württemberg und den Südweststaat. Umso erstaunlicher erscheint es, dass sie bis heute nicht grundlegend aufgearbeitet worden ist. In der hier vorliegenden Ortschronik wird sie nun erstmals ausführlich und kenntnisreich dargestellt.

Der Autor ist selbst Nachkomme einer der 17 Familien, die 1823 in der neu gegründeten Gemeinde Grundbesitz erwarben und damit zu den ersten Einwohnern des Dorfes wurden. Er hat die historische Entwicklung der bürgerlichen wie der kirchlichen Gemeinde, die Entstehung des Ortsbilds und das Alltagsleben der Einwohner von den Anfängen bis in die Gegenwart gründlich recherchiert. Dabei konnte er auch auf ein umfangreiches Familienarchiv zurückgreifen. Vor allem aber enthält das Werk zahlreiche Geschichten und persönliche Erinnerungen von heute noch im Ort lebenden älteren Menschen, nicht zuletzt von ihm selbst. Sie sind bisher nur mündlich überliefert, aber werden nun in seiner Ortschronik festgehalten und damit vor dem Vergessen bewahrt. Die enge Verbundenheit des Autors mit dem Dorf ist sehr deutlich spürbar und verleiht dieser Ortschronik eine besondere und ganz persönliche Note.

Die regionalen und überregionalen Bezüge, in die Bebenhausen vor allem im 20. Jahrhundert eingebunden war, machen dieses Werk nicht nur für heutige wie ehemalige Bewohner des Orts zu einer aufschlussreichen Lektüre, sondern auch für alle, deren Interesse der Geschichte unseres Landes gilt.

Ich wünsche dem Buch, dass es zahlreiche aufmerksame Leser finden möge.

Bebenhausen, im Juli 2013
Barbara Scholkmann

J. B. Keckeisen: »Ansicht von dem Königlichen Jagdschloß und Dorf Bebenhausen bei Tübingen.« Kolorierte Lithographie, 1828.

Wie Bebenhausen zur Gemeinde wurde

Das Dorf Bebenhausen war und ist bis heute, anders als andere Dörfer, etwas Besonderes, eine Ausnahmeerscheinung, wie Bebenhausen in der Kreisbeschreibung von 1972 zutreffend bezeichnet wird. Dies hat seinen Grund darin, dass seine Geschichte und sein Schicksal untrennbar mit dem Kloster verknüpft sind. Die Geschichte und Geschicke des Klosters haben die Entstehung und Entwicklung des Dorfes bis in die Gegenwart wesentlich mitbestimmt, was sich umgekehrt nicht feststellen lässt. Die Existenz des Dorfes liegt vielmehr »im Schatten des Klosters«. Besonders deutlich wird dies, wenn man sich die zahlreichen Bücher ansieht, die seit der Gründung der Gemeinde 1823 über Bebenhausen veröffentlicht worden sind. Nahezu alle von ihnen erwähnen das Dorf überhaupt nicht oder bilden es nicht ab. Gleiches gilt für die Dichter, die Bebenhausen besungen haben, wie Ludwig Uhland, Karl Gerok, Eduard Mörike oder der Bebenhäuser Pfarrer Wilhelm Pressel. Erst Barbara Scholkmann, Ortsvorsteherin von Bebenhausen in den Jahren 1985 bis 1994, befasste sich ausführlich mit der Geschichte des Dorfes und stellte gemeinsam mit ihrem Mann, Klaus Scholkmann, anlässlich der 800-Jahr-Feier des Klosters 1987 eine viel beachtete Ausstellung zusammen: »*Das Dorf Bebenhausen – aus der Geschichte der Gemeinde seit 1823.*«

Der Name Bebenhausen, früher auch Bebinhausen oder Bebenhusen, ist ein Ortsname aus der Zeit des älteren alemannischen Landesausbaus im 7. und 8. Jahrhundert, dessen hinzugefügter Personenname Bebo als Familienname in Tübingen noch im 14. Jahrhundert belegt ist. Lange Zeit wurde der Name des Dorfes auf einen Einsiedler namens Bebo zurückgeführt, der um das Jahr 1100 im Schönbuch seine Klause gehabt haben soll. Doch es gab hier schon im 8. Jahrhundert einen Ort, wie archäologische Ausgrabungen inzwischen sicher erwiesen haben. Dieser an der damals wichtigen »Via Rheni«, der von Speyer über Ulm nach Augsburg führenden Rheinstraße, gelegene Ort, an dem das Hochstift Speyer Rechte an der Kirche und an den dortigen Gütern besaß[1], musste dann dem Klosterbau weichen. Erkenntnisse darüber, wie groß er war, wie viele Höfe er umfasste und wie viele Menschen in ihm lebten, gibt es nicht, denn seine Überreste liegen, wenn sie nicht zerstört sind, unter der heutigen Bebauung. Überlebt hat der Ortsname, der zum Klosternamen wurde, um viele Jahrhunderte später erneut einem Dorf den Namen zu geben, dem heutigen Bebenhausen.

Aber was führte zu der Gründung eines neuen Dorfes Bebenhausen im Jahr 1823? Um dies zu verstehen, ist ein kurzer geschichtlicher Rückblick notwendig.

Zwei alte Ansichten von Kloster und Dorf Bebenhausen: Ansicht von Nordwest, Andreas Kieser, 1683 (oben); Holzschnitt von 1622 (unten).

---

(1)   Sydow, Bebenhausen S. 51.

Johannes Steiner: Bebenhausen, 1576 (Ausschnitt). Feder in Braun, Pinsel auf Grau.

Nach der Aufhebung des Klosters in der Reformation wurde hier unter Herzog Christoph von Württemberg im Jahr 1556 eine der neuen Klosterschulen Württembergs eingerichtet, in der Knaben aufgenommen und auf das Studium der evangelischen Theologie vorbereitet wurden. Neben den Schülern (Alumni), den Lehrern (Präzeptoren), dem Schulvorsteher (Prälat/evangelischer Abt), dem Schuldiener (Famulus) sowie dem Klosterverwalter mit ihren Familien wohnten am Ort die »Klosteroffizianten«. Es waren Angestellte des Klosteramts, die für den Betrieb der Schule und den Unterhalt der Klostergebäude zu sorgen hatten.

Während sogar die kleinsten zum Klosteramt gehörenden Orte einen Ortsvorsteher, einen »Schultheiß«, hatten, gab es einen solchen in Bebenhausen nicht. Denn in Bebenhausen nahm für die hier wohnenden Angestellten des Klosteramts, die Offizianten, der Vorsteher der Klosterschule, der evangelische Abt, weitgehend dieselbe Stellung ein wie der frühere Klostervorsteher, der Zisterzienserabt. Die Klosteroffizianten wiederum waren dem Klosterverwalter unterstellt, der wegen der *»überauß starcken oeconomie«*[2] des Klosters ein wichtiges Amt innehatte. Als Angestellte hatten die Offizianten hier kein Wohnrecht. Sie mussten vielmehr in ihre Heimatgemeinden zurückkehren, wenn sie etwa altershalber aus dem Dienst ausschieden, es sei denn, der Sohn übernahm das Amt vom Vater, was häufig geschah. So sind die Küferfamilie Erbe und die Schmiedfamilie Volle bereits ab dem 17. Jahrhundert in Bebenhausen nachweisbar, ebenso wie die Familie Heller und die Familien von drei aus dem Kanton Bern in der Schweiz zugezogenen Brüdern Schleppe.[3] Einziger selbständiger Bewohner am Ort war der Besitzer der Ziegelhütte.

Die Klosteroffizianten waren größtenteils gut ausgebildete Handwerker, besaßen als Angestellte des Klosteramts eine privilegierte Lebensstellung und die Klosterschüler (Alumni) waren gehalten, *»gegen die Closterbediensteten ... auch höflich und bescheiden (zu) seyn, vor*

---

(2) Fischer J., S. 159.
(3) Heutige Schreibweise dieses Familiennamens in der Schweiz: Schläbi.

Wie Bebenhausen zur Gemeinde wurde

Klosterschreiber Johannes Bab, 1653. Wappenscheibe (Ausschnitt) im Rathaus Tübingen-Lustnau.

Lehrer und die Schüler der Klosterschule, und im »Karchhaus«, im heutigen Kasernenhof gelegen, betrieb der Schuster seine Werkstatt.

Dieser geruhsame Tagesablauf kam allerdings dann durcheinander, wenn im Schönbuch Hofjagden[6] anstanden und die Offizianten bei der Reparatur und Pflege des Jagdzeugs gefordert waren, das im Zeughaus bzw. Karrenhaus gelagert wurde. Die Kinder der Offizianten besuchten gemeinsam mit den Kindern der Lehrer an der Klosterschule die Dorfschule. 1793 lebten hier, wie die in diesem Jahr erstellte »Seelentabelle«, eine Personenstatistik des herzoglichen Oberamts Tübingen, ausweist, 226 Menschen.

Durch die Ereignisse der großen Politik änderte sich 1806/07 das bisher eher beschauliche Leben und Arbeiten der Offizianten sehr plötzlich. Württemberg wurde, als Folge der Kriege Napoleons, ein Königreich und der bisherige Herzog Friedrich wurde König. Da er größtes Interesse an der Jagd hatte, verfügte er die Auflösung der Klosterschule in Bebenhausen, denn er brauchte die Gebäude des ehemaligen Klosters, um dort ein Jagdschloss als Zentrum für Jagden im Schönbuch einzurichten. Bereits im »Organisationsmanifest« vom 18. März 1806 war bestimmt worden, dass die Klosterschule in Bebenhausen aufgehoben und mit der in Maulbronn vereinigt werde. Vor einer geplanten Jagdpartie befahl der König dann im Oktober 1806 kurzerhand die Räumung des Klosters und die 19 Klosterschüler mussten mit ihren beiden Lehrern, Hauff und Märklin, nach Maulbronn ausweichen. Nach der Jagd, im November 1806, konnte der Schulbetrieb für kurze Zeit dann wieder aufgenommen werden. Doch im April 1807 siedelten die Lehrer mit ihren Familien und die Schüler endgültig nach Maulbronn über. Der Prälat (ev. Abt) von Bebenhausen, Georg Friedrich Dapp, für den bereits ein Nachfolger bestimmt war[7], erlebte das Ende der Klosterschule nicht mehr, er starb zwei Wochen vor dem Umzug der Lehrer und Schüler im Alter von 87 Jahren.

denen höheren Closteroffizianten, sobald sie nur einen erblickhen, ihre Kappen oder Hüte ab(zu)ziehen«.[4] Ihr Tagesablauf richtete sich über Jahrhunderte nach dem Tagesablauf der Klosterschule und es herrschte, so wird berichtet, »eine gewisse Behaglichkeit« unter ihnen. Der Maurer, der Zimmermann, der »Ziegler«, sie alle kümmerten sich um den Unterhalt der Klostergebäude. Der Schmied beschlug die im »Langen Stall« im heutigen Kasernenhof untergebrachten Pferde, der Wagner war für das Fuhrwerk verantwortlich. Der Wiesenmeister hatte für einen guten Zustand und Ertrag der Wiesen zu sorgen und war für die Obsternte zuständig. Der Küfer sorgte dafür, dass der Prälat einen guten Wein bekam und vermerkte dann in seinem Küferbuch: »Dem Herrn Prälaten seinen Besoldungswein in den Keller geschläuchet.«[5] Außer den üblichen Küferarbeiten oblagen ihm auch die Verwaltung des Weinkellers und dessen Bestände sowie die Belieferung des Tübinger Stifts mit Wein. Der Müller mahlte in der Klostermühle das Korn, der Schneider nähte im Schneidereigebäude, das hinter der Klosterkirche neben dem Bandhaus liegt, die Gewänder für den Abt, die

Nach der Überlieferung in der Familie des Klosterküfers Erbe kam König Friedrich damals mit einem Sechsspänner durch den Schönbuch über den alten »Roten Graben« herab zum Schreibturm und wurde dort von den Lehrern und Schülern der Klosterschule begrüßt. Vor

---

(4)   Hauptstaatsarchiv A 474 L Bü 77/29.
(5)   Erbe, Küferbuch. Den Prälaten und auch den Präzeptoren der Klosterschule wurde ein guter Teil ihrer Besoldung in Naturalien gereicht.

(6)   s. unter »Die Herrschaftsjagd im Schönbuch«.
(7)   Dapps Nachfolger August Friedrich Bök war noch bis zur Auflösung der Prälatur Bebenhausen im Jahr 1810 Prälat (ev. Abt) von Bebenhausen.

dem Turm teilte er ihnen dann kurz und knapp mit: »*In 4 Wochen komme ich wieder, da will ich keine Schwarzröcke mehr sehen, die Klosterschule kommt nach Maulbronn.*«[8] Es war die unmissverständliche Aufforderung an die Lehrer und Schüler zu einem schnellen Umzug.

Zurück blieben jetzt die stellungslosen Offizianten, denen die Grundlage ihres Lebensunterhalts entzogen war. Zunächst, so scheint es, beschlossen die meisten auszuharren, denn 1811 lebten noch 170 Menschen am Ort, etwa die Zahl, die übrig bleibt, wenn man die weggezogenen Schüler und die Lehrerfamilien abrechnet. Sie scheinen zum großen Teil Verdienstmöglichkeiten dadurch gefunden zu haben, dass König Friedrich Bebenhausen zum Jagdzentrum ausbaute. Die Errichtung neuer Großbauten wie des großen und kleinen Jagdzeughauses als Magazine, Bauunterhalt und Dienstleistungen im Zusammenhang mit dem Jagdschlossbetrieb ermöglichten offenbar den ehemaligen Offizianten, oder doch den meisten von ihnen, ein Überleben im Ort.

Erst der Tod König Friedrichs 1816 und der Regierungsantritt seines Nachfolgers Wilhelm I. bedeuteten den endgültigen Verlust ihrer Existenzgrundlage. Denn der neue König machte nicht nur dem Jagdbetrieb hier ein Ende, er ging vor allem daran, das ganze Land neu und modern zu organisieren. Das Klosteramt Bebenhausen, bis 1807 eine eigene Verwaltungseinheit mit zuletzt 9561 Einwohnern[9], wurde dem Staat eingegliedert und seine Besitzungen schließlich den Oberämtern[10] Tübingen, Herrenberg, Böblingen und Rottenburg zugeteilt. Nach der ab 1817 erfolgten Neuordnung der Ausbildung für die evangelischen Theologen Württembergs stand endgültig fest: Neben Maulbronn wurde Schöntal an der Jagst nun höheres Seminar und Bebenhausen war nicht mehr dabei. Die Klosteranlage war für den Staat nutzlos geworden, sie sollte verkauft oder abgerissen werden. Die Menschen in Bebenhausen hatten nun alles verloren: ihre Verdienstmöglichkeiten, ihren Status und ihre verwaltungsmäßige Zugehörigkeit. Bebenhausen war sozusagen »gar nichts mehr« und musste auf eine neue Grundlage gestellt werden.

---

(8) *Archiv des Verfassers.*

(9) *Fischer J. S. 162. In der Kreisbeschreibung 1972 werden für das Jahr 1805 8630 Seelen genannt (Bd. II, S. 29).*

(10) *Vorläufer der heutigen Landkreise.*

Links: »Feierabendziegel« des Klosterzieglers Johann Christoph Heller, 1743. (Privatbesitz.)

Rechts: Holzzirkel von Christian Eberhardt Erbe, Klosterküfer und erster Schultheiß der Gemeinde Bebenhausen, 1792. (Privatbesitz.)

Wie Bebenhausen zur Gemeinde wurde

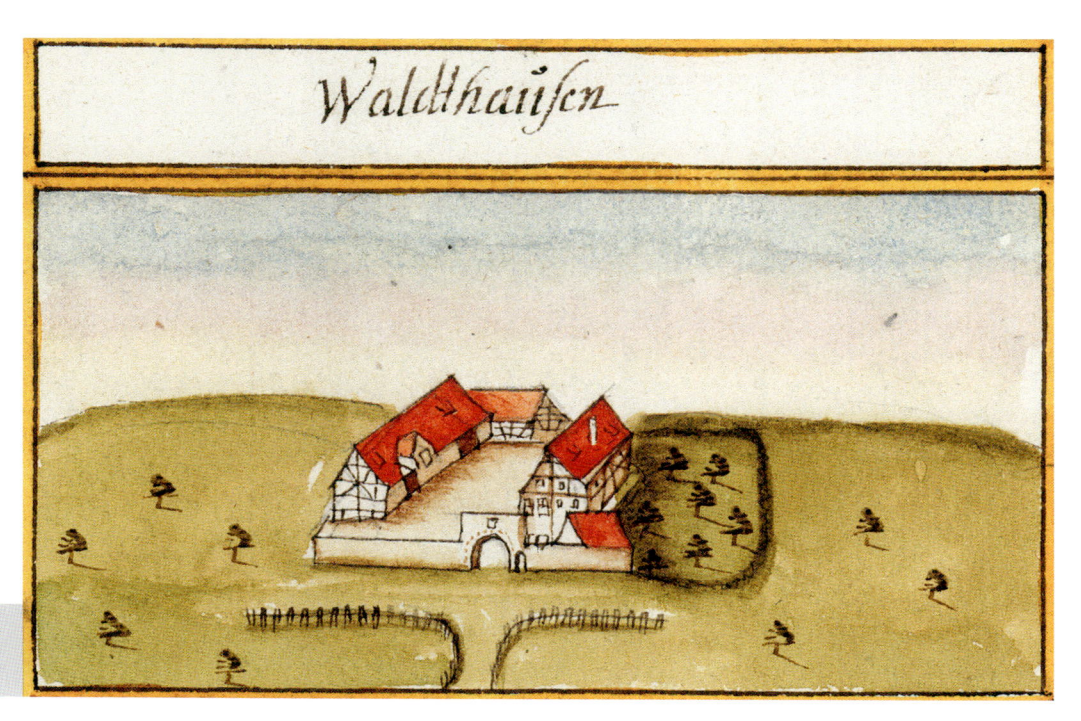

Der Weiler Waldhausen, Andreas Kieser, 1683.

Offensichtlich wusste die Regierung in Stuttgart nicht so recht, was mit den in Bebenhausen noch verbliebenen Bewohnern anzufangen sei, denn sie wurden zunächst dem 1815 neu geschaffenen Kameralamt Bebenhausen zugeordnet, bevor sie dann nach der Übertragung Bebenhausens an den Staat durch das Krondotationsedikt von 1819 nach Lustnau eingemeindet wurden, ebenso wie die Bewohner Waldhausens.

Kraft »höchster Entschließung« vom 18. März 1823 wurde dann die Bildung einer eigenen Gemeinde verfügt, zusammen mit Waldhausen als so genannter »zusammengesetzter« Ort. Den ehemaligen Offizianten wurde das Recht eingeräumt, ihre früheren Dienstwohnungen und auch Grundbesitz zu kaufen und damit als Bürger der neu gegründeten Gemeinde hier ansässig zu werden. In einem Antrag des königlichen Finanzministeriums vom 13. März 1823 wurde dieser geplante Verkauf so begründet: *»Zu Bebenhausen besitzt die Königliche Oberfinanzkammer 62 Gebäude, welche durch die im Jahre 1807 erfolgte Vereinigung des dort errichtet gewesenen theologischen Seminars mit dem Seminar in Maulbronn größtentheils ihre Bestimmung verloren haben ... Da aber nun Bebenhausen für einen solchen Zweck nicht mehr bestimmt zu sein scheint, so ist es wünschenswerth, daß die entbehrlich gewordenen und wegen ihrer kostspieligen Unterhaltung lästigen Gebäude verwerthet und die Finanzverwaltung zugleich von den Lasten befreyt werde, welche ihr in Hinsicht auf die Erhaltung der Straßen, Brücken, Brunnen und anderer öffentlicher Anstalten obliegen ... Um sich dieser Lasten zu entledigen, schien es das angemessenste, die entbehrlichen Gebäude mit Zutheilung eines verhältnismäßigen Güterbesitzes an die in Bebenhausen wohnenden Offizianten, Handwerksleute und Pächter unter solchen Bedingungen zu verkaufen, durch welche zugleich eine Gemeindeverfassung begründet und die öffentlichen Ortslasten auf die Gesamtheit der Käufer übertragen werden könnten.«*[11] Der Kaufbrief, in dem dieser Haus- und Grundstückserwerb beurkundet wurde, kann somit als »Gründungsurkunde« der Gemeinde Bebenhausen bezeichnet werden. Untersucht man ihn etwas genauer, dann verrät er viel über seine ungewöhnliche Struktur, die durch die Entstehungsgeschichte bedingt ist. Unter den 17 Familienvätern, die Häuser oder auch nur Hausteile oder Grundstücke erwarben, ist kein einziger Bauer. Doch wer waren nun diese 17 Familienväter, die 1823 die neue Gemeinde gründeten? An erster Stelle werden zwei Forstleute genannt, Revierförster Laub und Jagdzeugmeister Kielmeyer, ein Bruder des 1765 in Bebenhausen geborenen Naturforschers Karl Friedrich von Kielmeyer. Neun weitere sind

---

(11) Hauptstaatsarchiv Stuttgart E 13 Bü 136.

Handwerker, also ehemalige Offizianten. Die sechs übrigen sind der Hirschwirt, zwei Forstboten, ein Amtsbote, ein Nachtwächter und ein Taglöhner. Den Familien werden folgende »Domänengüter« verkauft: 13 Wohn- und etwa 30 Nebengebäude[12], 16 Morgen Gärten und Länder, 49 Morgen Acker, 133 Morgen Wiesen und 53 Morgen »ausgestockte«[13] Wälder, im Ganzen etwas über ein Viertel der vorhandenen Feldgüter[14]. Der Rest verbleibt in Staatsbesitz. Verkauft wird vom Staat jedoch nur, was als entbehrlich, besonders kostspielig oder minderwertig gilt, darunter »die Blaufelder (Äcker), die wegen ihrer steilen Lage größtentheils mit der Harke gebaut werden und die Wiesen, die wegen schattiger Lage in den engen Thälern nicht sehr ergiebig«[15] sind. Besondere Erwähnung findet, dass selbstverständlich der »größere Theil der besseren Güter im Staatsbesitz zurückbehalten« wird. Den Käufern wird aufgetragen, mit dem Ziegeleibesitzer, der die außerhalb der Klostermauern gelegene Klosterziegelei bereits 1817 erworben hatte, wegen seines Beitritts zur Gemeinde übereinzukommen.

Mit dem Übergang dieser Kaufobjekte an ihre neuen Besitzer auf Georgi (23. April) 1823 erlischt auch die bisherige Steuerfreiheit, Gebäude und Grundstücke werden nun steuerpflichtige Objekte. Der Kaufpreis ist zu einem Viertel in bar, der Rest, mit fünf Prozent verzinslich, in zehn »Jahreszielern« zu erstatten.

Große Mühe geben sich die Finanzbeamten mit der Auflistung der »bedeutenden Lasten«, die auf die künftigen Dorfbewohner zukommen sollten: Die Besoldung der Gemeindebediensteten, die Armenversorgung, die Unterhaltung der Wege, Brücken und Brunnen, die Kosten des Gottesdienstes, die Unterhaltung der Klostermauern und Tore, der Glocken einschließlich des Glockenstuhls im Dachreiter der Klosterkirche, der Kirchenuhr, der Orgel, der Schulgerätschaften etc. – ein schwerer Anfang für die junge Gemeinde!

Doch die Einrichtung der neuen Gemeinde Bebenhausen bereitete dem Königlichen Oberamt Tübingen große Schwierigkeiten und sie verzögerte sich immer wieder. Bereits am 24. September 1822 mahnte die Regierung das Oberamt, »den ihm … abverlangten Bericht in

---

(12) In dieser Zahl ist die außerhalb der Klostermauern gelegene Klosterziegelei, die bereits 1817 verkauft worden war, nicht enthalten.
(13) ausstocken = ausroden.
(14) Ein württembergischer Morgen = 31,517 Ar.
(15) Hauptstaatsarchiv Stuttgart E 13 Bü 136.

Kloster und Dorf Bebenhausen. Aquarell des Klosterschülers Jeremias Höslin, 1744.

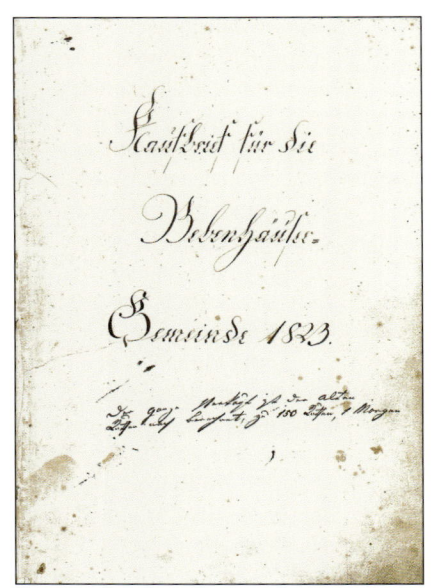

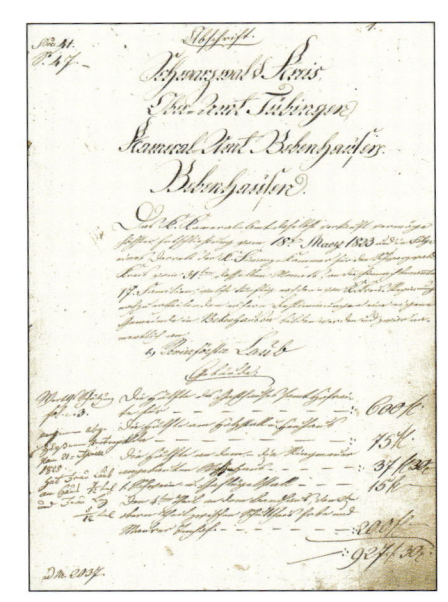

Kaufbrief der Bebenhäuser Gemeinde 1823 (Einband und Seiten 1 und 2).

Betreff Veräußerung entbehrlicher herrschaftlicher Gebäude und Güter zu Bebenhausen und der Ansiedlung einer Gemeinde daselbst innerhalb von 14 Tagen zu erstatten«.(16) Als dann das Oberamt eineinhalb Jahre nach der Gründung der Gemeinde deren Organisation immer noch nicht abgeschlossen hatte, mahnte die vorgesetzte Dienststelle am 28. Dezember 1824 abermals: »Nach einer Mittheilung der Königl. Finanz Kammer dahie soll die Organisation der Gemeinde Bebenhausen noch nicht vollendet seyn, indem daselbst sich weder ein Güterbuch noch ein Steuer Kataster und Umlags Register vorfinde. Wenn nun dieß wirklich der Fall sein sollte, so wird das Oberamt angewiesen dißfalls sogleich das Geeignete zu verfügen und von dem Resultat seiner Verfügung, oder von der bereits geschehenen Ergänzung jener Mängel eine Anzeige hieher zu machen.«(17)

Auch die Eingliederung des Weilers Waldhausen bereitete zunächst Schwierigkeiten und in einem Schreiben der Regierung vom 4. Oktober 1826 an das Oberamt Tübingen heißt es dazu: »Das Hofgut Waldhausen kann, da der früher vorgenommene Verkauf dieses Guts höheren Orts nicht genehmigt worden ist, der Gemeinde Bebenhausen in administrativer Beziehung der Zeit nicht einverleibt werden, dagegen bleiben die Bestände dieses Hofguts der Gemeinde Bebenhausen in kirchlicher, gerichtlicher und polizeilicher Beziehung zugetheilt.«(18) Der Weiler Waldhausen wurde dann 1831 an Mathias Link und Johann Ludwig Höhn zu je 9/20 und an Christoph Tafel zu 2/20 verkauft.

Erst im Jahr 1832, neun Jahre nach Gründung der Gemeinde, waren schließlich alle organisatorischen Probleme gelöst und hatte Bebenhausen eine Gemeindestruktur wie andere Gemeinden auch.

Die Klosterküfer

Die alteingesessene Tübinger Familie Erbe stellte seit dem 17. Jahrhundert die Bebenhäuser Klosterküfer. Diese hatten dafür zu sorgen, dass der Prälat (ev. Abt) und die Lehrer der Klosterschule sowie die Angestellten des Klosteramts einen guten Besoldungswein bekamen. Doch zu ihren Aufgaben gehörte auch, den zu den Hofjagden angereisten Jägern und deren Gefolge die täglichen, von Herzog Johann Friedrich 1611 festgelegten Weinrationen zu liefern, denn das Kloster war »atzpflichtig«, hatte also für die Beherbergung und Bewirtung der Jagdgesellschaften zu sorgen. Der Meisterjäger erhielt täglich zwei Maß Wein (fast 3,7 Liter), die Jägerknechte anderthalb Maß (2,7 Liter) und die Jägerjungen ein Maß (1,8 Liter). In der Praxis wurde diese Mengenvorgabe von den als trinkfest bekannten Jägern allerdings oft erheblich überschritten. Der Klosterwein wurde auch von den am Ort wohnenden Offizianten und deren Hilfskräften

---

(16) Staatsarchiv Sigmaringen Wü 65/36 OA Tübingen T1 Nr. 73.
(17) Ebd.

(18) Ebd.

geschätzt. Sogar die Klosterschüler besorgten sich mitunter den Schlüssel für den Klosterkeller und tranken dort Wein. Dieses Treiben blieb auch dem Hof in Stuttgart nicht verborgen und die Kanzlei von Herzog Carl Eugen ermahnte 1768 den Bebenhäuser Klosterküfer Erbe, den Vater des ersten Bebenhäuser Schultheißen, er solle »dem vorrecensirten (vorgenannten) Unwesen mit Ernst zu steuern bedacht seyn«.[19]

Bebenhausen verfügte damals über einen umfangreichen Besitz an Weingärten und Weingütern und besaß außerdem in vielen Orten lukrative Kelteranlagen, davon alleine sechs in Tübingen und drei in Lustnau. Der Tischwein, der damals ausgeschenkt wurde, kann mit unseren heutigen Erzeugnissen jedoch nicht verglichen werden und in schlechten Jahrgängen war der Wein »so arg und sauer«, dass so mancher Trinker davon erkrankte. Der Küfer musste deshalb versuchen, seinen Wein »trinkbarer« zu machen. Interessant sind die Rezepte dafür, die sich in dem aus dem Jahr 1792 stammenden Küferbuch des letzten Klosterküfers und ersten Schultheißen von Bebenhausen, Christian Eberhardt Erbe, finden:

Einen Wein übernacht hell zu machen
Nim 1 Maß oder 3 Schoppen Gaismilch ... die erst gemolken ist, mache solche warm und gieß sie in das Faß, rühre den Wein wohl untereinander und laß ihn übernacht stehen, so wird er hell.

Saurem Wein zu helfen
Thue in ein Faß 6 Loth Mandel oder Pfersich Kern, gestoßen und in den Wein gethan, benimmt die Säure.

Weichen Wein hart zu machen
Nim einen halben Schoppen gestoßene Schlehen, ehe sie reif seyn, lasse sie am Wein sieden, ist gut.[20]

Der Steuerrat, ein kluger Mann

In der unruhigen Zeit zu Beginn des 19. Jahrhunderts litten viele Dörfer im Südwesten Deutschlands unter den Einquartierungen von deutschen, österreichischen und russischen Truppen, welche die geschlagenen Truppen Napoleons nach dessen Russlandfeldzug 1812 und der Völkerschlacht bei Leipzig bis nach Frankreich verfolgten. Ein in der Familienüberlieferung einer Bebenhäuser Familie erhaltener Bericht von 1813 dokumentiert die Auswirkungen dieses entfernt ablaufenden Kriegsgeschehens selbst in Bebenhausen: »Nach der Völkerschlacht bei Leipzig verfolgten Deutsche, Östreicher und Russen die geschlagenen Franzosen. Die dabei durchstreiften Gauen erfuhren hiedurch manche Einschränkung durch Einquartierung. Eine russische Abteilung kam durch den Schönbuch daher geradewegs auf das Dörflein Bebenhausen zu. Der Vorstand von diesem Ort, der Steuerrat, ein kluger Mann, ging in seiner Uniform dem Trupp entgegen und verhandelte mit dessen Anführer. Nach längerem Gerede und mit Anwendung aller List gelang es dem trefflichen Dorfgewaltigen, sein Dorf samt dem alten Kloster vor Einquartierung zu bewahren. Dies geschah jedoch nicht ganz ohne Ersatzleistung des Steuerrats. Er musste ein anderes Dorf nennen und einen Führer mitgeben, um die Russen dorthin zu geleiten. Es wurde der Kuhhirt R. also beauftragt, die Kolonne nach Hagelloch zu geleiten. Der Steuerrat hatte den Russen den Weg nach Hagelloch kürzer vorgestellt als er in Wirklichkeit war ... so kam es, daß die abgematteten Kosaken unwillig wurden. Sie zogen den Säbel und bedrohten den zitternden R. Doch zu beider Genugtuung tauchte das Dörflein Hagelloch im Tale auf und erleichterten Herzens stapfte der abgeängstigte R. seiner Heimat zu.«[21]

---

(21) Archiv des Verfassers.

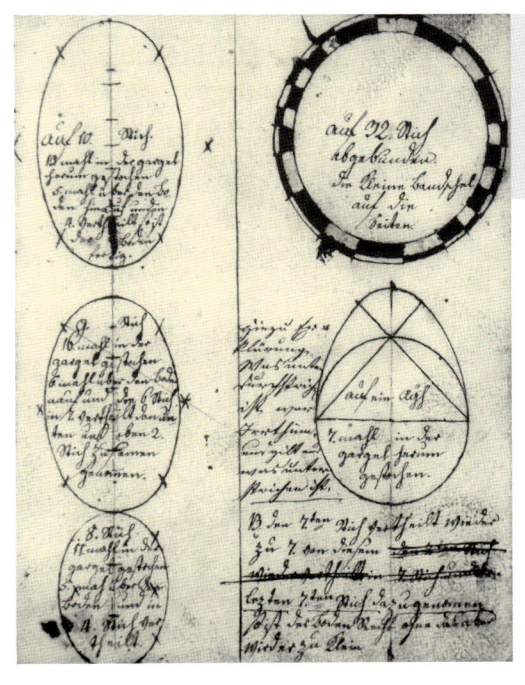

Fassentwürfe des Klosterküfers Christian Eberhardt Erbe, aus seinem Küferbuch, um 1792.

---

(19) Archiv Erbe.
(20) Erbe, Küferbuch.

Wie Bebenhausen zur Gemeinde wurde

Die schweren Anfangsjahre der jungen Gemeinde

Es fällt schwer, sich das Leben der Menschen vorzustellen, die nach der Auflösung der Klosterschule noch im Ort wohnten. Neben den Forstleuten des Oberforstamts Tübingen mit Sitz in Bebenhausen waren dies die ehemaligen »Klosteroffizianten« und weitere ehemalige Angestellte des Klosteramts sowie die am Ort wohnenden »Beysaßen«, darunter der Schulmeister, der Mesner und ein Viehhirt. In einem Protokoll der Regierung vom 14. Oktober 1823 werden, zusammen mit dem Weiler Waldhausen, 23 Familien mit 195 Personen genannt. Die Klostergebäude standen nun großenteils leer, niemand kümmerte sich mehr um sie und die Ortstore waren bereits dem Verfall preisgegeben. Die Bewohner hatten nicht einmal mehr einen eigenen Pfarrer, der sich ihrer Sorgen und Nöte hätte annehmen können. Auch mangelte es nun an einer ärztlichen Versorgung und von sieben Kindern, die 1823 geboren wurden, überlebte nur eines. Nur der Oberförster, Johannes Andreas Vogelmann, nahm sich der Dorfbewohner an und verschaffte ihnen Arbeit im Wald oder im großen Jagdzeughaus, das noch bis um 1837 unterhalten wurde.

Als dann am 18. März 1823 *»kraft höchster Entschließung«* die Bildung einer eigenen Gemeinde Bebenhausen verfügt wurde, endete für diese Menschen eine lange Zeit der Unsicherheit. Nun stand fest, dass sie im Ort bleiben und die Häuser und Wohnungen, in denen sie wohnten, vom Staat kaufen konnten. Doch die ehemaligen Offizianten, die seit Jahren kein festes Einkommen mehr hatten, waren inzwischen verarmt und mussten sich für den Kauf ihrer Häuser, Wohnungen und Grundstücke verschulden. Hinzu kam, dass die Feldmark, die ihnen vom Staat überlassen wurde, zu klein war, um ihnen eine ausreichende Lebensgrundlage zu bieten. Deshalb richteten sie bereits 1824, ein Jahr nach Gründung der Gemeinde, ein Gesuch an den König mit der Bitte um Überlassung weiterer in Staatsbesitz verbliebener landwirtschaftlicher Nutzflächen. Im Dorf selbst machten die großen Gebäude, die sich weiterhin in Staatsbesitz befanden, eine bauliche Entwicklung unmöglich, es gab einfach keinen Platz dafür. Auch der Versuch, Teile des Klosters zu verkaufen und dort Gewerbebetriebe anzusiedeln, brachte keine erkennbare wirtschaftliche Verbesserung. Das traurige Fazit: Viele Bewohner gaben auf, verkauften ihre Häuser und Grundstücke und zogen weg. Der Pistor (Bäcker) verließ 1828 als Erster das Dorf und verkaufte die Klostermühle. Ihm folgten der Hirschwirt, der Zimmermann, der Waldhornwirt und schließlich der »Ziegler«. Wohl auch deshalb leben heute nur noch Nachfahren von fünf »Gründerfamilien« am Ort. Die Bewohner zogen meist in umliegende Orte, in denen sie für sich und ihre Familien bessere Voraussetzungen vorfanden.

Die im Dorf verbliebenen Familien passten sich der neuen Situation an und lebten nun hauptsächlich vom Ertrag ihrer kleinen landwirtschaftlichen Betriebe und von Waldarbeit. Es erstaunt wenig, dass sich die Dorfbewohner auch verstärkt der Imkerei zuwandten und in dem engen Waldtal eine ungewöhnlich hohe Zahl von Bienenvölkern hielten. Die Bienenzucht hatte in Bebenhausen eine lange Tradition, denn schon im 15. Jahrhundert war für sie ein »Immengarten«[22] eingerichtet worden.

Nach Jahren großer wirtschaftlicher Anfangsschwierigkeiten trat dann allmählich eine Verbesserung der Lebensverhältnisse ein: Durch den Verkauf von Grundstücken nach Abbruch des an der Dorfstraße, der heutigen Schönbuchstraße, gelegenen kleinen Jagdzeughauses und eines Melkereigebäudes 1837 kamen neue Bürger in den Ort, darunter erstmals einer mit der Berufsbezeichnung »Bauer«. Inzwischen hatten die Dorfbewohner vom Staat zusätzlich 37 Morgen Land zur pachtweisen Nutzung erhalten (»Mauters Wiese«). Die landwirtschaftliche Nutzfläche war aber auch danach mit weniger als 290 Morgen immer noch klein und daher unbedeutend, anders als in Waldhausen, wo man schon früh über eine Dreschmaschine verfügte und Getreide im Überschuss produzieren konnte. Dennoch bildete sie, neben Waldar-

---

(22)   Heutiger Name: »Bienengarten«.

Der 1845 erbaute Gasthof »Zum Waldhorn«, um 1900.

beiten, lange Zeit die Hauptnährungsgrundlage. Am wichtigsten war der Wiesenbau, der »*reichlich gutes Futter*« lieferte. Im Gegensatz zu den Nachbardörfern spielte in Bebenhausen aber der Obstbau keine bedeutende Rolle, »*da nicht jedes Normal-Obstsortiment in unser Waldtal passt*«.(23) Grund dafür sind die klimatischen Voraussetzungen in Bebenhausen. Die sich über dem Schönbuch bei heiterem Strahlungswetter abkühlenden Luftmassen fließen als kalte Winde nach Bebenhausen und ins Goldersbachtal bis nach Lustnau; dort spricht der Volksmund noch heute vom »*kalten Bebenhäuser*« aus dem Goldersbachtal. Bereits der Abt Joachim Müller(24) erwähnt in einem Brief vom 19./29. November 1631, dass die Nachbarn Bebenhausen »*das kalt Bebenhauser Loch*« nennen.(25) Auch der Philosoph Schelling hielt in seiner »Geschichte des Klosters Bebenhausen« fest, dass die Luft in Bebenhausen »*viel räuher als in Tübingen und nicht weit davon liegenden Orten*« sei.(26)

Weiteren Auftrieb für das Dorf brachte der Bau einer neuen Straße durch das Seebachtal in den Jahren 1841/45, der heutigen Landesstraße 1208, denn nun führte durch den bisher abgeschieden in einem engen Waldtal gelegenen Ort eine wichtige Durchgangsstraße. Der bisher am Schreibturm gelegene Gasthof »Zum Waldhorn« wurde an die neue Straße verlegt und daneben entstand eine Brauerei, die Waldhornbrauerei.

---

(23) *Aufzeichnungen Weiblen.*
(24) *Katholischer Abt während der Restitutionszeit im Dreißigjährigen Krieg von 1630–32 und 1634–1648.*

(25) *Sydow, Bebenhausen S. 49.*
(26) *s. unter »Die Waldgerechtigkeiten und deren Auswirkungen«.*

Die schweren Anfangsjahre der jungen Gemeinde

Der Kapitelsaal als Werkstatt des Klosterküfers, Kupferstich von Heinrich Graf, 1828.

Nun baute man am Jordanhang Hopfen an und jährlich wurden 40 bis 50 Zentner davon geerntet. Im »Waldhorn« machten jetzt Durchreisende Station, um auch die Klosteranlage zu besuchen, die sich durch Vernachlässigung inzwischen in einem beklagenswerten Zustand befand und über die Pfarrer Max Eifert 1849 schrieb: »*Das alte Zisterzienserkloster lag in äußerster Verwahrlosung. Seine Hallen waren als Dreschtennen verpachtet, das Winterrefektorium diente als Zimmerplatz, und wenn die Zimmergesellen abends Feierabend machten, hieben sie die Äxte in die Säulen, daß sie über Nacht gut aufgehoben waren.*«(27) Im Kapitelsaal hatte der Küfer und erste Schultheiß von Bebenhausen, Christian Eberhardt Erbe, seine Werkstatt eingerichtet, im Sommerrefektorium lagerte das Oberforstamt seine Gerätschaften, die Bruderhalle diente den Dorfbewohnern als Lagerhalle und in den Kreuzgängen wurde Getreide gedroschen.

Auf der neuen Durchgangsstraße kamen nun aber auch Wanderburschen auf ihrer Durchreise ins Dorf, für deren Versorgung und Unterbringung die Gemeinde aufzukommen hatte. Um sie von diesen Kosten zu entlasten, wurde 1852 ein »Verein zur Unterstützung reisender Wanderburschen« gegründet, der hauptsächlich von den in Bebenhausen ansässigen Forstleuten getragen wurde, die, im Gegensatz zu den meisten Dorfbewohnern, ein festes Einkommen hatten.

Bereits ab dem frühen 19. Jahrhundert war Bebenhausen auch Wohnort von an der Universität Tübingen lehrenden Professoren. Der bekannte Rechtsgelehrte Karl Georg Bruns beantragte im Jahr 1841 das Bürgerrecht und hatte am 28. August 1861 »*die ergebenste Anzeige zu machen, dass ich in Folge meiner Berufung an die Universität zu Berlin aus dem hiesigen Staatsdienste ausgetreten bin und in kurzem das Land verlassen werde, und dass ich deshalb auch mein Bürgerrecht in Bebenhausen hiermit für mich und meine Familie aufgebe*«.(28) Der Philosoph Immanuel Hermann Fichte erhielt 1849 für sich, seine Ehefrau und seine Söhne Eduard und Max das Bürgerrecht. Der Rechtshistoriker Friedrich von Thudichum beantragte am 18. Januar 1865 das Bürgerrecht und begründete dies so: »*Die Absicht, mich demnächst mit meiner Verlobten, Victoria Stein, ... zu verehelichen, veranlasst mich, an den löblichen Gemeinderath von Bebenhausen das ergebenste Ersuchen zu stellen, mich und*

---

(27) Klüpfer/Eifert, Tübingen.

(28) Ortsarchiv Bebenhausen C 11/16.

Die schweren Anfangsjahre der jungen Gemeinde

meine genannte Braut in das Gemeindebürgerrecht aufzunehmen.«[29] Allerdings gibt es keinen Nachweis darüber, ob er das Bürgerrecht in Anspruch genommen hat. Auch Friedrich Ernst Otto Liebmann, 1889/90 Rektor der Universität Jena, wohnte von 1866 bis 1868 im Dorf. Gewisse Rätsel gibt das Bürgerrecht auf, das 1839 dem »Porcelain-Maler« Johann Wilhelm Gernhardt und seiner Familie gewährt wurde. Was veranlasste einen Porzellanmaler aus Saalfeld in Thüringen, in das kleine Bebenhausen zu ziehen?

Eine wichtige Nebeneinnahme brachte den Dorfbewohnern damals auch die Vermietung von Zimmern vorzugsweise an Studenten der evangelischen Theologie und vor allem an Nachkommen ehemaliger Schüler der Klosterschule. Doch mit der Anwesenheit dieser jungen Männer stieg auch die Zahl der unehelich geborenen Kinder im Dorf. In den meisten Fällen wurde die Vaterschaft verschwiegen und wurden die Mädchen mit ihrem Kind alleingelassen. Einer dieser Väter, später Pfarrer auf der Schwäbischen Alb, muss sein ganzes Leben lang schwer an dieser Last getragen haben, denn er gestand seiner Frau auf dem Totenbett die Bebenhäuser Vaterschaft und bat sie, nach seinem unehelichen Sohn zu forschen.[30] Auch Förster und später Angestellte des Hofes blickten mitunter ungewollten Vaterfreuden im Dorf entgegen. Während die Vaterschaft eines Ministers von König Wilhelm II. hingenommen wurde und Freifrau Anna von Plato, die Frau des Oberjägermeisters, die Patenschaft für das Kind übernahm,[31] führte die Vaterschaft eines Försters zu einem Skandal, da die Mutter des Kindes verheiratet war, und der Förster wurde von seiner vorgesetzten Dienststelle *»wegen unsittlichen Verhaltens«* nach Weil im Schönbuch strafversetzt.

Erster Auswanderer aus der jungen Gemeinde in die »Neue Welt« war 1853 der damalige Hirschwirt Ziegler mit seiner Familie. 1858 folgten zwei in Bebenhausen geborene Kinder des Müllers Büchsenstein, von denen eines im mexikanischen Krieg 1863 verschollen sein soll. Der erst 18-jährige Gustav Heller folgte 1867 und eine 28-jährige Dorfbewohnerin wanderte mit ihren drei unehelichen Kindern 1869 in die »Neue Welt« aus, um dort ein neues Leben zu beginnen. Im weiteren Verlauf des 19. Jahrhunderts verließen junge Leute aus nahezu allen Familien das Dorf, um ihr Glück in den Vereinigten Staaten von Amerika, aber auch in Brasilien, Holland oder Russland zu suchen.

Dass das Dorf den schweren Anfang endgültig geschafft hatte, belegt die 1867 erschienene Beschreibung des Oberamts Tübingen mit allen zugehörigen Gemeinden durch das von König Wilhelm I. 1820 eingerichtete »königlich-topographische Bureau«. Daraus erfahren wir sehr genau, wie es um den kleinen Ort bestellt war. Mit 238 Einwohnern, zusammen mit Waldhausen, war es der kleinste Ort im Oberamt und eine Gemeinde III. Klasse, das heißt im Steueraufkommen in der untersten Stufe. Dennoch ist von Armut nicht die Rede, die Vermögensverhältnisse werden als »mittlere« beschrieben. Dafür, dass die Bewohner inzwischen ihr Auskommen hatten, spricht die ausdrückliche Erwähnung, sie seien *»ein gesunder Menschenschlag«* und ein Bewohner zähle derzeit 94 Jahre. 1867 gab es auch einen Kramladen und zu den bereits vorhandenen Gasthöfen »Zum Hirsch« und »Zum Waldhorn« kam 1852/53 ein drittes Gasthaus, das Gasthaus Maurer, mit einer Bäckerei dazu. Die früher angesehenen, gut ausgebildeten und für den Betrieb der Klosterschule wichtigen Handwerker oder deren Nachkommen arbeiteten, sofern sie im Dorf geblieben waren, nur noch für den örtlichen Bedarf. Leider erfahren wir aus der Oberamtsbeschreibung von 1867 nicht, wie viele von ihnen am Ort noch ihr Handwerk ausübten.

Besonders interessant ist, was wir über die so genannten *»sittlichen Eigenschaften«* und die Lebensweise der Bebenhäuser erfahren. Wie alle Bewohner des Oberamts werden sie als arbeitsam und sparsam, also typisch schwäbisch beschrieben. Ebenso wie diese ernährten sie sich hauptsächlich von Milch- und Mehlspeisen: *»Knöpfle, Brot, saurer Milch und Käse«*, daneben Gemüse und Sauerkraut. Das Hauptgetränk war Most, aber auch Bier und Kaffee wurden gern getrunken. Fleisch stand nicht häufig auf dem Speisezettel.

Die Bebenhäuser wiesen aber darüber hinaus noch eine weitere Besonderheit auf. Sie trugen keine Bauerntracht, sondern ihre Tracht war *»die städtische«*, was damit zusammenhing, dass es keine Tradition von Bauernfamilien am Ort gab.

Doch es gibt noch eine Besonderheit, die aber in der Oberamtsbeschreibung von 1867 keine Erwähnung fand: Die alteingesessenen Dorfbewohner »schwätzten« bis in diese Tage ein Schwäbisch, das sich von dem in den umliegenden Orten gesprochenen in Nuancen abhob. Der Grund dafür

---

(29) Ebd.
(30) Pfarrarchiv Lustnau-Bebenhausen.
(31) Ebd.

J. B. Keckeisen: »Ansicht von dem Königlichen Jagdschloß und Dorf Bebenhausen bei Tübingen« mit dem großen Jagdzeughaus. Kolorierte Lithographie, 1828.

Ansicht von Süden nach Abbruch des großen und kleinen Jagdzeughauses mit den ersten drei Neubauten an der Dorfstraße. Photographie von Hornung und Singer, um 1865.

mag in der im Vergleich zu den umliegenden Orten außergewöhnlich guten Schulbildung liegen, die zu Zeiten der Klosterschule den Dorfkindern vermittelt wurde. Man kann wohl davon ausgehen, dass auch die zunehmende Präsenz der königlichen Hofhaltung, die den Bewohnern reichliche Arbeitsmöglichkeiten bot, diese sprachliche Abgrenzung später eher noch verstärkte. Ein Dialektforscher stellte 1926 in diesem Zusammenhang fest: »*Dialektforschungen sind daher in Bebenhausen so gut wie aussichtslos.*«[32]

---

(32)   *Kreisbeschreibung 1972 (Bd. I, S. 354).*

Die schweren Anfangsjahre der jungen Gemeinde

Bebenhausen und die württembergischen Könige

Wohl in keinem anderen Ort des Königreichs Württemberg war die Beziehung seiner Bewohner zum Königshaus eine so besondere wie in Bebenhausen. Drei der vier Könige hatten hier einen Wohn- beziehungsweise Jagdsitz: Friedrich (1806–1816), Karl (1864–1891) und Wilhelm II. (1891–1918), und der vierte, Wilhelm I. (1816–1864), verordnete 1823 die Gründung der bürgerlichen Gemeinde Bebenhausen.

Der erste König Württembergs, Friedrich, erlangte die Königswürde 1806 durch Napoleon. Dieser jagdbegeisterte Monarch befahl, wie bereits erwähnt, 1806 sehr kurzfristig die Auflösung der Klosterschule in Bebenhausen, denn er brauchte die Gebäude, um dort ein Jagdschloss als Zentrum für Jagden im Schönbuch einzurichten. Sein Nachfolger, König Wilhelm I., verfügte dann 1823 die Bildung der bürgerlichen Gemeinde Bebenhausen, zeigte aber am weiteren Schicksal des Klosterdorfs wenig Interesse. Unter seiner Regierung wurden ab 1850[33] schließlich erste Restaurierungen am Kloster eingeleitet, um dieses vor dem weiteren Verfall zu bewahren. Auf der Gemarkung Bebenhausen erinnert an ihn lediglich ein Gedenkstein aus dem Jahr 1838 an der Straße nach Weil im Schönbuch.

»Hie gut Württemberg allweg!« Fahne der Volksschule Bebenhausen (Rückseite), 1892.

---

(33) Klunzinger, S. 12.

Das Dorf und König Karl

Der Nachfolger Wilhelms I., der kunstsinnige König Karl, plante nach seiner Thronbesteigung 1864 zunächst, im Schönbuch eine Sommerresidenz erbauen zu lassen, und nahm deshalb Kontakt zu dem Bebenhäuser Forstrat Friedrich August Tscherning auf, um gemeinsam mit ihm einen geeigneten Platz dafür auszusuchen. Der Forstrat hatte Gelegenheit, dem Monarchen auch die Klosteranlage in Bebenhausen zu zeigen, und dieser war von den sich in einem traurigen Zustand befindlichen Klostergebäuden so angetan, dass er seine Pläne änderte. Er verzichtete auf den Bau einer neuen Residenz und beschloss, das alte Kloster restaurieren zu lassen und Teile davon als Sommerresidenz zu nutzen. Als Architekt für die Restaurierungs- und Umbauarbeiten am Kloster wurde der junge Baumeister August Beyer verpflichtet, der seit 1862 Lehrer an der Baugewerbeschule in Stuttgart war, und bereits 1870 konnten König Karl und Königin Olga die für sie eingerichteten Privatgemächer im ehemaligen »Herrenhaus« beziehen. In die umfangreichen Restaurierungs- und Umbauarbeiten am Kloster wurde auch der Forstrat mit einbezogen, und August Beyer, der Baumeister, der zeitweilig im Forsthaus wohnte, heiratete 1868 Tschernings älteste Tochter.

Pieter Francis Peters (1818–1903): »Königliches Jagdschloß Bebenhausen«, Aquarell, um 1888. (Privatbesitz.)

Nun gab es auch wieder Arbeit und Verdienst für die Dorfbewohner. Die Handwerker wirkten bei den Restaurierungsarbeiten am Kloster mit, das nun Schloss genannt wurde. In den Wäldern um Bebenhausen wurden ab 1869 unter Forstwegemeister Nördlinger und Forstwegewart Schleppe Waldwege angelegt und Ruhebänke aufgestellt und am südöstlich des Dorfes gelegenen Kirnberg wurde ein romantischer Felsengarten geschaffen. Durch kleine Wege, Brücken und Treppen machte man den Bergrücken zugänglich und zu Ehren der Königin wurde dieser Landschaftsgarten »Olgahain« genannt. Anlässlich der Eröffnung eines geologischen Lehrpfads am Fuße des Kirnbergs im Jahr 1977 wurde diese inzwischen verwilderte Anlage unter dem Bebenhäuser Forstdirektor Hugo Baumann in wesentlichen Teilen wieder freigelegt, das Wegenetz in Ansätzen wieder hergestellt und eine Hinweistafel angebracht.

Doch nicht nur die Bebenhäuser Handwerker konnten nun wieder Geld verdienen: Frauen aus dem Dorf übernahmen während der Aufenthalte der Majestäten jeweils im Frühjahr und Herbst Reinigungs- und sonstige Arbeiten im Schloss, in das nun häufig Gäste eingeladen wurden. Bald wurden auch Schlossführerinnen gesucht, welche die zahlreichen Besucher bei Abwesenheit des Königspaars durch das Kloster und die Schlossräume führten. Unter den Schlossführerinnen, die alle aus Bebenhausen kamen, waren im Laufe der Jahre nicht weniger als fünf der fünfzehn Kinder des Forstwegewarts Schleppe. Bebenhäuser Mädchen gingen nun vorzugsweise in Adelshaushalte in Stellung und Mädchen aus den umliegenden Dörfern fanden Arbeit im Schloss oder in den Gasthöfen »Zum Hirsch« und »Zum Waldhorn«. Nicht wenige von ihnen heirateten nach Bebenhausen. Die Bewohner der Nachbardörfer verfolgten staunend diese Entwicklung und die Nachbarn in Lustnau stellten trocken fest: *»Jetzt saget d' Bebahäuser zo sich selber Sia«* (Jetzt sagen die Bebenhäuser zu sich selbst Sie).

König Karl nahm dann das 400-Jahr-Jubiläum der Universität Tübingen im Jahr 1877 zum Anlass, ein Fest, das »Königsfest«, zu feiern, und in das unter ihm restaurierte Kloster wurden über eintausend Gäste eingeladen. In seiner Begrüßungsrede sprach der König voller Stolz über die nahezu abgeschlossene Restaurierung und seine Gäste zogen »staunend durch die prachtvollen wiedererstandenen Hallen«. In einem Festgedicht von Oberhofprediger Karl Gerok heißt es:

Ein Juwel dieß stille Kloster,
Das Ihr unterm Schutt entdeckt
Und mit kunstgeübten Sinnen
Neu zu alten Ehren weckt!

Es war vor allem dieses Königsfest, das Bebenhausen wieder bekannt machte und zu einem beliebten Ausflugziel werden ließ. Doch es gab auch kritische Stimmen. So schreibt Elisabetha Erbe, eine Urenkelin des Schultheißen Christian Eberhardt Erbe, in ihren Erinnerungen: »Das

König Karl und Königin Olga von Württemberg, Lithographien von C. Schacher, um 1870. (Privatbesitz.)

Links: Friedrich August von Tscherning (1819–1900), Königlich Württembergischer Oberforstrat, um 1870.

Rechts: Baumeister August von Beyer (1834–1899), um 1875.

Bebenhausen und die württembergischen Könige

*Links:
August von Beyer: »Entwurf eines Schrankes für das Schlafzimmer Seiner Majestät des Königs im Kloster Bebenhausen.« Bleistift, 1879. (Privatbesitz.)*

*Rechts:
Schultheiß Andreas Hahn, um 1880. Er war der Schwiegersohn von Christian Eberhardt Erbe, dem ersten Schultheißen der Gemeinde.*

alte Kloster wird immer mehr in den Hintergrund gedrängt seit König Karl anfing, es in ein Jagdschloß umzuwandeln. Viel Schutt und Trümmer sind herausgekommen und damit auch viel Romantik. Schade.«[34]

Das Verhältnis des Monarchen zu den Dorfbewohnern war allerdings nicht immer spannungsfrei. Man achtete ihn und war ihm dankbar dafür, dass er Bebenhausen zu neuem Leben erweckt hatte, doch man war nicht gewillt, Einschränkungen hinzunehmen, die aus Sicht der Dorfbewohner nicht notwendig waren. So schrieb Schultheiß Andreas Hahn am 28. November 1881 an den König einen Brief, in dem er sich über ein geplantes Wegeverbot beklagte:

»Bitte des hiesigen Ortsvorstehers Hahn um Aufhebung des Wegeverbots in der Umgebung der von Majestät zeitweise bewohnten Gebäude betreffend.

Königliche Majestät!

Bei allen bisher vorgekommenen Veränderungen in Bebenhausen wurde der hiesigen Einwohnerschaft die Benützung der vorhandenen Ortswege noch nie verweigert, wie diß gegenwärtig ... beabsichtigt ist, wenn es heißt: Das Befahren des Wegs zwischen dem Schreibthurm, dem Forstamt und dem Herrschaftskeller sei unter Strafandrohung verboten. Nachdem der bisher schlechte Weg vom Schreibthurm aufwärts fahrbar auf Staatskosten und mit einem der Gemeinde möglichen Beitrag hergestellt wurde, ging man auf die Zumuthung ein, den Klosterberg nur in dringenden Fällen zu befahren. Von einem Verzicht des Personenverkehrs ... war keine Rede. Auf eine Verzichtung des Personenverkehrs wäre damals ... nicht eingegangen worden, weil er zum Gebrauch des Kellers unter dem Neuen Bau, in das (im Schloss gelegene, d. Verf.) Rathaus und zu dem Verkehr der Nachbarhäuser Bedürfniß ist. Daher die vorgesehene Wegschmälerung auffällt und zu der Vermuthung Anlaß gibt, als ob man die hiesigen Einwohner von der königlichen Wohnung entfernt halten wolle ... Euer Königlichen Majestät unterthänigster Ortsvorsteher Hahn.«[35]

Mit der Antwort der Hofkanzlei konnte der Ortsvorsteher dann zufrieden sein: »Das Begehen des Weges am Forsthaus vorbei ist niemand untersagt – das Ablagern von Gegenständen soll auf den bezeichneten Trottoirs nicht stattfinden.«[36] Auch später, vor allem während

---

(34) Elisabetha Erbe, Erinnerungen S. 22.

(35) Archiv des Verfassers.
(36) Ebd.

der Aufenthalte des Königs mit seinem Freund und Vertrauten Charles Woodcock, unternahm dieser immer wieder den Versuch, die Zugänge zum Schloss sperren zu lassen. Doch die Dorfbewohner mussten diese Wege täglich benutzen, um in den großen Kloster- bzw. Schlosskeller zu gelangen, in dem sie mangels eigener Keller in ihren alten Häusern ihre Vorräte lagerten. Ferner befand sich damals die Ratsstube des Schultheißen Hahn im »Kapff'schen Bau«[37] des Schlosses.

Königin Olga, die Gemahlin König Karls, wurde im Dorf geachtet und verehrt, sie hatte jedoch, außer zu ihren Angestellten aus dem Dorf und zum Ortspfarrer, wenig Kontakt zu den Dorfbewohnern. Zur Wiedereinweihung der Klosterkirche nach deren Restaurierung am 6. März 1885 stiftete sie Paramente, die sich nicht erhalten haben, und in einem Bericht der »Tübinger Chronik« heißt es dazu: »Die herrlich restaurierte Kirche war mit Tannen und Epheukränzen reich geschmückt, Altar, Taufstein und Kanzel trugen die von Ihrer Majestät der Königin gestiftete prächtige Bekleidung …« Lediglich eine von ihr gestiftete weiße Taufsteindecke befindet sich noch im Besitz der evangelischen Kirchengemeinde.

---

(37) Benannt nach Kanzleirat Ludwig Friedrich Kapff, der diesen Bau 1859 erwarb und 1873 wieder an den Staat abtrat. S. auch unter »Menschen im Dorf«.

In diesen Jahren wohnte in der ehemaligen Klosterherberge, dem Kielmeyer'schen Haus, Luise Walther geborene von Breitschwerdt, eine der produktivsten Scherenschneiderinnen des 19. Jahrhunderts. Die Stieftochter von Karl Wolff, Rektor am Katharinenstift in Stuttgart und Altersfreund Eduard Mörikes, war auch Gastgeberin des Dichters bei dessen zweitem Ferienaufenthalt in Bebenhausen im Jahr 1874. Damals entstanden aus der Hand der Künstlerin drei Scherenschnitte von Eduard Mörike, darunter der mit dem großen Schlapphut. Im Laufe der Jahre fertigte sie mit ihrer flinken Schere auch Porträts von nahezu allen Dorfbewohnern, vom Schultheißen bis zu den Schulkindern, und die Mappe mit diesen Scherenschnitten wird im Schiller-Nationalmuseum in Marbach verwahrt. Aber auch in den alteingesessenen Bebenhäuser Familien finden sich noch Scherenschnitte von Luise Walther.

Das Dorf war inzwischen auch von Malern entdeckt worden und etliche von ihnen verbrachten ihre Sommermonate hier. Sie wohnten bei Familien im Dorf und hatten keine Mühe, für ihre Bilder geeignete Motive zu finden. Einer dieser Maler, Ernst Kielwein (1864–1902), wohnte im Küferhaus bei der Schultheißenfamilie Hahn und notierte in sein Tagebuch: »Während ich an meinem Bilde ›Aus Bebenhausen‹ malte, brachte ich manche Stunde hinter den unteren Fenstern der einstigen Klosterküferei zu. Bewohnt waren diese Räume vom alten Schultheißen H. (Andreas Hahn, Schwiegersohn des Schultheißen

Kloster und Dorf Bebenhausen, Federzeichnung, 1642. Bemerkung auf der Rückseite: »Geschenk des Hofmarschalls von Berlichingen an König Karl.« (Privatbesitz.)

Elisabeth Beyer, Tochter des Baumeisters August von Beyer und spätere Ehefrau von Karl von Stieler. Scherenschnitt von Luise Walther, 1881. (Privatbesitz.)

Links: »Bebenhausen mit Kgl. Jagdschloß und König-Karl-Stein«, Farbpostkarte, Gebrüder Metz.

Rechts: Das erste Haus am Goldersbach, 1880 erbaut von dem aus dem Schwarzwald zugezogenen Schreiner Andreas Brüstle, der unter Baumeister August von Beyer an der Einrichtung des Schlosses mitwirkte.

Christian Eberhardt Erbe, d. Verf.) und seinen beiden unverheirateten Töchtern (Luise und Karoline Hahn, d. Verf.). Er war ein lieber alter Greis, schon über 80, er konnte wunderhübsch erzählen, umsomehr als er, wie man es zuweilen bei solchen Alten findet, über ein außerordentliches Gedächtniß verfügte. Seine beiden Töchter waren natürlich auch schon längst aus den militärpflichtigen Jahren. Die eine war groß und dick, mit rothen Wangen, couragiert und ich weiß nicht wer aber irgend jemand sagte mir einst, sie dichte auch. Sie war so couragiert, daß sie eines Tags den Pfarrer P. (Pfarrer Wilhelm Pressel, d. Verf.) von Lustnau, der sich etwas anmaßend benommen hatte, mit den Worten ›dort hat dr Zimmermann s'Loch glassa‹ zur Thüre hinausdrängte. Die andere Schwester war so ziemlich in allem das Gegentheil, nur lang war sie auch, dabei aber klapperdürr und windschief, hatte einen übermäßig dicken Hals und war menschenscheu. Während die dicke Schwester sich für mein Arbeiten sehr interessierte, ging die magere immer in weitem Bogen um mich herum.«[38]

Nachdem König Karl 1885 die Schönbuchjagd an den Staat zurückgegeben hatte, pachtete sein Neffe, Prinz Wilhelm, der spätere König Wilhelm II., vom 1. April 1886 an die freigewordenen Staatsreviere Bebenhausen, Entringen, Herrenberg und Weil im Schönbuch sowie etwa 30 Gemeinde- und einige Gutsjagden, sodass sein Jagdgebiet schließlich einen geschlossenen Waldkomplex von über 10 000 ha umfasste. 1888 ließ er sich auf dem Steingart westlich von Bebenhausen von Zimmermann

(38) Stadtarchiv Tübingen E 10/N 197.5.

Friedrich Hepper aus Hagelloch eine von Hofmaler Henry Reck geplante Jagdhütte bauen, die »Königsjagdhütte«, heute ein beliebtes Ziel der Schönbuchwanderer. In der Revierchronik des Entringer Oberförsters Münst findet sich eine Beschreibung der Jagdhütte, deren Baukosten sich damals auf 362 Goldmark beliefen: *»Dieselbe – eine Blockhütte nach Schweizerstil – enthält ein hübsches Wohnzimmer für den Prinzen selbst, ein Vorzimmer, welches zugleich Küche ist, einen Keller, Pferdestall und eine Wagenremise. Die Hütte, welche heizbar ist, ist einfach aber hübsch möblirt und mit Hirschgeweihen dekorirt. Das Holz zu dieser Hütte und die Steine zum Sockelgemäuer derselben wurden von der Kgl. Forstverwaltung unentgeltlich abgegeben und dieselbe dient zu Zeiten, wo sie von S.K.H. (Seiner Königlichen Hoheit, d. Verf.) nicht benützt wird, auch den Zwecken der letzteren.«* Während seiner Aufenthalte in Bebenhausen weilte König Wilhelm II. später auch für mehrere Tage in der Jagdhütte. Dann wurden ihm von Bebenhausen aus über den Postbotenweg täglich die wichtigen Nachrichten überbracht.

Als König Karl 1889 sein 25-jähriges Regierungsjubiläum feierte, machte man sich auch im Dorf Gedanken darüber, in welcher Weise das Jubiläum begangen werden sollte. Schließlich war es ja der König gewesen, der das Kloster vor seinem weiteren Verfall bewahrt hatte und es mit einem enormen Kostenaufwand hatte restaurieren lassen. Der Vorschlag des damaligen Oberlehrers, einen großen Stein aus dem Schönbuch als Denkmal für den König aufzustellen, fand im Dorf allgemeine Zustimmung. Zunächst wurde dafür ein Platz im Dorf vorgesehen, der zu einer kleinen Anlage umgestaltet werden sollte. Doch dann einigte man

Das Königsfest 1877. Nach einer Skizze von H. Schaumann.

sich darauf, den Stein am heutigen Standort aufzustellen, der »Waldhäuser Höhe«. »Mit vielen Ochsen wurde der Stein geholt und den Berg hinaufgeführt, dort meißelte Bildhauer Krauss die Widmung ein«,(39) berichtet der Oberlehrer. Bei der Einweihung des Gedenksteins weilte der König allerdings nicht in Bebenhausen, und die Dorfbewohner blieben unter sich.

Wenige Tage nach seiner Ankunft aus Friedrichshafen am 19. September 1891 erkrankte König Karl in Bebenhausen. Nachdem sich sein Gesundheitszustand ständig verschlechtert hatte, wurde er am 3. Oktober nach Stuttgart gebracht, wo er am 6. Oktober 1891 starb.

Das Königsfest 1877

Zum »Königsfest« anlässlich der 400-Jahr-Feier der Universität Tübingen im Jahr 1877 lud König Karl nicht nur hochrangige Regierungsvertreter aus Stuttgart, sonstige Würdenträger und die Professoren der Universität Tübingen ein, sondern auch mehr als 600 Studenten. Sie saßen in den Kreuzgängen und im Garten nach den Corps, Verbindungen usw. geordnet. Es war, so berichtet Hofkammerpräsident von Gunzert, eine sehr feine kalte Küche da und sehr gutes Bier vom »Waldhorn« in Bebenhausen, von dem nahezu 4000 Liter getrunken wurden. Den Studenten wurde nur eine Stunde lang Wein ausgeschenkt, weil dieser, so früh ausgeschenkt, viel zu stark wirken würde. Trotzdem taten die Studenten in dieser Stunde ihr Möglichstes und die 1200 bereitgestellten Flaschen 1874er Eilfinger Riesling und Untertürkheimer Clevner waren rasch geleert. Zwar gab es, so berichtet von Gunzert, in den gastlichen Räumen keine Exzesse, aber draußen auf dem Heimweg nach Tübingen kam der Geist des Weins zum Ausbruch und man konnte sehen, dass das Heimgehen für manchen ein großes Unterfangen war. Nicht wenige schliefen ihren Rausch im Straßengraben zwischen Bebenhausen und Lustnau aus und da konnte man eine interessante Beobachtung machen: Manche der Studenten zogen ihre Schuhe aus und stellten sie auf die Straße. Dies waren die »Stiftler«, die Studenten der evangelischen Theologie, die es gewohnt waren, ihre Schuhe am Abend vor die Türe zu stellen, um sie am anderen Morgen frisch geputzt anziehen zu können.(40)

---

(39) Aufzeichnungen Weiblen.

(40) Aufzeichnungen Gunzert.

Das Dorf und König Wilhelm II.

König Karls Nachfolger, König Wilhelm II., und seine Gattin, Königin Charlotte, übernahmen am 19. November 1891 das Schloss in Bebenhausen. In einem Brief an Kaiser Wilhelm II. schildert der preußische Gesandte Philipp Graf zu Eulenburg, der damals mit in Bebenhausen war, diesen ersten Besuch des Königspaars im Schloss: »*Nach dem Essen (in Tübingen, d. Verf.) fuhren wir durch ein weites, bucheneingefasstes Tal nach Bebenhausen. Wie ein Bild aus dem Mittelalter stieg nach halbstündiger Fahrt der wunderbare Gebäudekomplex des alten Klosters, sich etwas über die grüne Talsohle erhebend und von verschiedenen Türmen aller Art gekrönt, vor uns auf. Zwischen den Gebäuden windet sich im Kreise die Straße hinauf, bis man vor den niedrigen Türen aus gotischer Zeit hält, die zu den Refektorien, Gängen und Klosterzellen führen. Der verstorbene König (Karl, d. Verf.) ... beschloss, das merkwürdige*(41) *Bauwerk vor dem Verfall zu schützen, und begann die Restauration, die während zwanzig Jahren fortgesetzt wurde. Es läßt sich nicht alles Wunderbare aufzählen, das das Kloster enthält, und es ist schwer zu sagen, ob das Sommer-Refektorium, das täuschend dem neurestaurierten Saal des Marienburger Hochschlosses gleicht, ob das Winter-Refektorium, die Kirche, der Speisesaal (Blauer Saal, d. Verf.) oder der Klostergarten mit seinem gotischen Säulengang, der ihn im Viereck umschließt, das Merkwürdigste (Sehenswürdigste, d. Verf.) ist ...*

König Wilhelm, der nur einmal flüchtig das Kloster als Gast seines Onkels sehen durfte, nahm mit der Königin ohne Sentimentalität davon Besitz, um die Hirsche des Reviers mit Krieg zu überziehen ...

Die Königin in ihrer liebenswürdigen Natürlichkeit und Einfachheit sah sich das wunderbare Haus wie ein Kind an, dem man zum Geburtstage etwas aufbaut, freute sich über Teller, Messer, Gabeln und alte Kasten, Waffen, Majoliken und Geweihe, ohne den Gedanken zu haben, daß sie vielleicht viel zu hoch stände, um so viel Erstaunen zu zeigen, oder daß sie in zu tiefer Trauer sei, um sich so laut freuen zu können.«(42)

Graf zu Eulenburg besuchte Bebenhausen in den folgenden Jahren noch mehrere Male und seine Begeisterung für den Ort schlug sich nie-

---

(41) Heute: sehenswürdige.

(42) Haug, Eulenburg.

König Wilhelm II., Königin Charlotte und Tochter Pauline mit ihren Söhnen Hermann und Dietrich, 1915.

Bebenhausen und die württembergischen Könige

»Kamerunpost«, Blechspielzeug der Firma Schulz-Macke, um 1895. Geschenk König Wilhelms II. an den Schüler Friedrich Hahn. (Privatbesitz.)

der in der Geschichte »Weihnacht im Kloster« in dem von ihm verfassten »Weihnachtsbuch« (1894).

Ein großes Ereignis auch für das Dorf war der Besuch von Kaiser Wilhelm II. mit Gefolge vom 7. bis 10. November 1893 anlässlich der »Kaiserjagd«, zu der sein Namensvetter, König Wilhelm II., eingeladen hatte. Die Häuser wurden von ihren Bewohnern mit Tannengirlanden geschmückt und an der damaligen Einfahrt zum Dorf beim Gasthof »Zum Hirsch« »*hatte die Tochter des Hirschwirts Klett die Ehre, dem Kaiser einen Strauß zu überreichen, der huldvollst entgegengenommen wurde*«.[43] Während seines Aufenthalts in Bebenhausen vereinbarten der Kaiser und König Wilhelm II. die »Bebenhäuser Konvention«. Mit ihr wurden die für die württembergischen Offiziere recht ungünstigen Beförderungsmöglichkeiten verbessert und ein enger Austausch mit dem preußischen Offizierskorps vereinbart. An den Besuch des Kaisers in Bebenhausen erinnert die 1893 gepflanzte »Kaiserlinde« nahe der Königsjagdhütte im Schönbuch.

Für König Wilhelm II. und Königin Charlotte wurde Bebenhausen zu einem Ort, an dem sie sich ganz besonders wohl fühlten. Der König soll einmal gesagt haben: »*Wenn ich hier (in Bebenhausen, d. Verf.) einen Tag residier, entschädigt dies mich für Wochen der Alltagsmühe bei Hofe in der Residenz.*«[44] Zu den Dorfbewohnern bestand ein herzliches Verhältnis und das Königspaar nahm am Dorfleben regen Anteil. Die Vereine wurden unterstützt und jedes Schulkind erhielt zu Weihnachten ein Geschenk des Königspaars. Diese »Königsgeschenke« werden von den Dorfbewohnern bis heute gehütet und in Ehren gehalten. Der Oberlehrer, Johannes Weiblen, genoss die besondere Wertschätzung des Königspaars. Da er über eine außergewöhnlich schöne Handschrift verfügte, wurde er 1898 zum Königlichen Hofkalligraphen (Hofschönschreiber) ernannt und zu seinen Aufgaben gehörte es unter anderem, die Speisekarten für die königliche Tafel zu schreiben. Wegen seiner besonderen Verdienste erhielt er vom König 1912 die Verdienstmedaille des Friedrichsordens verliehen.

Der evangelischen Kirchengemeinde stiftete das Königspaar 1902 ein silbernes Taufgeschirr, mit dem seit nunmehr über 100 Jahren

---

(43) Aufzeichnungen Weiblen.

(44) Nach der Überlieferung in der Gastwirtsfamilie des Gasthofs »Zum Hirsch«.

Bebenhausen und die württembergischen Könige

Oben: König Wilhelm II. und Königin Charlotte mit Tochter Pauline vor einer Ausfahrt mit Fahrrädern, um 1896.

Unten: Bebenhäuser Kinder, aufgenommen von Königin Charlotte, 1914.

die Bebenhäuser Kinder getauft werden. Bereits 1901 hatten Oberjägermeister Detlef Freiherr von Plato und seine Frau Anna Altarleuchter gestiftet. Doch in den evangelischen Kirchen in Württemberg waren Altarleuchter damals noch nicht üblich, man feierte den Gottesdienst, auch an Feiertagen, ohne Kerzen auf dem Altar. Dies hatte die Freifrau jedoch gestört, denn sie war der Meinung, dass in einer lutherischen Kirche wenigstens beim Abendmahl Kerzen auf den Altar gehörten. Der Bebenhäuser Kirchengemeinderat sprach sich damals zunächst gegen die Aufstellung der Altarleuchter aus, da dies zu katholisch aussehe. Nach langem Hin und Her wurde schließlich folgende Lösung gefunden: Die Kerzenleuchter werden auf dem Altar nur aufgestellt, wenn das Königspaar und somit auch das Ehepaar von Plato in Bebenhausen weilt und den Gottesdienst besucht. Diese vom Ehepaar von Plato gestifteten Altarleuchter schmücken den Altar der Klosterkirche inzwischen längst zu jedem Gottesdienst.

Bei seinen Aufenthalten in Bebenhausen, jeweils im Frühsommer und im Herbst, besuchte der König regelmäßig auch die Gasthöfe »Zum Hirsch« und »Zum Waldhorn«, und deren Wirte wussten dann bereits, was sie Majestät servieren sollten. Die Königin, die aus ihrer Abneigung gegen höfische Veranstaltungen keinen Hehl machte, liebte das ungezwungene Leben in Bebenhausen. So konnte es sein, dass sie zu dem im Schlosshof auf sie wartenden Kutscher »Geh weg!« sagte und sich selbst auf den Kutschbock setzte. In rasanter Fahrt ging es dann durch das Dorf und die Bewohner schauten voller Bewunderung zu, wie sie mit der Kutsche die scharfe Kurve am Gasthof »Zum Hirsch« »meisterte«. Einmal im Jahr, meist im Sommer, mitunter aber auch an ihrem Geburtstag, dem 10. Oktober, lud die Königin alle Bebenhäuser und Waldhäuser Schulkinder zu Kakao und Hefezopf ins Sommer- oder Winterrefektorium ein. Der Lehrer und Angestellte des Hofes waren nicht dabei, die Königin goss den Kindern den Kakao selbst ein aus großen Kannen, die ihr aus der Schlossküche gebracht wurden, und der Oberlehrer schreibt in seinen Erinnerungen: *»Es war ergötzlich zu sehen, wie die junge Schar so vollzählig sich versammelte in freudiger Erwartung des Genusses. Majestät saß bei den Kindern, aß und trank mit ihnen und lachte mit ihnen.«* Besonders nahe standen dem Königspaar die Kinder der im Schlossbereich wohnenden Familien, wie der Küferfamilie Hahn, vom König als seine »Nachbarn« bezeichnet, oder die Familien des Forstmeisters und des Oberlehrers.

»Königs Geburtstag«, der Geburtstag von König Wilhelm II. am 25. Februar, wurde über all die Jahre hinweg im Dorf groß gefeiert, so auch 1899: *»Kanonendonner von der Mauer des Schlossgartens kündigte früh morgens den Festtag an. Morgens um 7 Uhr wurden 48 Sträuße abgegeben. 11 Uhr Gottesdienst und Festgang des Kirchenchors. 1 Uhr Versammlung aller Schüler. Beflaggung Schloss, Hirsch, Post, Fahnen an den Häusern. Abends 8 Uhr Zusammenkunft der meisten Bürger im Hirsch, Sonnenwirt deshalb erbost, keine Fahnen am Haus. Schultheiß Toast auf S.M. (Seine Majestät, d. Verf.), Schulmeister Weiblen Toast auf I.M. (Ihre Majestät, d. Verf.). Heimkehr aus dem*

Wirtshaus morgens 3–4 Uhr.«⁽⁴⁵⁾ Die Gastwirte der »Sonne«, des »Waldhorns« und des »Hirsch« legten damals großen Wert darauf, dass »Königs Geburtstag« von den Dorfbewohnern reihum gefeiert wurde, denn er brachte ihnen eine gute Einnahme.

Damals wurde auch ein »Blumentag« gefeiert, der viele Besucher ins Dorf brachte, und die »Tübinger Chronik« berichtet am 20. März 1911: *»Vom schönsten Wetter begünstigt, nahm der gestrige Blumentag einen über Erwarten guten Verlauf, denn es wurden 450 Karten und 2000 Nelken verkauft ... Der schöne Tag brachte etwas Fremdenverkehr und die Mädchen, die den Verkauf besorgten, suchten mit freudiger Hingabe ihrer Aufgabe gerecht zu werden. Der Ort zeigte sich im Festschmuck, die Häuser waren beflaggt und mit Kränzen und Blumengewinden geschmückt. An den Straßengängen und am Schreibturm standen Tannen, und der Schloßhof, sowie die Schloßgebäude waren geschmackvoll und hübsch dekoriert. Selbst vom Kirchturm wehten Fahnen. Es herrschte eine festliche und gehobene Stimmung unter der Einwohnerschaft, jedes wollte seiner Verehrung und Anhänglichkeit an das Königspaar Ausdruck geben. Abends versammelte sich die Einwohnerschaft im Saale des Waldhorns zum Gemeinde-Abend. Leider zeigte sich der Saal als viel zu klein, und das Bedürfnis nach einem größeren Raum für solche Zwecke machte sich wieder aufs neue geltend.«*

Aber auch in dieser für das Dorf ganz besonderen Zeit änderte sich an dessen Struktur kaum etwas. Bebenhausen blieb ein kleines Dorf, so wie viele andere Dörfer auch. Der Ort wuchs nur wenig. 1885 lebten hier, einschließlich der Bewohner Waldhausens, 279 Personen und die Einwohnerzahl blieb bis nach dem

Königin Charlotte backt mit ihren Gästen Pfannkuchen an der Königlichen Jagdhütte. Aquarell von Hofdame Elsa Baronin von Falkenstein aus dem Gästebuch der Königlichen Jagdhütte, um 1914. (Privatbesitz.)

---

(45) Aufzeichnungen Weiblen.

Postkarte des ehemaligen Königs an die Küferfamilie Hahn, seine »lieben Nachbarn«, 1920.

Bebenhausen und die württembergischen Könige

Heuernte im Prälatengarten, 1912.

Der Prälatengarten nach dessen Umgestaltung in einen Landschaftsgarten mit Teich, 1915. Auf Wunsch des Königs wurde der neu angelegte Garten aber weiterhin von den bisherigen Pächtern bewirtschaftet.

Zweiten Weltkrieg konstant. Zwischen 1865 und 1945 entstanden, neben den fünf am Jordanhang gelegenen Landhäusern, lediglich sechzehn neue Gebäude im Dorf, darunter das Schulhaus und das Rathaus. Dass sich das Dorf damals nur wenig veränderte, ist wohl auch auf »Ortsbaustatuarische Vorschriften« aus dem Jahr 1901 zurückzuführen, nach denen in der Umgebung des Klosters nur dann neue Gebäude errichtet werden durften, »*wenn sie das alte ehrwürdige Ansehen des Klosters nicht stören*«.

Allerdings entwickelte sich im Dorf nun ein reges Vereinsleben, das es bisher nicht gab. 1886 wurde der Männergesangverein Bebenhausen in den Schwäbischen Sängerbund aufgenommen und der bereits 1884 gegründete Liederkranz Bebenhausen, der 1890 seine Statuten erhielt, dürfte um 1900 in diesem Verein aufgegangen sein. 1888 wurde der »Kirchenchor Bebenhausen« beim Evangelischen Kirchengesang-Verein für Württemberg registriert. Einen Militärverein gab es schon ab 1870/71. Dieser wurde am 10. Oktober 1909, dem 45. Geburtstag von Königin Charlotte, neu gegründet und erhielt von ihr ein »wirklich königliches Geldgeschenk«.[46] In dem kleinen Dorf war dieser Verein neben den Chören der einzige mit einem regen Vereinsleben. Da es eigene Vereinsräume nicht gab, traf man sich zu den Vereinsabenden in einem der Gasthöfe. Zwischen 1905 und 1915 wurden vom Militärverein sogar Theaterstücke aufgeführt, wie »Wallensteins Lager« und »Wilhelm Tell« von Friedrich Schiller. Aus diesem Verein heraus entwickelte sich später, ebenfalls mit Unterstützung der Königin, der Schützenverein, der im Goldersbachtal einen eigenen Schießstand besaß. Eine Ortsgruppe des Schwäbischen Albvereins gab es ab 1896 mit einer Unterbrechung im Ersten Weltkrieg und Königin Charlotte war deren Ehrenmitglied.

Wie zuvor schon im Schloss, hielt nun auch im Dorf die neue Zeit, das 20. Jahrhundert, ihren Einzug: 1910 erfolgte der Anschluss an das Elektrizitätsnetz Tübingen und 1913 erhielt die Gemeinde das Recht, sich an die 1898 gelegte staatliche Wasserleitung zum Schloss anzuschließen. Beim Bau dieser Wasserleitung wurden auch zehn französische Kriegsgefangene eingesetzt, die 1914 ins Dorf gebracht worden waren. Der Weiler Waldhausen erhielt 1912 »in der insbesondere auch den Ausflüglern wohlbekannten Link'schen Wirtschaft eine Fernsprecheinrichtung«.[47]

Der Erste Weltkrieg brachte schließlich wirtschaftliche Not und großes Leid über fünfzehn Familien, deren Angehörige als Soldaten gefallen waren. Bereits 1914 mussten vier und bis 1918 weitere drei bedürftige Familien von der Gemeinde unterstützt werden. Damals nahmen die Dorfbewohner großen Anteil am Schicksal ihrer Soldaten. Jeder Einberufene erhielt einen Beitrag aus der Gemeindekasse zur Anschaffung von Socken, Kniewärmern und Leibbinden und in einem Gemeinderatsprotokoll vom 28. April 1915 heißt es: »Durch die Verzögerung des Kriegs sieht sich der Gemeinderat verpflichtet, den Ausmarschierten der hiesigen Gemeinde einen Beitrag aus der Gemeindekasse zu bewilligen.« Zu Weihnachten erhielt jeder Soldat aus der Heimat dasselbe Päckchen: Ein Christbäumchen mit kleinen roten Kerzen, Lametta, Silberkügelchen und einem von Drechslermeister Möck gedrechselten Teller als Ständer.

Am 6. Oktober 1916, also mitten im Ersten Weltkrieg, beging König Wilhelm II. sein 25-jähriges Regierungsjubiläum. Aus Bebenhausen schrieb er dazu an seinen Ministerpräsidenten von Weizsäcker: »In Anbetracht der ernsten Zeiten, die wir durchleben, und der tiefen Trauer, die der Krieg über zahlreiche Familien des Landes gebracht hat und täglich noch bringt, ist es mein Wunsch, daß an meinem

(46) Ebd.

(47) Ebd.

Links: Fahne des Militärvereins Bebenhausen (Rückseite) mit der siegreichen Germania, um 1871.

Rechts: »Wallensteins Lager« von Friedrich Schiller, aufgeführt von Dorfbewohnern am 14. Mai 1905.

Links: Diese französischen Kriegsgefangenen kamen 1914 nach Bebenhausen und wurden beim Bau der Wasserleitung für das Dorf eingesetzt.

Rechts: Oberlandjäger Wilhelm Breining wurde 1918 zum Schutz des Königspaars nach Bebenhausen versetzt.

Regierungsjubiläum von allen öffentlichen Kundgebungen und festlichen Veranstaltungen, welcher Art sie sein mögen, abgesehen wird und die öffentliche Feier auf einen Dankgottesdienst beschränkt bleibt. Alle meiner Person zugedachten Glückwünsche und Geschenke bitte ich, im Voraus herzlich dankend, unterlassen zu wollen.«[48]

Trotzdem wurde aus Anlass dieses Jubiläums am Waldrand nordöstlich von Bebenhausen ein Gedenkstein errichtet. Den gewaltigen und über 200 Zentner schweren Findling aus dem Schönbuch bei Pfrondorf hatten die Schönbuchgemeinden, der Verschönerungsverein Tübingen und der Schwäbische Albverein aufgerichtet und auch die Gemeinde Bebenhausen hatte sich mit einem namhaften Betrag beteiligt. Als Gemeinschaftsleistung des Forstamts Bebenhausen, des Schwäbischen Albvereins und des Verschönerungsvereins Tübingen wurde vom Gedenkstein aus zum Kirnberg hin der »König-Wilhelm-Hain« angelegt mit einem weitläufigen Wegenetz und einer »Wilhelmshütte«. In einer schlichten Feier gab der König seiner Freude über diese Art des Gedenkens in ernster Zeit Ausdruck und wünschte dem Heimatland, insbesondere dem Schönbuch, dauerhaften Frieden. Das Wegenetz dieser Anlage wurde noch bis um 1965 unterhalten und regelmäßig vom Laub befreit. Heute sind die Wege zugewachsen und kaum noch erkennbar und von der »Wilhelmshütte« sind nur noch Fundamentreste erhalten.

Nach turbulenten Tagen in Stuttgart im November 1918 mit Demonstrationen und Unruhen konnte und wollte der König nicht mehr länger in Stuttgart bleiben. Er und seine Gattin bestiegen mit einem kleinen Gefolge am Abend des 9. November zwei wartende Autos und fuhren nach Bebenhausen. In einem dritten Fahrzeug saßen Angehörige des Soldatenrats, die den König und sein Gefolge nach Bebenhausen begleiteten. Bei seiner abendlichen Ankunft im Schlosshof wurde das Königspaar von seinem Nachbarn, Forstmeister Max Walchner, und von Dorfbewohnern empfangen. Nach einem kurzen Dank des Königs begab dieser sich mit seinem Gefolge ins Schloss. Anschließend, so berichtet Gertrud Walchner, die Tochter des Forstmeisters, pöbelten die Mitglieder des Soldatenrats die anwesenden Dorfbewohner an und verspotteten einen Invaliden, den späteren Bürgermeister Karl Pfeiffer, der im Krieg einen Arm verloren hatte. Die in den darauf folgenden Tagen aus Stuttgart nachgekommenen 24 Angestellten der Hofhaltung kamen teilweise im Schloss und teilweise in der Klostermühle unter.

Noch am selben Abend kamen aus Tübingen der damalige Stadtschultheiß (Oberbürger-

---

(48) Gerhardt, S. 47.

meister) Hausser und der Architekt Karl Weidle mit sieben Stadtgardisten in Zivil und unbewaffnet auf einem Fuhrwerk der Brauerei Marquardt nach Bebenhausen und boten dem König Schutz an. Der Monarch empfing sie, lehnte jedoch eine Sicherheitswache ab, da er sich, wie er betonte, in »seinem lieben Bebenhausen« sicher fühle. Trotzdem wurde dann zum Schutz des Königs ein Oberlandjäger nach Bebenhausen versetzt.[49]

Um der provisorischen Regierung in Stuttgart die Weiterführung der Geschäfte zu erleichtern, entband der König am 16. November alle Bediensteten, Beamten und Soldaten von ihrem auf seine Person geleisteten Diensteid und am 30. November 1918 erfolgte aus Bebenhausen der förmliche Thronverzicht:

»Mit dem heutigen Tage lege ich die Krone nieder. Allen, die mir in 27 Jahren treu gedient oder mir sonst Gutes erwiesen haben, danke ich aus Herzensgrund. Ich spreche hiebei zugleich im Namen meiner Gemahlin, die nur schweren Herzens ihre Arbeit zum Wohle der Armen und Kranken im bisherigen Umfang niederlegt. Gott segne, behüte und beschütze unser geliebtes Württemberg in alle Zukunft. Dies ist mein Scheidegruß!«[50]

Von der neuen Regierung wurde dem ehemaligen Königspaar das lebenslange Wohnrecht für Schloss Bebenhausen zugestanden, und dem König wurde die Jagd in den Forstämtern Bebenhausen, Entringen, Weil im Schönbuch und einem Teil von Einsiedel auf Lebenszeit überlassen.

Der König und die Königin, nun »Herzog und Herzogin von Württemberg«, waren jetzt Bürger von Bebenhausen. Nach wie vor nahmen sie regen Anteil am Dorfleben und 1918 feierten sie mit den Dorfbewohnern, die sie nahezu alle persönlich kannten, gemeinsam Weihnachten. Sicherlich war es für Wilhelm und Charlotte 1918 nach den turbulenten Wochen davor eine willkommene Ablenkung, für die Dorfbewohner, jung und alt, und ihre nach Bebenhausen gefolgten Angestellten in Tübingen Geschenke für das Fest zu besorgen. Gertrud Walchner schreibt in ihren Erinnerungen, dass sich das Paar in der Adventszeit 1918 nahezu täglich von seinem Chauffeur nach Tübingen fahren ließ und mit einem mit Geschenken voll bepackten Auto zurückkam. Von der Weihnachtsfeier im Jahr 1918 berichtet der Oberlehrer: »*Am heiligen Abend durfte die hiesige Gemeinde eine schöne, erhebende Weihnachtsfeier bei dem geliebten Herzogspaar im Schlosse begehen. Nachdem das Festgeläute verklungen war, sammelten sich die Schulkinder mit dem Lehrer, mit ihren Geschwistern und Eltern, sowie viele sonstige Gemeindeangehörige im Kreuzgang und betraten um ½ 5 Uhr den prächtigen, behaglich durchwärmten Saal des Winterrefektoriums, wo ihnen der Lichterglanz des Weihnachtsbaums entgegenstrahlte und das Herzogspaar sie huldvoll empfing. In der einen Hälfte des Saals standen die Gabentische, in der andern stellten sich die Eltern und sonstigen Erwachsenen auf, in der Mitte, dem Herzogspaar und dem Christbaum gegenüber, die Kinder mit dem Lehrer. Die Feier wurde mit einem Weihnachtschoral der Schulkinder eröffnet ... Nun begab sich das Herzogspaar an die Gabentische, und die Kinder, ihre Eltern sowie der Lehrer wurden reichlich beschenkt. Die Kinder erhielten nicht bloß die Geschenke, die sie sich von Ihrer Königlichen Hoheit, der Herzogin, wünschen durften, sondern sie wurden auch von dem Herzog aufs reichste mit Gebäck, Spielsachen und Lernmitteln erfreut ... Dann unterhielten sich die hohen Festgeber in leutseliger, freundlicher Weise mit allen Gästen ...*« Da es in der schwierigen Nachkriegszeit auch für das ehemalige Königspaar nicht so leicht war, für die Dorfbewohner und seine Angestellten Geschenke zu beschaffen, schenkte es auch Gegenstände aus seinem eigenen Besitz.

In diesen Tagen kamen Menschen teilweise von weit her und brachten dem ehemaligen Königspaar in ihren Körben Lebensmittel und kleine Geschenke. So machte sich eine Frau aus einem Dorf bei Kirchheim unter Teck mit ihren beiden Kindern morgens um fünf Uhr auf den Weg nach Bebenhausen, um dem ehemaligen König neben einem Pfund Butter, Äpfeln, Nüssen, Quitten und zwölf Eiern auch ein Laible Schnitzbrot (Früchtebrot) zu bringen, denn sie hatte gehört, dass er dies besonders gerne aß. Da sie nicht damit gerechnet hatte, von Wilhelm und Charlotte empfangen zu werden, schrieb sie einen Brief und legte ihn zu den Esswaren in den Korb: »*Euer Königliche Majestät! Treue schwäbische Landeskinder wagen es, als Zeichen der Ergebenheit und Untertanentreue gegen ihren guten König und seine Gemahlin Euer Majestät ein kleines Angebinde zu überreichen. Mit vielen Schwaben haben wir mit Entrüstung von all dem Schweren und Entwürdigenden gehört, das über Euer Majestät gegangen ist, und sprechen Euer Majestät aus, daß viele*

---

(49) s. unter »Die Gemeindedienste«.
(50) Gerhardt, S. 57.

Forstmeister Max Walchner und seine Revierförster halten Totenwache am Sarg des im Sommerrefektorium aufgebahrten ehemaligen Königs, 1921.

Wunsch wurde der tote ehemalige König im Sommerrefektorium aufgebahrt und Tausende kamen, um von ihrem geliebten früheren Landesherrn Abschied zu nehmen. Inmitten eines Meeres von Blumen und Kränzen stand unter einer hohen Trauerweide aus dem Prälatengarten der offene Sarg, an dem auch der Bebenhäuser Forstmeister Max Walchner mit seinen Revierförstern im Wechsel Totenwache hielt. Am Abend des 6. Oktober fand vor dem Sarg ein Trauergottesdienst mit dem einstigen Hofprediger, Prälat Hoffmann, statt, an dem neben Charlotte mit ihren Schwestern und der Tochter Wilhelms mit ihrer Familie auch die Hofangestellten sowie Vertreter der Kirche und der Universität Tübingen teilnahmen. Am Morgen des 7. Oktober wurde der Sarg dann nach Ludwigsburg überführt und zum Abschied des ehemaligen Monarchen aus seinem geliebten Bebenhausen wurden die Glocken der Kloster- bzw. Schlosskirche geläutet und blies der ehemalige Hofjägerchor das »Halali«.

Des Königs treuer Begleiter Jim

Nach dem Tod von Ruby, dem zweiten der »Königsspitzer«, der in Bebenhausen im Prälatengarten sein Hundegrab bekam, schaffte sich der König Jim, einen schottischen Schäferhund, an. Dieser war groß und mit seinen langen grauen Haaren zweifellos eine Hundeschönheit. Jim war zwar kein böser, doch ein wilder Hund mit mancherlei Unarten. Alte, schon ein wenig hinfällige Frauen in langen Röcken mochte er zum Beispiel nicht. So warf er im Dorf einmal die »Krautschneiderbäs«, von hinten auf sie zurennend, durch einen Stoß in die Kniekehle einfach um. Ein anderes Mal drückte er ein Kind, das über den Schlosshof lief, an eine Wand, ungeachtet der Rufe des Königs. »Gehorchen« war für ihn ein Fremdwort. Deshalb kam Jim zur Erziehung ins Forsthaus. Zum Abgewöhnen seines Vergnügens, alte Frauen umzustoßen, bekam er an sein Halsband eine lange Kette mit einer vom Drechslermeister im Dorf gedrechselten stachelbesetzten Holzkugel, die dann gegen seinen Bauch schlug, wenn er losrannte. Weil die Hunde des Königs sich tagsüber in dessen Wohnzimmer aufhalten durften, durfte er dies, im Gegensatz zu den Forsthaushunden, auch hier und da war eine Beobachtung seltsam: Spielte eines der Kinder am Klavier, kam Jim von seinem Platz und setzte sich, erkennbar zuhörend, daneben. Dem Anschein nach hörte er also gerne Musik, jedoch nicht jede, er wusste zu unterscheiden. Beim Abspielen von Musik aus Franz von Suppés Operette »Dichter und

Schwabenherzen in Dank und Treue zu ihrem edlen Königspaar schlagen.«(51)

Bei der Wahl zur verfassunggebenden Landesversammlung am 12. Januar 1919 erschienen Wilhelm und Charlotte morgens als erste Wähler im Wahllokal. Und als die Dorfbewohner einen Monat später, am 22. Februar 1919, ihre heimgekehrten Soldaten im »Hirsch« begrüßten und der fünfzehn Gefallenen des Dorfes gedachten, erschien zu dieser Feier auch der ehemalige König. Charlotte lag die Betreuung der Kriegswaisen im Dorf, bei denen sie regelmäßig Hausbesuche machte, ganz besonders am Herzen. Bis 1944, als sie einen Schlaganfall erlitt, besuchte sie zu Weihnachten reihum und in aller Stille auch die Alten und Kranken im Dorf und brachte jedem von ihnen ein Christbäumchen aus der Saatschule des Forstamts und ein Geschenk. Über das Dorfleben war sie immer gut informiert, denn ihre Angestellten waren gehalten, ihr alle Neuigkeiten von dort zu berichten.

Am 15. September 1921 verließ der ehemalige Monarch Schloss Friedrichshafen, wo er den Sommer verbracht hatte, um nach kurzen Besuchen in Ludwigsburg und im Gestüt Weil wieder nach Bebenhausen überzusiedeln. Hier zog er sich beim Abendessen auf der vor dem »Grünen Saal« gelegenen Terrasse am 22. September eine Erkältung zu, von der er sich nicht mehr erholen sollte, und er starb in Bebenhausen am 2. Oktober 1921. Entgegen seinem

---

(51) Archiv des Verfassers.

Bauer« heulte Jim erbarmungswürdig, während ihm die Musik von Mozart besonders gut gefiel. Da Jim ein kluger und lernfähiger Hund war, erkannte er, dass sich gutes Benehmen im Allgemeinen auszahlte und im Einzelfall mit einem Hundekuchen belohnt wurde. So konnte er nach einem knappen Jahr als »hoffähig« dem König zurückgegeben werden.[52]

Oberjägermeister Freiherr Detlev und Freifrau Anna von Plato

Die aus Hannover stammende Adelsfamilie hatte für die gesellschaftlichen Verhältnisse in Württemberg kein Gespür und stieß durch ihr forsches Auftreten viele Menschen vor den Kopf. Das anmaßende und taktlose Verhalten des Paares fiel auch in Bebenhausen auf. Wenn der Oberjägermeister mit seiner Familie seine Wohnung in der Klostermühle bezog, musste der Mühlkanal abgestellt werden, denn das Rauschen des Baches störte die Freifrau. Da es damals, es war 1898/99, im Dorf noch kein fließendes Wasser gab, bereitete das Abstellen des Mühlbachs den Dorfbewohnern große Probleme. Die Bauern, die im oberen Teil des Dorfes wohnten, konnten ihr Vieh nicht mehr am Mühlbach tränken und mussten es nun durch das ganze Dorf zum Goldersbach führen. Die Frauen konnten dem Bach dann auch kein Putz- und Waschwasser entnehmen. Die Dienstboten der Freifrau bekamen nach einem kargen Frühstück bis zum Nachmittag nichts mehr zu essen, so dass sie gezwungen waren, sich selbst zu versorgen. Deshalb sind der Freifrau von November 1898 bis März 1899, also innerhalb von nur vier Monaten, nicht weniger als vier Köchinnen davongelaufen. Die Bebenhäuser Mädchen, die für die Freifrau arbeiteten, erhielten als Lohn für ihre Arbeit abgetragene Kleidungsstücke. Und als im März 1899 der große Garten an der Klostermühle angelegt wurde, stand die Freifrau neben den Arbeitern und wenn sich einer reckte und kurz innehielt, rief sie: »Nur arbeiten, nur arbeiten!«[53]

Das Los der Hausmädchen

Früher gingen Mädchen nach ihrer Konfirmation, also im Alter von 14 Jahren, in Stellung, um den Haushalt zu erlernen und um sich ihre Aussteuer zu verdienen. Die meisten der Mädchen wurden von ihrer »Herrschaft« gut behandelt und erhielten einen ordentlichen Lohn.

(52)   Walchner, Erinnerungen.
(53)   Aufzeichnungen Weiblen.

Doch es gab auch Fälle, in denen sie von ihren Arbeitgebern schlecht behandelt und ausgenutzt wurden. Dies sprach sich unter den Mädchen rasch herum und diese »Herrschaften« hatten dann Probleme, Hausmädchen zu finden. Margarete, eine Tochter des Forstwegewarts Schleppe, geriet trotzdem in ein solches Haus. Den Unterschied zwischen ihr und ihrer adeligen Herrschaft erklärte ihre Herrin ihr eines Tages so: »Weißt du, Margarete, du bist aus Schwarzbrotteig und wir halt aus Weißbrotteig.« In dem Haus ging es sehr sparsam zu und alle Essensreste wurden wieder verwendet, sodass Margarete abends oft hungrig zu Bett ging. Eines Tages blieb vom Mittagstisch ein besonders kleiner Rest Blaukraut übrig und Margarete war sich sicher, dass sie diesen am Abend essen konnte. Doch sie kannte ihre Herrin immer noch nicht gut genug: Kurz vor dem Abendessen kam sie in die Küche und bat Margarete, auch den Rest Blaukraut aufzuwärmen. Das Mädchen war darüber so aufgebracht, dass es auf Rache sann. Schließlich kam ihr eine Idee: Sie spuckte in der Küche herzhaft in das aufgewärmte Blaukraut und servierte es dann freundlich lächelnd ihrer Herrin.[54]

(54)   Archiv des Verfassers.

Jim, »des Königs treuer Begleiter«. Postkarte der Firma Eckstein und Stähle, um 1915.

Bebenhausen und die württembergischen Könige

Witwensitz von Charlotte, der letzten Königin Württembergs

Königin Charlotte mit ihren Schwestern und Gefolge am König-Karl-Stein, um 1900.

Noch im Oktober 1921, nur wenige Wochen nach dem Tod Wilhelms, des ehemaligen Königs, wurde vom Nachlassgericht Bebenhausen sein Testament eröffnet, das bei den Nachlassakten im Ortsarchiv Bebenhausen bis heute aufbewahrt wird. Sein Privatvermögen ging an seine beiden Enkel, Erbprinz Hermann und Prinz Dietrich zu Wied. Seine Tochter, Fürstin Pauline zu Wied, erhielt die lebenslängliche Nutznießung an der Vorerbschaft und wurde als Testamentsvollstreckerin eingesetzt. Charlotte, die Witwe Wilhelms, zog dann am 1. Dezember 1921 von Schloss Friedrichshafen endgültig nach Schloss Bebenhausen, für das ihr vom Staat das lebenslange Wohnrecht zugestanden worden war. Das für sie und ihre wenigen Angestellten viel zu große und aufwendige Schloss sollte nun noch für 25 Jahre ihre Heimat werden. Die ehemalige Königin besaß jedoch nur das Wohnrecht für die dem Staat gehörenden Gebäude. Dagegen ging die Klostermühle aus dem Privatbesitz Wilhelms an dessen Enkel, die Prinzen zu Wied. Da sich dort aber die Turbinenanlage zur Stromerzeugung für das Schloss, Wohnungen für die Hofangestellten sowie die Garagen befanden, führte dieser ungute Zustand im Laufe der Jahre immer wieder zu Unstimmigkeiten zwischen der Fürstlich Wiedischen Verwaltung und der Hofhaltung.(55)

Bereits damals richtete Charlotte ein Sparkonto ein, dessen von ihr im Laufe der Jahre ersparte Geldsumme nach ihrem Ableben ihren langjährigen Angestellten anteilig zugute kommen sollte. Die bei den Dorfbewohnern außerordentlich beliebte und verehrte »Mitbürgerin« musste hier noch den Zweiten Weltkrieg erleben. Als der Bombenkrieg begonnen hatte, nahmen sie und ihre Hofdame einen siebenjährigen Buben aus dem Ruhrgebiet namens Achim auf. Nun wurden an Regentagen nachmittags die Türen zum Kreuzgang geöffnet, damit die Kinder im Trockenen spielen konnten, und so manches von ihnen lernte in diesen schönen alten Gängen das Radfahren. Im Sommer 1942 stellte sie dem Württembergischen Landesmuseum und der Staatsgalerie Stuttgart das Laienrefektorium und die Bruderhalle des Klosters für die Auslagerung von Teilen ihrer Sammlungen zur Verfügung, und 1943 nahm sie das Hölderlin-Archiv der Württembergischen Landesbibliothek im Schloss auf.(56) 1944 erlitt die ehemalige Königin einen Schlaganfall und war nun an einen Rollstuhl gefesselt, weshalb sie von ihren im 1. Stock gelegenen Wohnräumen in das Erdgeschoss des »Kapff'schen Baues« zog. So konnte sie von ihren Angestellten bei Fliegeralarm besser in den unter dem »Grünen Saal« gelegenen Keller getragen werden.

Die aus Nachod in Böhmen, der Heimat Charlottes, vertriebene Schwester, Prinzessin Alexandra von Schaumburg-Lippe, und die Schwägerin, Prinzessin Antoinette von Schaumburg-Lippe, erreichten am 16. April 1946 Bebenhausen in der Hoffnung, hier eine neue Heimat zu finden. Der Bruder Charlottes, Prinz Friedrich von Schaumburg-Lippe, hatte die Strapazen der Vertreibung nicht überlebt

Die Angestellten der ehemaligen Königin an deren 70. Geburtstag, dem 10. Oktober 1934. Sitzend von links: Kammerfrau Wanda Berndt, ehemalige Palastdame Olga Gräfin von Üxküll-Gyllenband (Pflegemutter von Caroline Gräfin Schenk von Stauffenberg), Hofdame Elsa Baronin von Falkenstein, Schneiderin Else Sommer; hinten stehend: der Chauffeur, der Haushofmeister, die Lakaien (Diener), die Köchin sowie das sonstige Haus- und Küchenpersonal.

---

(55) Davon betroffen war auch der Vater des Verfassers, der als Angestellter der ehemaligen Königin für diesen Bereich zuständig war.

(56) s. auch unter »Die Jahre nach dem Krieg«.

Bebenhausen und die württembergischen Könige

Links: Die ehemalige Königin begrüßt eine Mädchengruppe des Bundes Deutscher Mädels (BDM) im Schlosshof, 1935.

Rechts: Charlotte, die ehemalige Königin, mit ihrem Terrier Bebo im Prälatengarten, Februar 1946.

und wurde in Bad Kudowa in Schlesien begraben. Doch nach drei Monaten, am 16. Juli 1946, starb Charlotte. Am Nachmittag des 16. Juli wollte sie mit ihrer Schwester und ihrer Schwägerin eine Ausfahrt in den Schönbuch machen und der Chauffeur hatte das Auto bereits im Schlosshof bereitgestellt. Da stellten sich bei ihr Herzprobleme ein und ihr langjähriger Bebenhäuser Hausarzt, Dr. Albert Schramm,[57] wurde gerufen. Die Königin verstarb am Abend gegen 17.45 Uhr. Ihre Angestellten läuteten daraufhin die im Türmchen des Sommerrefektoriums hängende »Silberglocke«, um den Dorfbewohnern den Tod ihrer beliebten und verehrten Mitbürgerin mitzuteilen. Trotz der damals schwierigen Verhältnisse verbreitete sich die Nachricht von ihrem Tod rasch und wieder kamen Unzählige, meist zu Fuß, um von der ebenfalls im Sommerrefektorium aufgebahrten letzten Königin Württembergs Abschied zu nehmen.

Dem aus Winterbach im Remstal stammenden ehemaligen Kammerlakai (Kammerdiener) Wilhelm Uetz, der 1918 dem Königspaar von Stuttgart nach Bebenhausen gefolgt war, schrieb die Hofdame, Baronin Elsa von Falkenstein, am 9. September 1946: *»Von Herzen danke ich Ihnen für Ihre wohltuende treue Teilnahme an dem großen Leid, das mich durch das Hinscheiden meiner geliebten Herrin so schwer getroffen hat. Zwar stand der Abschied ja schon seit zwei Jahren vor mir, aber nun kam er doch unerwartet schnell und die Trennung fällt mir unendlich schwer. Ein großer Trost ist es, daß die teure Königin durch Gottes Gnade sanft hinüber schlafen durfte in die Ewigkeit, und niemand möchte man von dort*

---

(57) s. unter »Menschen im Dorf«.

in die heutige Zeit zurück wünschen. Dennoch scheint mir alles leer und dunkel und voller Dankbarkeit gedenke ich der vielen Jahre, in denen ich Ihrer Majestät dienen durfte und sie immer eine so gütige verständnisvolle Herrin für mich war.«[58]

Mit dem Tod der letzten Königin Württembergs, die auch die letzte deutsche Königin gewesen war,[59] endete auch für das Dorf eine ganz besonders herausragende Ära.

Des Kastellans Töchterlein

*Sagt, hab' ich nicht ein schön' Zuhause
Und sehr romantisch ist es auch:
Inmitten eines Klosters Klause
Umweht von einstens uns ein Hauch.*

---

(58) Heimatmuseum Winterbach.
(59) Die letzte Königin von Bayern starb 1919 und die deutsche Kaiserin und Königin von Preußen 1921. Im Königreich Sachsen war Kronprinzessin Luise 1902 mit dem Hauslehrer ihrer Kinder durchgebrannt und ihr 1904 auf den Thron gekommener Gemahl Friedrich August III. heiratete nicht wieder.

*Vom Turme, der so hoch erhaben
Ins tiefe Blau des Himmels ragt,
Hört man wie in vergangnen Tagen
Der Glocke tiefen Stundenschlag.*

*Und in dem stillen Klostergarten
Da blühen Rosen schön und viel
Weiß, rot und rosa, all die Farben,
Bei der Kapell' die Marschall Niel.*

*Gar schön ist's, wenn in Sommernächten
Ganz leise dort der Brunnen rauscht
Als wie bewegt von fernen Mächten –
Und selbst der Mond am Himmel lauscht.*

*Dort um die alten Bogen ranken
Sich Rosen, Efeu, wilder Wein.
Und all die Säulen dort, die schlanken,
Umschmeichelt still des Lauschers Schein.*

*Und so in Nächten wie in Tagen
Lieb ich dies Kloster still und fein.
Und wirst Du mich »Warum wohl?« fragen,
So denk': Es ist die Heimat mein.*

Gedicht von Martha Haug

Links: Die ehemalige Königin an ihrem 70. Geburtstag, dem 10. Oktober 1934.

Rechts: Hofdame Elsa Baronin von Falkenstein mit ihrem Spitzer Ossi, 1958.

Bebenhausen und die württembergischen Könige

Die Zeit des Nationalsozialismus und des Zweiten Weltkriegs

In dem kleinen Dorf Bebenhausen mit seiner eigenen Geschichte war auch die Zeit des Nationalsozialismus eine etwas andere als in anderen Orten.

Nach dem Ersten Weltkrieg war ein Teil der Dorfbewohner, die bisher mehrheitlich die Deutsche Demokratische Partei[60] gewählt hatten, zunächst offensichtlich aufgeschlossen für die Ziele der »Nationalsozialistischen Freiheitsbewegung«, denn bei der Reichstagswahl 1924 entfielen 20 der abgegebenen 133 Stimmen, also 15 %, auf diese. Doch bei der Wahl zum Reichstag am 20. Mai 1928 entfielen von 117 abgegebenen Stimmen lediglich zwei auf die NSDAP (1,7 %). Vier Jahre später, bei der Reichstagswahl am 6. November 1932, errang die NSDAP jedoch bereits 83 der 151 abgegebenen Stimmen (55 %) und bei der Reichstagswahl am 5. März 1933 sogar 113 von 165 abgegebenen Stimmen (68,5 %).[61] Bei diesen Ergebnissen sind auch die Stimmen der Bewohner Waldhausens berücksichtigt, das bis 1934 zu Bebenhausen gehörte.

Einer Erhebung zum 1. Mai 1945 zufolge waren von den 186 wahlfähigen Einwohnern Bebenhausens, nun ohne den Weiler Waldhausen, 20 Mitglieder der NSDAP. Allerdings waren weitere Einwohner Mitglied in Unterorganisationen der NSDAP. Die Bebenhäuser Parteimitglieder der NSDAP gehörten zur Ortsgruppe Lustnau und im Dorf selbst vertrat ein Zellenleiter, Ernst Möck, die Interessen der NSDAP. Auch die Angehörigen der Hitlerjugend (HJ)

---

(60) Eine Vorläuferpartei der heutigen FDP.

(61) Das Kreisarchiv Tübingen errechnete bei der Reichstagswahl 1933 für Bebenhausen einen Anteil von 77 % der Stimmen für die NSDAP. Hier dürften die Stimmen von Angehörigen des Freiwilligen Arbeitsdienstes (FAD) mitgezählt worden sein, der damals in Bebenhausen ein Lager unterhielt.

Die Angehörigen des Freiwilligen Arbeitsdienstes (FAD) vor ihrem Lager in Bebenhausen, 1933.

und des Bundes Deutscher Mädel (BDM) waren den Gruppen in Lustnau angeschlossen.

Bereits 1932 war vom Freiwilligen Arbeitsdienst (FAD) in Bebenhausen ein Lager eingerichtet worden und die dort untergebrachten 43 meist arbeitslosen Jugendlichen und Erwachsenen besserten Waldwege aus und legten neue an. Sie nahmen auch an Veranstaltungen im Dorf teil und marschierten 1933 beim Festumzug zum Erntedankfest mit. An sie erinnern zwei Gedenksteine. Einer steht an einem von ihnen 1933 angelegten Waldweg und einer an der heutigen Landesstraße 1208 unterhalb des Dorfes, wo am 29. November 1933 drei dieser FAD-Kameraden tödlich verunglückten.

Wie in allen anderen Orten wurde 1933 auch in Bebenhausen ein neuer Gemeinderat gebildet und dieser fasste in seiner Sitzung am 7. Juni 1933 folgenden Beschluss: *»Der Platz vor dem Rathaus und dem Eingang zu unserem ehrwürdigen Kloster erhält die Bezeichnung Hindenburgplatz, die Hauptstraße vom Gasthaus z. Hirsch bis zum Klostereingang bzw. bis zum Hindenburgplatz die Bezeichnung Adolf Hitler Straße. Ein Täfelchen mit der Aufschrift ›Adolf Hitler Straße‹ ist am früheren Posthäuschen beim Hirsch und ein solches am Schreibturm mit der Aufschrift ›Hindenburgplatz‹ anzubringen.«*(62)

Große Aufregung gab es im Frühjahr 1934, als im Dorf bekannt wurde, dass Bebenhausen, ebenso wie Lustnau und Derendingen, nach Tübingen eingemeindet werden solle. In einer rasch anberaumten außerordentlichen Gemeinderatssitzung wurde zu diesem Plan Stellung bezogen: *»Die Angelegenheit kam dem Gemeinderat derart überraschend und ist ihm unfaßlich, da wir unsere Selbständigkeit verlieren und nach Tübingen eingemeindet werden sollen, obwohl Bebenhausen von Tübingen 6 km entfernt ist und so der Entwicklung der Stadtgemeinde nicht hinderlich ist ... Der Gemeinderat lehnt daher die Eingemeindung nach Tübingen ab. Auch bezüglich Waldhausen lehnen besonders die 3 in Waldhausen wohnenden Gemeinderatsmitglieder eine Eingemeindung nach Tübingen ab. Die frühere Teilgemeinde Waldhausen ist erst im Jahr 1930 hieher eingemeindet worden, wohin sie sich freiwillig entschieden hat.«*(63) Es wurde daraufhin entschieden, dass

Bebenhausen weiterhin selbständig bleiben soll, dass aber der Ortsteil Waldhausen nach Tübingen eingemeindet wird. Nun verringerten sich die Einnahmen der Gemeinde und die drei Vertreter Waldhausens im Gemeinderat mussten durch solche aus Bebenhausen ersetzt werden. Die Kinder von Waldhausen durften auf Wunsch ihrer Eltern weiterhin die Schule in Bebenhausen besuchen und die Verstorbenen der alteingesessenen Waldhäuser Familien werden bis heute auf dem Friedhof in Bebenhausen bestattet. Kirchlich blieb Waldhausen noch bis 1966 Bebenhausen zugeordnet.

Inzwischen schaltete sich die Kreisleitung der NSDAP immer häufiger in die Belange der Gemeinden ein. So forderte sie am 14. Juli 1936 die Bürgermeister und Gemeinderäte auf, beim Kultministerium die Einführung der »Deut-

---

(62) Ortsarchiv Bebenhausen 237 S. 225 ff.
(63) Waldhausen war auf Wunsch seiner Bewohner als Teilgemeinde aufgelöst und mit Bebenhausen »verschmelzt« worden.

Oben: Mitglieder der Hitlerjugend (HJ) und des Bundes Deutscher Mädels (BDM) sammeln sich vor dem Rathaus für den Umzug zum Erntedankfest, 1933.

Unten: Angehörige des Freiwilligen Arbeitsdienstes (FAD) marschieren beim Umzug zum Erntedankfest 1933 mit.

Die Zeit des Nationalsozialismus und des Zweiten Weltkriegs

Bebenhäuser Kinder an der »Wette« (1956 zugeschüttet) beim Backhaus, 1943.

schen Volksschule« zu beantragen. Daraufhin stellte auch der Bürgermeister von Bebenhausen einen entsprechenden Antrag, der allerdings eine wichtige Einschränkung enthielt: *»Die Gemeinde Bebenhausen stellt beim Württ. Kultministerium den Antrag auf Errichtung der Deutschen Volksschule unter der Voraussetzung, daß der Religionsunterricht im bisherigen Umfange gewährleistet bleibt.«*[64]

Nach dem plötzlichen Tod von Bürgermeister Jakob Kemmler, der seit 1920 die Geschicke des Dorfes geführt hatte, übernahm 1939 der Landwirt Karl Volle, ein Nachfahre des Klosterschmieds Jakob Volle, einer der »Gründerväter« der Gemeinde, das Amt des Bürgermeisters. Dieser einfache und aufrechte Mann führte das Dorf mit großem Geschick durch die schwierigen Jahre, die nun kommen sollten. Für ihn war es eine Selbstverständlichkeit, allen in Not geratenen Menschen zu helfen, ohne danach zu fragen, weshalb sie in Not geraten waren. So nahm er im September 1941 die Malerin und Zeichenlehrerin Clara Maria Schubart auf, die ihre Lebensgrundlage wohl durch die politischen Ereignisse verloren hatte, und besorgte ihr ein Zimmer im Dorf. Auch der Maler HAP (Helmut) Grieshaber suchte die Hilfe des Bürgermeisters und schrieb am 12. Juni 1941 aus Bebenhausen: *»Durch die mir von meiner Truppe gegebene Heiratserlaubnis ... kam ich nach Bebenhausen ... In Bebenhausen ging uns der Herr Bürgermeister in liebenswürdigster Weise an die Hand, uns vorerst mal als Kurgäste meldend mit dem Hinweis: Sollten wir länger als zwei Monate verweilen, meine Frau die ordnungsgemäße Anmeldung dann zu tätigen hätte ... Auf eine Unterstützung im Falle meines Todes, von Seiten der Gemeinde Bebenhausen, verzichtet meine Frau. Hap Grieshaber, Soldat.«*[65]

Im Sommer 1942 nahm der Bürgermeister Ilse Ludwig auf, deren Mann im Februar 1942 wegen *»böswillig gehässigen Äußerungen über leitende Persönlichkeiten des Staates und der Partei«*[66] von der Gestapo in Berlin verhaftet und vom Reichsgericht in Leipzig zu sechs Jahren Zuchthaus verurteilt worden war unter

---

(64) *Ortsarchiv Bebenhausen 230 S. 365.*

(65) *Ortsarchiv Bebenhausen C11/184.*
(66) *Nachlass Ludwig.*

Die Zeit des Nationalsozialismus und des Zweiten Weltkriegs

Aberkennung der bürgerlichen Ehrenrechte auf vier Jahre. Ilse und Gerhard Ludwig hatten 1941 ihre Sommerferien in Bebenhausen verbracht und dabei erstaunt festgestellt, dass der Nationalsozialismus hier so gut wie keine Rolle spielte. Obwohl dem Bürgermeister bekannt war, dass Gerhard Ludwig sich in einem Strafgefangenenlager befand, besorgte er der aus Köln zugezogenen Frau eine Wohnung im Dorf und unterstützte sie. So war es ihr möglich, ihrem Mann auf Schleichwegen, vor allem über die evangelische Kirche, Lebensmittelpäckchen zu schicken, die ihm ein Überleben ermöglichten. Über seine Frau erfuhr der Mann von der Unterstützung durch den Bürgermeister und die Dorfbewohner und in seinen auf Papierfetzen geschriebenen Briefen aus dem Lager stand mitunter ein Dank an diese: *»Den Spendern sage meinen herzlichsten Dank und viele viele Grüße ... Ich kann nicht begreifen, daß Du so reichlich Päckchen für mich hast. Als ich noch bei Dir war, kostete die Beschaffung solcher Fressalien viel Mühe ... Mein Kompliment zu dem Kuchen, schönen Dank an Frau Schaal (Waldhornwirtin Maria Schaal, d. Verf.) ... an den Schloßverwalter (Christian Haidt, d. Verf.) und an Fräulein F. (Friederike Heller, genannt »Postrickele«, d. Verf.)«*[67]

Als die Tübinger Kreisleitung der NSDAP 1939 beanstandete, dass in Bebenhausen die Witwe eines jüdischen Anwalts gemeinsam mit ihrer Hausgehilfin, dem legendären »Postrickele«, die Postagentur führte, und mit Maßnahmen drohte, wurde durch den Bürgermeister auch hier eine Lösung gefunden: Die ehemalige Königin stellte das am Schreibturm gelegene und zu ihrem Wohnrecht im Schloss gehörende »Kutscherhaus« für den Betrieb der Postagentur zur Verfügung. Nun stand diese, auf deren Einkünfte die beiden Frauen angewiesen waren, sozusagen unter dem Schutz Charlottes und die Kreisleitung der NSDAP verzichtete auf weitere Schritte. Doch bei einigen Dorfbewohnern beziehungsweise Parteigenossen hörten auch danach die Anfeindungen gegen Fanny Bacher, die Witwe des jüdischen und evangelisch getauften Anwalts, nicht auf, denn sie machte aus ihrer Ablehnung des nationalsozialistischen Gedankenguts keinen Hehl und suchte immer wieder das Gespräch mit Parteigenossen. Pauline Seethaler, die Frau Friedrich Seethalers, des späteren Parlamentsrats und Bürgermeisters beziehungsweise Ortsvorste-

hers von Bebenhausen, schrieb ihr deshalb am 6. Juni 1943 einen Brief, in dem sie ausführte: *»Betreff Belehrung über Nationalsozialismus sind Sie als Frau eines Volljuden keinesfalls berechtigt, deutschen Volksgenossen Belehrung zu erteilen ... Jede weitere Belästigung Ihrerseits übergebe ich der N.S.D.A.P. Zudem erlauben Sie sich als Frau Rechtsanwalt Dr. Bacher auszugeben, eine Anmaßung, zu der Sie als Frau des Juden Rechtsanwalt Dr. Albert Bacher keinesfalls berechtigt sind.«*[68] Der Bürgermeister, an den sich die alte Frau wandte, verhielt sich sehr klug: Er übergab den Brief Pauline Seethalers an Ilse Ludwig, deren Mann, wie bereits ausgeführt wurde, in einem Strafgefangenenlager einsaß, und bat sie, sich um die alte Frau zu kümmern und ihn von allen weiteren Vorkommnissen zu unterrichten.

Fanny Bacher, die 1857 geborene Kaufmannstochter aus Bremen, bezeichnete sich selbst als freisinnig. Diese Einstellung konnte der damalige Ortspfarrer von Lustnau-Bebenhausen, Gustav Adolf Gruner, nicht akzeptieren und er entwickelte eine tiefe Abneigung gegen die im Kirchenchor mitsingende Frau. Alle ihre

(67) Ebd.

(68) Ebd.

Friederike Heller, genannt »Postrickele«, mit Brigitte Haug vor der Postagentur im »Kutscherhaus« am Schreibturm, 1943.

Staatssekretär a. D. Karl von Stieler (1864–1960), Ehrenbürger der Gemeinde Bebenhausen, 1954.

Versuche, mit dem Seelsorger ein offenes Gespräch zu führen, scheiterten an dessen ablehnender Haltung, weshalb Fanny Bacher schließlich in einem Brief an ihn ihre Einstellung zu erläutern versuchte: *»Sehr geehrter Herr Pfarrer, Sie haben mich bei Ihrem Fortgang so verächtlich von sich gewiesen, dass ich glaube nicht unrichtig zu handeln, wenn ich versuche, Ihnen einen kleinen Einblick in mein Innenleben zu geben, denn gerade von einem Menschen, den ich so hoch schätze wie Sie, möchte ich nicht verachtet werden! Sie haben recht, wenn Sie annehmen, dass ich in vielerlei Hinsicht ganz anders eingestellt bin als Sie, der Strenggläubigkeit und Freisinnschaft gegenüber. Aber Freisinn kann keine Schlechtigkeit sein, wenn er solche Lichtgestalten schafft wie meine Mutter. Sie war strenggläubig erzogen und in die Ehe getreten, dort traten sich beide Religionsauffassungen stark gegenüber und führten zu tiefgründigen Verhandlungen, denen wir acht Kinder natürlich mit größtem Interesse zuhörten. Unser herrlicher Prediger errang den tiefsten Einfluss, ihm wurden wir anvertraut. Die Bibel lernten wir als wichtigste religiöse Grundlage kennen, aber nicht nach ihrem Wortlaut, sondern nach ihrem Geist. Wundererscheinungen gab es nicht, die durchschauerten nur die Phantasien der Evangelisten. Aber es gab einen Schöpfer des Himmels und der Erden, für unser irdisches Fassungsvermögen nicht fassbar, aber in unseren Gefühlen lebend und uns zum Guten behilflich und zur aufopfernden Nächstenliebe ...«*[69]

Die meisten Dorfbewohner reagierten auf die Anfeindungen gegen Fanny Bacher mit großem Unverständnis, denn sie wurde von ihnen sehr geachtet. Das kinderlose Ehepaar Bacher hatte nach seinem Zuzug nach Bebenhausen im Jahr 1915 Friederike Heller, ein Mädchen aus dem Dorf, bei sich aufgenommen, das an Epilepsie litt. Durch die jahrelange liebevolle Betreuung des Mädchens besserte sich dessen Zustand und die Anfälle blieben schließlich ganz aus. Um ihm eine sichere Zukunft zu ermöglichen, übernahm Fanny Bacher 1920 die Postagentur und wies das Mädchen, das später im Dorf »Postrickele« genannt wurde, in diese Aufgabe ein. Über viele Jahre hinweg hatte Fanny Bacher den Dorfkindern auch kostenlosen Klavierunterricht und Nachhilfe in Englisch erteilt und meinte dazu: »Ich möchte etwas nützen.« Als die schwere Zeit begann, mietete sie in der alten Klosterschmiede eine kleine Wohnung an, um sie Bedürftigen, die im Dorf »gestrandet« waren, kostenlos zu überlassen. In ihrem eigenen Haus nahm sie mehrmals Juden auf, die auf ihrem Weg in die sichere Schweiz einen Halt im »Waldhorn« eingelegt hatten. Die Waldhornwirtin, Maria Schaal, hatte sie diskret auf die Übernachtungsmöglichkeit bei Fanny Bacher hingewiesen. Auch die ehemalige Königin und deren Hofdame pflegten zu Fanny Bacher einen freundschaftlichen Kontakt.

Die Probleme, die sich immer wieder mit dem Bebenhäuser NSDAP-Zellenleiter, Ernst Möck, und einzelnen Parteigenossen ergaben, löste der Bürgermeister mit großem Geschick und einer ihm eigenen Sturheit. So lehnte er die Forderung ab, bei der Ausgabe von Lebensmittelkarten die Parteigenossen zu bevorzugen. Von ihm bekamen alle Dorfbewohner, auch die der Partei missliebigen, bis zum Ende des Krieges die gleiche Menge zugeteilt. In dieser schwierigen Zeit erhielt der »Schultes« tatkräftige Unterstützung. Vor allem die Hofdame der ehemaligen Königin, Baronin Elsa von Falkenstein, und Staatssekretär a. D. Dr. Karl von Stieler, ein Schwiegersohn des Baumeisters August von Beyer, trugen so manche für das Dorf wichtige Entscheidung mit. Wegen seiner großen Verdienste um das Dorf wurde Karl von Stieler im Jahr 1954 anlässlich seines 90. Geburtstages die Ehrenbürgerwürde der Gemeinde Bebenhausen verliehen.

Doch es gab noch andere Dorfbewohner, die in aller Stille dort halfen, wo sie helfen konnten. So gab Staatsrat Prof. Dr. Karl (Carlo) Schmid am 3. Juni 1946 diese Erklärung ab: *»Herr Dr. med. Albert Schramm (aus Bebenhausen, d. Verf.) ist seit etwa 20 Jahren mein Hausarzt ... Ich selbst bin ihm auf politischem Gebiet zu Dank verpflichtet. Als ich im Jahre 1934 auf Betreiben des Dozentenbundes des Lehramtes verlustig gehen sollte, hat Dr. Schramm, ohne von mir gebeten worden zu sein, seine persönliche Bekannt-*

---

(69) *Pfarrarchiv Lustnau-Bebenhausen.*

schaft mit Mitgliedern des Dozentenbundes dazu benutzt, um die eingeleiteten Maßnahmen zum Versanden zu bringen.«(70) Offensichtlich hatte sich Albert Schramm damals an seinen Bebenhäuser Hausnachbarn, Prof. Dr. Robert Wetzel, den NS-Dozentenbundführer der Universität Tübingen, gewandt und sich für Carlo Schmid eingesetzt. Und als Albert Schramms Frau Hanni 1940, dem Euthanasie-Jahr, von einem Arztkollegen gerüchteweise gehört hatte, dass mit den Insassen der Heil- und Pflegeanstalt Mariaberg »etwas geschehen« solle, ging sie zu einer Familie im Dorf, deren siebenjährige behinderte Tochter dort untergebracht war, und drängte sie, das Mädchen umgehend nach Bebenhausen zu holen. Auf den Rat von Oberlehrer Sinn hin wurde es dann in Bebenhausen als Schülerin angemeldet und besuchte zusammen mit den anderen Dorfkindern die Schule, in der ihr eine ihren Möglichkeiten entsprechende Schulbildung vermittelt wurde.

Gemeinsam mit dem damaligen Bebenhäuser Forstmeister Hans Uhl, zu dem er einen engen Kontakt pflegte, kümmerte sich der Bürgermeister auch um eine menschenwürdige Unterkunft für die achtzehn französischen Kriegsgefangenen, die der Forstverwaltung zugeteilt waren und von 1940 bis 1945 im Dorf lebten. Bereits unmittelbar nach dem Ende des Frankreichfeldzugs, am 29. Juni 1940, war eine erste Gruppe von zwanzig französischen Kriegsgefangenen nach Bebenhausen gekommen, die wenig später, am 21. August 1940, wieder in ihre Heimat entlassen wurde.

Hans Uhl war aus Überzeugung kein Parteimitglied. Erste Probleme gab es deshalb im Oktober 1938, als ihn der Tübinger Kreisleiter Hans Rauschnabel zur Rede stellte und ihm eröffnete, dass er »das Weitere« veranlassen werde. Bereits am darauf folgenden Tag erschien der Bebenhäuser Zellenleiter Möck bei ihm und erklärte ihm im Auftrag des Kreisleiters, er habe seine Aufnahme in die NSDAP in die Wege zu leiten. Doch offensichtlich leitete der Zellenleiter den Aufnahmeantrag des auch von ihm geschätzten Forstmeisters damals nicht weiter, denn Hans Uhl gab am 8. August 1945 in Ravensburg zu Protokoll: »Auf Befragen habe ich bisher angegeben, seit 1939 Mitglied der NSDAP gewesen zu sein. Nunmehr wurde ich aber von verschiedenen Seiten darauf hingewiesen, dass ich wohl gar nie Mitglied der Partei geworden sei, sondern nur Parteianwärter, zumal ich auch kein Parteibuch erhalten hätte.«(71)

Als Wilhelm Murr, der Gauleiter von Württemberg, ab 1940 immer häufiger mit Jagdgästen zur Hirschjagd im Schönbuch erschien, versuchten Hans Uhl und einige andere Kollegen, diese Besuche zu beschränken. Doch dies war nicht einfach, da es auch in der Forstverwaltung eine ganze Reihe von eifrigen Parteigenossen gab. Und so kam es, dass während der Abwesenheit des Forstmeisters einer seiner beiden Revierförster, ein Parteigenosse, den Gau-

---

(70) Diese Erklärung Carlo Schmids stellte Frau Karin Radau, die Tochter Albert Schramms, freundlicherweise zur Verfügung. Albert Schramm und Carlo Schmid kannten sich aus ihrer gemeinsamen Schulzeit am Uhlandgymnasium in Tübingen.

(71) Aufzeichnungen Uhl.

Oben: Forstmeister Hans Uhl (2. Reihe, Mitte) mit den Mitarbeiterinnen und Mitarbeitern des Forstamts Bebenhausen, 1938.

Unten: Die französischen Kriegsgefangenen, die von 1941 bis 1945 für das Forstamt Bebenhausen arbeiteten, 1943.

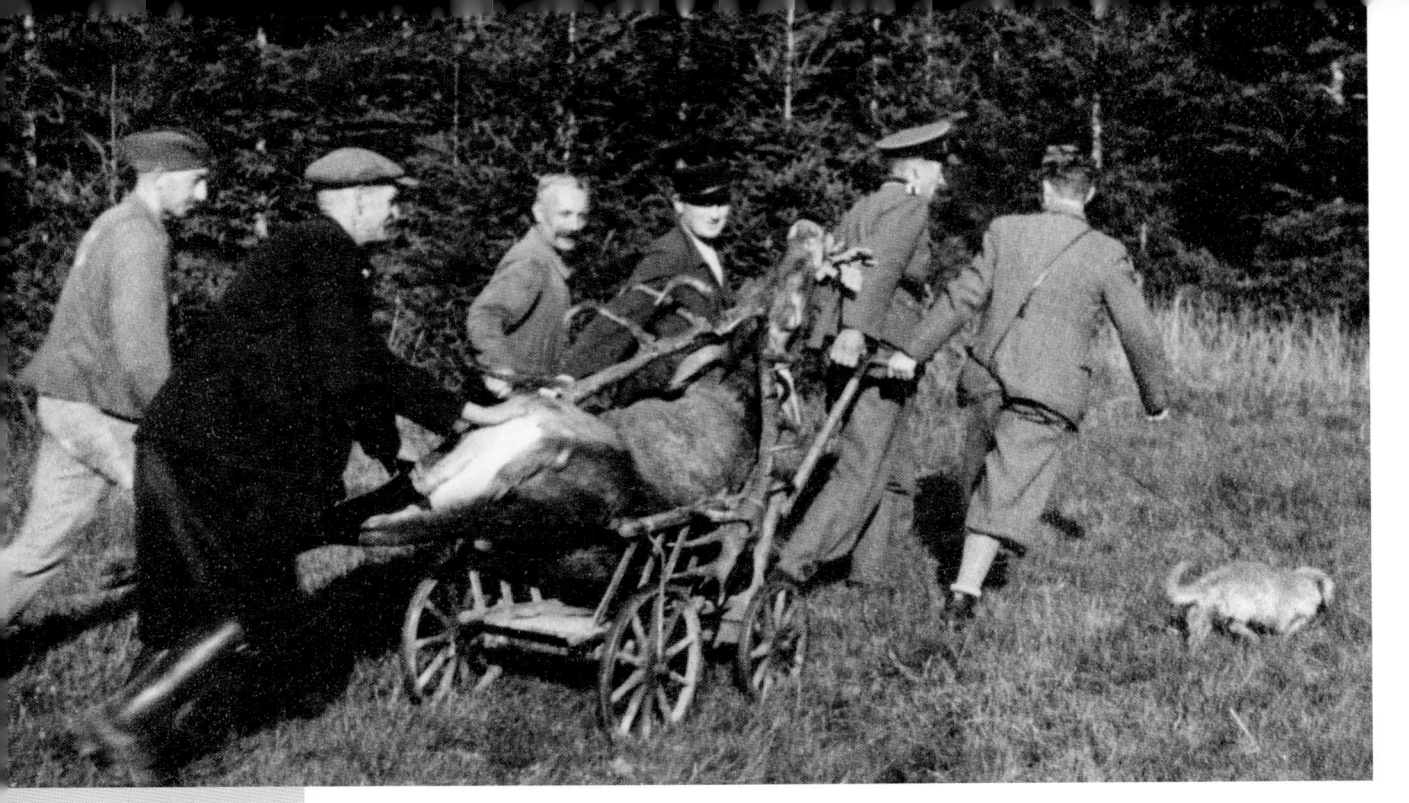

Der von Gauleiter Wilhelm Murr erlegte Brunfthirsch wird abtransportiert, 1942.

leiter durch den Schönbuch führte und ihn im September 1942 einen kapitalen Brunfthirsch erlegen ließ. Als der Forstmeister davon erfuhr, war sein kurzer Kommentar: *»Des hätt net sei müssa.«* Und als der Gauleiter dann vor einer Jagd anordnete, niemand dürfe den Wald betreten, bevor nicht die von ihm benannten Jagdgäste ihren Brunfthirsch geschossen hätten, ging Hans Uhl mit Gästen und Dorfbewohnern durch den Wald, um das Wild zu verscheuchen, was dem Gauleiter zugetragen wurde. Hans Uhl wurde schließlich am 1. April 1944 in die Forstdirektion nach Stuttgart zitiert, wo ihm eröffnet wurde, er sei des Dienstes beim Forstamt Bebenhausen mit sofortiger Wirkung enthoben und er werde nach Ravensburg zwangsversetzt. Der Gauleiter wolle mit ihm aus jagdlichen und politischen Gründen nicht mehr zusammenarbeiten. An seine Stelle trete nun der Nürtinger Forstmeister Ernst Drescher, ein Parteigenosse und Obergruppenführer der Reiter-SA.[72]

Die Zwangsversetzung dieses fähigen und beliebten Forstmeisters schlug in der Forstverwaltung und im Dorf so hohe Wellen, dass sich der Gauleiter gezwungen sah, sich zu rechtfertigen. In einem achtseitigen Brief an den damaligen Landforstmeister nannte der Adjutant Murrs auch in erstaunlicher Offenheit die Gründe für Uhls Ablösung: *»Forstmeister Uhl hat Jahre hindurch bei der Führung des Gauleiters bewiesen, dass er entweder für ein Rotwildrevier völlig ungeeignet ist, oder er hat sich erdreistet, den Gauleiter in dieser Zeit an der Nase herumzuführen. Ich persönlich neige allerdings auf Grund meiner eigenen Erfahrungen mehr zu der Annahme des Letzteren ... Hätte der Fall Uhl Schule gemacht, so hätte der Gauleiter auf württembergischen Staatsjagden nur noch erwarten können, dass er sich entweder nutzlos die Stiefelsohlen abgelaufen hätte oder zum Verlappen[73] verwendet worden wäre.«*[74]

Das Forstamt wurde nun von Ernst Drescher geführt, den man weder kannte noch einschätzen konnte. Die Veränderungen beim Forstamt sowie die fortschreitenden Kriegsereignisse wirkten sich auch auf die Betreuung und Versorgung der französischen Kriegsgefangenen aus, die dem Forstamt zugeteilt waren. Deshalb kam es zu einem Konflikt zwischen den Franzosen, die im Wald harte Arbeit zu verrichten hatten, und ihren Betreuern. Der Bürgermeister

---

(72) Ebd.

(73) *Vor Beginn einer Jagd wurden zum Verlappen von Jagdgrenzen lange Schnüre mit Lappen aufgehängt, sodass später das durch Treiber in Bewegung gebrachte Wild beim Anblick der flatternden Lappen umdrehte, auf die mit den Jägern abgestellte Front anwechselte und dort erlegt werden konnte. Diese insgesamt kilometerlangen Jagdschnüre wurden außerhalb der Jagdzeit zusammen mit anderem Jagdzeug im Zeughaus eingelagert.*

(74) *Archiv des Verfassers.*

und der Zellenleiter der NSDAP, direkter Nachbar der Franzosen, vermittelten erfolgreich zwischen dem Forstmeister und dem zuständigen Revierförster und den Franzosen.

Die Zwangsversetzung von Forstmeister Hans Uhl könnte auch als Affront gegen die ehemalige Königin gesehen werden, denn dem Gauleiter war bekannt, dass die jagdbegeisterte alte Dame zu den Bebenhäuser Forstmeistern, ihren direkten Nachbarn, einen freundschaftlichen Kontakt pflegte.

Die fortschreitenden Kriegsereignisse wirkten sich nun auch auf die Versorgung der zweiten Gruppe von polnischen Zwangsarbeitern aus, die vom 14. Dezember 1944 bis 30. März 1945 für das Forstamt im Wald zu arbeiten hatten. Während die erste Gruppe, die vom 5. Dezember 1943 bis 9. Mai 1944 im Schreibturm untergebracht war und im Tübinger Stadtwald arbeitete, noch gut versorgt wurde, war die Versorgung dieser zweiten Gruppe sehr schlecht. Dies war auch im Dorf bekannt und der Schwager des Bürgermeisters ging daher mit einigen anderen Dorfbewohnern jeweils nach Einbruch der Dunkelheit an den Schreibturm, in dem die Polen eingeschlossen waren. Auf ein Pfeifzeichen hin öffneten diese ein Fenster und ließen ein Seil herunter, an dem ein Korb mit Lebensmitteln befestigt wurde, den die Polen dann hochzogen. Welche Dorfbewohner sich außer dem Schwager des Bürgermeisters an dieser Aktion beteiligten, konnte nicht mehr ermittelt werden. Es kann jedoch davon ausgegangen werden, dass der Bürgermeister von dieser Aktion seines Schwagers zumindest Kenntnis hatte.

Auch in Bebenhäuser Familien waren ein polnischer und ein ukrainischer Zwangsarbeiter tätig. Der Pole entschloss sich nach Kriegsende, bei seiner Bebenhäuser Familie zu bleiben. Später fand er Arbeit in Reutlingen und gründete dort eine Familie. Dem Ukrainer fiel der Abschied von Bebenhausen in eine ungewisse Zukunft nicht leicht, zumal er sich im Dorf in ein Mädchen »verguckt« hatte. Im Zuge der Evakuierung der Forstdirektion von Stuttgart nach Bebenhausen im Jahr 1944 kamen zwei weißrussische Zwangsarbeiterinnen mit nach Bebenhausen. Und mit der Familie des Forstmeisters Ernst Drescher kam 1944 eine weitere Zwangsarbeiterin ins Dorf.

Nur drei Monate nach der Zwangsversetzung von Hans Uhl, am 20. Juli 1944, kehrte im Schloss und im Dorf wieder Unruhe ein. Claus Graf Schenk von Stauffenberg, Sohn des ehemaligen württembergischen Oberhofmarschalls Alfred Graf Schenk von Stauffenberg und der Caroline Gräfin Schenk von Stauffenberg geborene Gräfin Üxküll-Gyllenband, vormals Hofdame der Königin, hatte ein Attentat auf Adolf Hitler verübt. Nun kamen Beamte der Gestapo auch nach Bebenhausen, um Baronin Elsa von Falkenstein, die Hofdame der ehemaligen Königin, zu verhören. Der bisher enge Kontakt zur Familie von Stauffenberg war nun unterbrochen und erst nach Kriegsende kamen Caroline Gräfin Schenk von Stauffenberg und deren Sohn Alexander wieder zu Besuch nach Bebenhausen.

In der Nacht vom 28. auf 29. Juli 1944 aber entging Bebenhausen nur knapp einer Katastrophe. Auf dem britischen Stützpunkt Spitsby wurden am 28. Juli Bomberverbände zusammengestellt und mit ihrer todbringenden Fracht beladen, die sie in der darauf folgenden Nacht über deutschen Zielen abwerfen sollten. Zweiundzwanzig Maschinen vom Typ Lancaster waren für Stuttgart eingeteilt. Bei diesem schweren Angriff auf die Landeshauptstadt wurden von der deutschen Flugabwehr acht dieser Maschinen abgeschossen, wovon eine mit ihrer gesamten Bombenladung auf der »Fohlenweide« nordwestlich des Dorfes abstürzte und explodierte. Diese Maschine, die um 2.08 Uhr von der Flugabwehr getroffen worden war, raste, von Osten her kommend, in geringer Höhe brennend über Bebenhausen hinweg und zerschellte dann am Boden. Durch die starke Druckwelle zerbarsten am Schloss, an der Klostermühle und an weiteren Gebäuden Fensterscheiben. In dem Absturzbericht der britischen Luftwaffe heißt es dazu: »*The aircraft crashed at Bebenhausen at 0230 hours on July 29th and all the members of the crew lost their lives.*«[75] (Das Flugzeug zerschellte bei Bebenhausen um 2.30 Uhr am 29. Juli und alle Besatzungsmitglieder verloren ihr Leben.) Die sterblichen Überreste der sieben Besatzungsmitglieder wurden vom Bürgermeister und Helfern aus dem Dorf unter Aufsicht eines Offiziers geborgen und mit einem Pferdewagen nach Bebenhausen gebracht, wo sie auf dem Friedhof würdig bestattet wurden. Im Sommer 1948 wurden die Toten dann auf den »Durnbach War Cemetery« bei Bad Tölz umgebettet.[76]

---

(75) Den Absturzbericht stellte freundlicherweise Mrs. Barbara Wilson von der British War Grave Commission zur Verfügung (Bomber Command Losses 1939-1945).

(76) Durnbach War Cemetery, Bereich C, Reihe 8, Nr. 31-35.

Das Kriegsende

Unmittelbar vor dem Einmarsch der Franzosen am 19. April 1945 löste Oberlehrer Reinhold Sinn, Leiter des Volkssturms Lustnau-Bebenhausen, diesen auf und schickte die Männer, die zuvor noch Panzersperren errichtet hatten, nach Hause. Zwei der für das Forstamt arbeitenden französischen Kriegsgefangenen begaben sich zum Kaufladen, um diesen, seine Besitzerin und deren beide Töchter zu beschützen. Um 14 Uhr wurden dann am König-Karl-Stein die ersten französischen Panzer gesichtet und gegen 14.30 Uhr fuhren sie *»ohne einen Schuss abzugeben vor das Rathaus, vor dem sich der Bürgermeister aufgestellt hatte. Die Panzerbesatzung stieg aus und drang mit schussfertigen Maschinenpistolen auf ihn ein ohne ihm jedoch etwas zu leid zu tun. Sofort verständigte sich der Bürgermeister mit einem deutsch sprechenden Offizier und bat ihn, er möge zum persönlichen Schutz der ehemaligen Königin, Herzogin Charlotte zu Württemberg, die im hiesigen Schloß ihren Wohnsitz habe, einen Posten stellen. Dieser Wunsch wurde sofort erfüllt und dadurch wurde erreicht, daß die Schloßgebäude und auch die ganze Ortschaft geschont wurden. Die erste Angst war damit überstanden.«*[77]

Bei Kämpfen im Gäu und am Schönbuchrand fielen in diesen Tagen mindestens zehn deutsche Soldaten. Einer davon, der Gefreite Viktor Wagner aus Peikertsham in Bayern, wurde im Großen Goldersbachtal begraben und sein »Soldatengrab« wurde zu einem beliebten Ziel der Schönbuchwanderer. In der Klostermühle, in der die Franzosen ein Notlazarett eingerichtet hatten, erlag ein französischer Sergeant seinen Verletzungen. Zunächst wurde er auf dem Herrenfriedhof beigesetzt, dann aber im Sommer 1948 exhumiert und nach Frankreich überführt. In diesen Tagen war auch die Gemeindeschwester gefordert: Am 17. und 18. April versorgte sie zwei verletzte deutsche Soldaten, und vom 20. April bis 10. Mai behandelte sie insgesamt neun französische Soldaten, darunter drei »Schwarze« und einen Marokkaner.

Soldaten der 2. Marokkanischen Infanteriedivision rückten am 21. April nach und hielten den Ort bis 11. Mai besetzt. Die Offiziere wurden in Privathäusern untergebracht und mussten von der jeweiligen »Gastfamilie« verköstigt werden. Obwohl ein Großteil der Frauen und Kinder im Rathaussaal übernachtete, kam es, vor allem am Dorfrand, zu Übergriffen von Soldaten. Susanne Dörner-Lähnemann erinnert sich: *»Einmal wurde die Situation sehr gefährlich, als marodierende Soldaten gegen Abend betrunken in das einsam stehende Haus eindrangen. Die Frauen rissen die Fenster auf und schrien mit uns Kindern laut um Hilfe. Da kam entschlossen und schnell der Bürgermeister Volle mit Professor Beck (Professor Dr. Adolf Beck, Leiter des Hölderlin-Archivs, d. Verf.) und holte uns alle in die große Rathausstube, in der auch schon die anderen Frauen und Kinder des Dorfes untergebracht waren. Vor der Tür standen ein Bebenhäuser Bauer und ein französischer Offizier Wache. Meiner Erinnerung nach hatte der Bauer eine Sense in der Hand. Mutter erzählte mir später, dass der Bürgermeister seine Frau angewiesen hatte, dem französischen Offizier für seinen Einsatz eine große Eier-/Speckpfanne zu richten.«*

Ein weiterer Zeitzeuge berichtet: *»Die franz. Soldaten quartierten sich in die Ortschaft ein. Es gab manche Schwierigkeit aus dem Weg zu räumen. Zu Gewalttätigkeiten oder gar Vergewaltigungen kam es nicht. In den darauffolgenden Tagen kamen marokkanische Einheiten. Sie quartierten sich in der Hauptsache in Scheuern ein, nur die Offiziere waren in Quartieren mit Betten einquartiert. Diese Soldaten waren große Liebhaber von Hühnern und Kaninchen. Kein Hühner- oder Kaninchenbestand blieb unversehrt. Die geschlachteten Hühner wurden meistens am offenen Feuer gebraten.«*[78]

Zum Schutz vor Übergriffen ehemaliger Zwangsarbeiter wurde im Dorf eine kleine inoffizielle Bürgerwehr gebildet. Durch Plünderungen entstand den Dorfbewohnern in diesen Tagen ein Schaden von nahezu 100 000 Mark. Obwohl das Schloss unter »Feindschutz« stand, beliefen sich dort die Verluste nach einer Berechnung von Baronin Elsa von Fal-

---

(77) Ortsarchiv Bebenhausen 239 S. 54 ff.

(78) Ebd.

kenstein, der Hofdame, auf 205 030 Mark.(79) Doch die Verluste im Schloss an Staatseigentum, ehemaligem Krongut und dem Privateigentum der ehemaligen Königin dürften höher liegen. Bereits unmittelbar nach dem Einmarsch der Franzosen im April 1945 wurden aus dem Inventar des Schlosses einige LKW-Ladungen nach Frankreich verbracht. Die Plünderungen hielten dann bis Juni 1945 an: Vier Offiziere entnahmen der Waffensammlung im Schloss zehn wertvolle Pistolen mit Beineinlagen sowie einige Krüge aus dem ehemaligen Krongut und eine Geige aus dem Privatbesitz Charlottes.

Kurz vor ihrer Rückkehr nach Frankreich gingen die nun freien französischen Kriegsgefangenen, die von 1940 bis 1945 dem Forstamt Bebenhausen zugeteilt waren, zu Hugo Spranz, dem Revierförster und Parteigenossen, der maßgeblich Schuld an der Zwangsversetzung des beliebten Forstmeisters Hans Uhl hatte und außerdem Gauleiter Wilhelm Murr einen kapitalen Hirsch im Schönbuch erlegen ließ. Der Forstmeister, Ernst Drescher, hatte das Forstamt wenige Tage vor dem Einmarsch verlassen und die Frau von Gauleiter Wilhelm Murr nach Oberschwaben begleitet. Die Franzosen führten Hugo Spranz in den Schreibturm und peitschten ihn in dem Raum aus, in dem zuvor die polnischen Zwangsarbeiter untergebracht waren. Die Dorfbewohner, die vor dem Schreibturm standen und die Schreie des Revierförsters hörten, konnten damals kein Mitleid mit ihm empfinden, denn er hatte als Einziger gegen einen Grundsatz verstoßen, der damals im Dorf gegolten hatte: Man denunziert keinen Dorfbewohner.

Fünf oder sechs dieser Franzosen kamen in den Fünfziger- und Sechzigerjahren des vorigen Jahrhunderts zurück, um ihren Familien den Ort zu zeigen, in dem sie über vier Jahre ihres Lebens als Kriegsgefangene verbracht hatten. Sie besuchten auch die Familien im Dorf, zu denen sie während ihres Aufenthaltes engeren Kontakt hatten, so die Familie des ehemaligen NSDAP-Zellenleiters Ernst Möck, die mit einigen von ihnen noch über 40 Jahre in Briefkontakt stand. Raymond Noel schrieb ihr 1984 aus Eu bei Amiens: »Danke für deine Waldkarte wo ich die Namen wieder gefunden hat (habe) wo ich von (vor) 40 bis 45 (Jahren) gearbeitet habe: Kirnbach, Mauterswiese, Bärloch, Fohlen(weide) usw. Und das kleine Land (der kleine Weiler) Waldhausen, wo ganze Sonntag früh mit meinen Kameraden ich ein Bier mit ein »extra« trinken ging ins kleine Wirtshaus, das noch existieren muß. Es war die (eine) gute Zeit trotz der Gefangenschaft und weit liegen (weg) von dieser (der) Familie, aber ich werde immer ein gute Erinnerung von Bebenhausen verwahren.«(80)

Die Bilanz am Ende des Zweiten Weltkriegs: Bebenhausen hatte 14 Gefallene und 7 Vermisste zu beklagen einschließlich der Gefallenen und Vermissten zugezogener Familien. Zivilisten ka-

---

(79) Ebd. C 11/245.

(80) Die Briefe der ehemaligen französischen Kriegsgefangenen an die Familie des ehemaligen NSDAP-Zellenleiters Ernst Möck stellte freundlicherweise Frau Waltraud Meitz zur Verfügung.

Antrag von August Tiedemann, Haushofmeister der ehemaligen Königin Charlotte, auf Entschädigung für »nicht ordnungsgemäß vorgenommene Requisition« (Plünderung). Alle Anträge der Dorfbewohner wurden von der französischen Militärverwaltung damals mit »Rejet« (abgelehnt) beschieden.

Die ehemaligen französischen Kriegsgefangenen Raymond Noel (links) und Roger Bachimont im Schönbuch, April 1945.

men nicht zu Schaden.⁽⁸¹⁾ Ein älteres Ehepaar, das sich beim Einmarsch der Franzosen das Leben nehmen wollte, wurde von einem französischen Arzt versorgt. Für die Frau kam die Hilfe jedoch zu spät. Für die 15 Gefallenen des Ersten Weltkriegs war auf dem Friedhof bereits 1924 ein Denkmal errichtet worden, das dann 1953 für die 21 Gefallenen⁽⁸²⁾ und Vermissten des Zweiten Weltkriegs erweitert wurde.

Der Volkssturm Lustnau-Bebenhausen

Isolde Weber, Tochter von Oberlehrer Reinhold Sinn, erinnert sich: »Mein Vater wurde 1941 zum Militär eingezogen und kam ein Jahr vor Kriegsende altershalber zurück, musste dann aber hier den Volkssturm Lustnau-Bebenhausen übernehmen. Es war kurz vor Kriegsende und mein Vater hatte für den Volkssturm 100 Repetiergewehre und eine Panzerfaust erhalten. Ich stand mit ihm und seinem Vorgesetzten beim

---

(81) An Heiligabend 1945 geschah aber auf der Straße von Waldhausen nach Bebenhausen, dem »Rittweg«, noch ein Mord: Ein junger Mann, der das Weihnachtsfest bei einer Familie im Dorf verbringen wollte, wurde erschlagen und seiner Ausweispapiere beraubt.

(82) Karl Glatz, ein Enkel des Forstwegewarts Schleppe, war Bürger von Stuttgart. Auf Wunsch seiner Mutter wurde sein Name später angebracht.

Volkssturm, dem Tübinger Professor Robert Wetzel, der in Bebenhausen ein Landhaus besaß, im Schulhof von Bebenhausen. Im Laufe des Gesprächs gab mein Vater zu bedenken, dass er es für ein fragwürdiges Unternehmen halte, mit einer Gruppe alter Männer, die mit 100 Gewehren ausgerüstet waren, die bei 100 Abschüssen 60 Versager hätten, gegen eine hochgerüstete Armee anzutreten, und dass man sich damit womöglich lächerlich mache. Da fing der Professor an, meinen Vater aufs heftigste zu beschimpfen. Er schrie, dass Deutschland bis zum letzten Mann zu verteidigen sei, das sei man dem Führer schuldig. Dann ging er.

Am nächsten oder übernächsten Tag sahen wir ihn mit seiner ganzen Familie Bebenhausen im Auto verlassen in Richtung Alpen, oder Alpenfestung, wie man es damals nannte. Und so blieb es meinem Vater allein überlassen, Deutschland mit 100 maroden Gewehren und einer Gruppe alter Männer zu verteidigen. Zur Ehrenrettung der Universität muss man sagen, dass sie diesen Herrn später nicht mehr in den Hochschuldienst übernahm.

Als dann das Kriegsende unmittelbar bevorstand und überall Kanonendonner zu hören war – die Franzosen waren dem Vernehmen nach schon in Herrenberg und im Anmarsch auf Tübingen –, stand ich eines abends oder nachts mit meinem Vater und dem versammelten Lustnauer Volkssturm auf der Lustnauer Adlerkreu-

Die Zeit des Nationalsozialismus und des Zweiten Weltkriegs

zung. Mein Vater ging in höchster Anspannung auf und ab. Plötzlich blieb er vor den Männern stehen und sagte: ›Ich löse hiermit den Volkssturm auf. Gehen Sie bitte alle nach Hause.‹ Man merkte ihm an, dass er sich bewusst war, dass er, falls noch eine SS-Einheit vorbeikommen sollte, sofort vor ein Standgericht gestellt würde. Aber wir hatten Glück, es kam niemand und wir machten uns zu Fuß auf den Heimweg nach Bebenhausen.«

Unter französischer Besatzung

Noch im April 1945 teilten die vier alliierten Militärregierungen Deutschland in Besatzungszonen auf und Württemberg fiel zu etwa 60 % den Amerikanern zu. Die Franzosen mussten alle von ihnen besetzten Landkreise, die von der Autobahn Karlsruhe–Stuttgart–Ulm durchschnitten werden, räumen und erhielten dafür den restlichen südlichen Teil von Württemberg. Damit lag Bebenhausen an der Zonengrenze. Wollte man von hier nach Weil im Schönbuch gehen, also in amerikanisches Besatzungsgebiet, benötigte man einen Passierschein. Bei der »Schlagbaumlinde« nördlich von Bebenhausen war ein Schlagbaum errichtet, an dem französische Soldaten standen und streng kontrollierten. Diese Schlagbäume und der Passierscheinzwang fielen erst im Sommer 1948.

Im Gegensatz zu den Amerikanern, die ihre Lebensmittel mitbrachten, versorgten sich die Franzosen mit ihren Familien aus dem besetzten Land. Die französische Besatzungsmacht gab lediglich 40 % der Brot-, Butter- und Fleischproduktion für die deutsche Bevölkerung frei und auch die Dorfbewohner hatten unter dieser schlechten Ernährungslage zu leiden.

Wenige Tage nach der Heimkehr der französischen Kriegsgefangenen, die von 1940 bis zum »Einmarsch« am 19. April 1945 für das Forstamt zu arbeiten hatten, wurden von den Franzosen vierzig deutsche Kriegsgefangene ins Dorf gebracht, die dem Forstamt zugeteilt wurden und die nun Holz für die Besatzungsmacht herbeischaffen mussten. Sie wurden vom Bürgermeister im bisherigen Quartier der französischen Kriegsgefangenen untergebracht. Mit ihnen kamen auf Karl Volle nun neue Probleme zu, denn die von der Besatzungsmacht erlassenen »Allgemeinen Vorschriften für die zum Arbeitseinsatz verwendeten Kriegsgefangenen« sahen bei deren Nichtbefolgung strenge Strafen vor:

- *Geldstrafe von 10 000 Reichsmark für jede Flucht*
- *Verhaftung des Bürgermeisters bei der 5. Flucht*
- *Ersetzung der geflüchteten Kriegsgefangenen durch solche sich im Arbeitsorte befindlichen Freigelassenen*
- *Verhaftung eines Familienmitglieds usw.*

Der Bürgermeister war deshalb bestrebt, die Situation der Gefangenen so erträglich wie möglich zu machen. Auch die Bewohner der Nachbarorte Hagelloch und Entringen, denen die Schwierigkeiten des Bürgermeisters bekannt waren, halfen mit, wo sie konnten. So luden sie die Gefangenen zum Essen in ihren Gemeinden ein und voller Dankbarkeit schrieb Karl Volle dem Hagellocher Bürgermeister am 12. Februar 1946: »*Die Gemeinde Hagelloch hat mit der Freundlichkeit, die sie diesen deutschen Männern erwiesen hat, auch der hiesigen Gemeinde und auch mir persönlich großes Entgegenkommen gezeigt, denn sollte einer der Männer die Unvorsichtigkeit begehen, sich unerlaubt zu entfernen, um seine Heimat aufzusuchen, hätte dies für die hies. Gemeinde und Einwohnerschaft sehr schlimme, fast unerträgliche Folgen ...*«[83]

Doch dieser Fall trat nur wenig später, am 9. März 1946, doch noch ein: Einer der Gefangenen, der sich zur Behandlung im Lazarett in Tübingen aufhielt, flüchtete von dort. Aus Furcht, die Franzosen könnten Strafmaßnahmen ergreifen, flüchteten daraufhin weitere Gefangene aus Bebenhausen und von den ursprünglich vierzig Männern blieben nur noch sechzehn zurück. Dass der Bürgermeister trotz der strengen Vorschriften unbehelligt blieb, ist wohl dessen guten und vertrauensvollen Kontakten zu den französischen Dienststellen zuzuschreiben. Die Gefangenen, die bis April 1946 im Dorf waren, schlugen auf der Gemarkung Bebenhausen über 5000 Festmeter Holz und der größte Holz-

(83) Ortsarchiv Bebenhausen C 11/215.

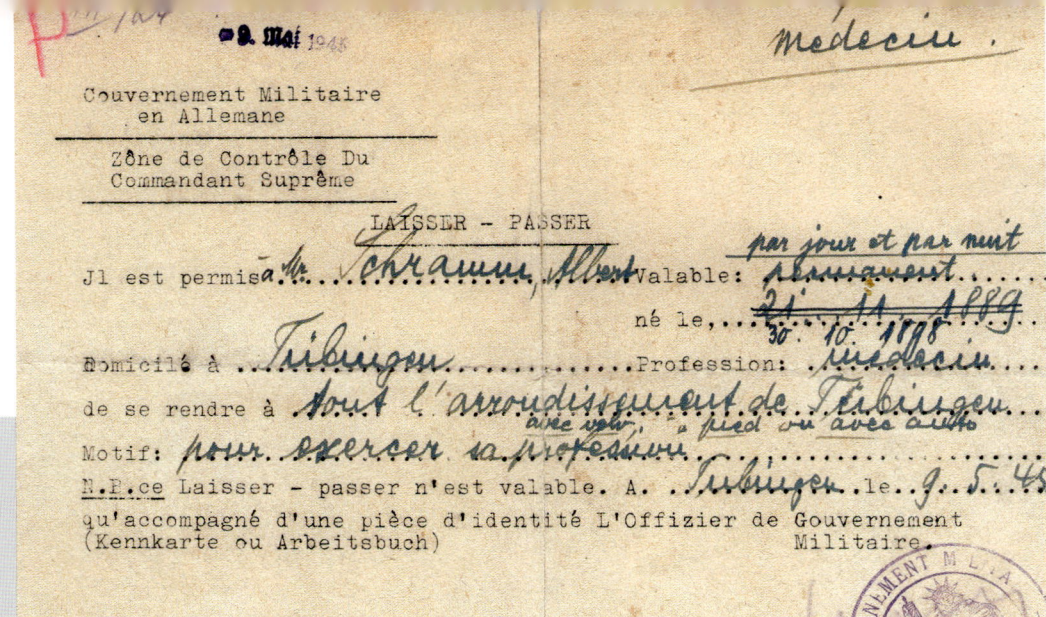

Passierschein (»Laisser-Passer«) der französischen Militärverwaltung vom 9. Mai 1945 für Dr. Albert Schramm, Hausarzt der ehemaligen Königin und nahezu aller Dorfbewohner.

einschlag, der »Franzosenschlag«, erfolgte am »Baierbrünnele« entlang der Straße zwischen Bebenhausen und der »Kälberstelle«.

Auch Dorfbewohner waren in französischer, amerikanischer, britischer und sowjetischer Gefangenschaft. In diesem Zusammenhang ist aus Bebenhausen von einem besonderen Fall zu berichten: Otto Walchner, Sohn des Forstmeisters Max Walchner und Forscher auf dem Gebiet der Aerodynamik, wurde von der amerikanischen Besatzungsmacht 1946 im Rahmen der »Operation Paperclip« in die USA verbracht und erhielt dort später hohe Auszeichnungen, wie den »Civilian Service Award«, die höchste zivile Auszeichnung des amerikanischen Verteidigungsministeriums. Ihrem Wunsch entsprechend fanden er und seine Frau ihre letzte Ruhe auf dem Dorffriedhof in Bebenhausen.

Bürgermeister Karl Volle, der von den Franzosen zunächst in seinem Amt bestätigt worden war, wurde aufgrund der »Rechtsordnung zur politischen Säuberung« vom 28. Mai 1946 entlassen, und nun geschah etwas für die damalige Zeit Außergewöhnliches: Die Bürger von Bebenhausen, alteingesessene und zugezogene, stellten sich geschlossen hinter ihren Bürgermeister. In einer Eingabe an den damaligen Landrat Viktor Renner, die von 155 Bebenhäusern, also nahezu allen erwachsenen Einwohnern, unterzeichnet wurde, heißt es: »Die gesamte Einwohnerschaft würde es auf das wärmste begrüßen, wenn Volle zur Wiederwahl aufgestellt werden könnte.«⁽⁸⁴⁾

Gerhard Ludwig, der Ehemann von Ilse Ludwig, der von 1942 bis 1945 in Lagern und Zuchthäusern einsaß und im Mai 1945 den Bebenhäuser Zellenleiter Möck als Gemeinderat ersetzt hatte, schrieb dem Tübinger »Staatskommissar für die politische Säuberung« am 24. August 1946: *»Seit meiner Rückkehr im Mai 1945 habe ich genauen Einblick in die Bebenhäuser Verhältnisse genommen und die Stimmung der Dorfbewohner kennengelernt. Volle ist mir von den ernst zu nehmenden Einwohnern niemals als Nazi-Aktivist, Denunziant oder dergleichen geschildert worden. Er soll sein Amt stets objektiv und ohne Bevorzugung der Parteigenossen ausgeübt haben. Vor und während der Besetzung hat er wiederholt geistesgegenwärtig und mutig gehandelt und die Bebenhäuser vor jeglichem Schaden bewahrt ...«* Gleichzeitig schrieb er an Viktor Renner, den Tübinger Landrat, der Karl Volle entlassen hatte: *»Es wird Ihnen sicher bekannt sein, daß dieses Dorf durch seine enge Verbundenheit mit dem Württ. Königshaus seinen eigenen Charakter hat. Die ›gute alte Zeit‹ ist hier noch in ihrem besten Sinne erhalten geblieben. Gewiß, es hat Parteigenossen in Bebenhausen gegeben. Aber niemals ist es diesen biederen Dörflern eingefallen, sich gegenseitig politisch aufzuhetzen oder gar jemanden zu denunzieren. Volle ist mir stets als ein Mann geschildert worden, der sein Amt objektiv verwaltete und nur als nominelles Parteimitglied betrachtet werden kann ... Ich bin der Auffassung, daß es um unser Vaterland besser bestellt wäre, wenn alle Deutschen von einem solch tiefen*

---

(84) Ortsarchiv Bebenhausen C 11/27.

Pflichtbewusstsein erfüllt wären, wie es bei Karl Volle anzutreffen ist ...«[85]

Der Landrat, der Staatskommissar für die politische Säuberung und die französische Militärregierung waren sich daraufhin einig: Karl Volle durfte für die am 15. September 1946 stattfindende Bürgermeisterwahl kandidieren. Wegen dieser besonderen Umstände in Bebenhausen wurde der Wahl auch in Tübingen mit großem Interesse entgegengesehen. Karl Volle erhielt ein deutliches Ergebnis: Von 150 abgegebenen Stimmen entfielen nicht weniger als 143 (95,3 %) auf ihn. So gehört Bebenhausen zu den Gemeinden, in denen der Bürgermeister aus der Zeit des Nationalsozialismus sein Amt weiter ausüben konnte, getragen vom Vertrauen seiner Mitbürger und geachtet in den deutschen und französischen Dienststellen in Tübingen.

Auch fünf der sechs Gemeinderäte wurden als unbelastet eingestuft und konnten weiter im Amt bleiben. Lediglich Ernst Möck, der ehemalige NSDAP-Zellenleiter, wurde durch Gerhard Ludwig ersetzt und im Protokollbuch des Gemeinderats findet sich darüber dieser Vermerk: *»Dem bisherigen Gemeinderat Möck wird eröffnet, dass er aus dem Gemeinderat auszuscheiden hat. Der Bürgermeister bringt zum Ausdruck, dass Zellenleiter Möck sein Amt nicht dazu benützt hat, die Nebenmenschen wegen ihrer politischen Einstellung ans Messer zu liefern wie es leider so viele Amtsträger in unserer näheren und weiteren Umgebung getan haben, sondern im Gegenteil manchen, der unvorsichtige Äußerungen tat, vor dem schlimmsten bewahrt hat ...«*[86]

---

(85) Nachlass Ludwig.

(86) Ortsarchiv Bebenhausen 239 S. 55 ff. Diese Feststellung bezieht sich vor allem auf Hans Steinhilber, den Schwager des Bürgermeisters. Ilse Ludwig berichtet, dass Hans Steinhilber über all die Jahre hinweg nie vom »Führer« sprach, sondern nur von »deam Lompakerle, deam dreckiga, en deam Berlin«. Deshalb geriet er mehrmals in große Schwierigkeiten, doch der Zellenleiter stellte sich stets schützend vor ihn.

Wohnort der ehemaligen Reichsfrauenführerin

Wenn Bebenhausen heute im Zusammenhang mit der Zeit des Nationalsozialismus genannt wird, denken nicht wenige an die ehemalige Reichsfrauenführerin Gertrud Scholtz-Klink, die bis zur ihrer Übersiedlung in ein Altenheim, in dem sie 1999 starb, in Bebenhausen wohnte. Doch Gertrud Scholtz-Klink kam mit ihrem Mann, dem SS-Obergruppenführer, General der Waffen-SS und der Polizei sowie Inspekteur der Napola (Nationalpolitische Erziehungsanstalten) August Heißmeyer, erst nach Kriegsende nach Bebenhausen, und zwar durch Vermittlung von Fürstin Pauline zu Wied, der Tochter König Wilhelms II. Unter den falschen Namen Heinrich und Maria Stuckenbrock und der Berufsbezeichnung »Heimarbeiter« meldeten sie sich am 8. Oktober 1945 in Bebenhausen an und wohnten in der Klostermühle. Nach deren Einzug sandte die Fürstin dem Bürgermeister am 7. November 1945 folgende Erklärung: *»Hierdurch erkläre ich, dass Herr und Frau Stuckenbrock, welche uns persönlich bekannt sind aus der Zeit meiner Tätigkeit im Roten Kreuz, der Gemeinde Bebenhausen niemals zur Last fallen, falls sie durch Krankheit oder sonstige unvorhergesehene Umstände nicht in der Lage sein sollten, für ihren eigenen Unterhalt zu sorgen. Notfalls verfüge ich über einen Wohlfahrtsfonds, der dann selbstverständlich einer alten Rot-Kreuz Kameradin zur Verfügung stünde.«*[87]

Als sich das Ehepaar dann ab dem Frühjahr 1946 am Dorfleben beteiligte, fiel einigen Dorfbewohnern, einheimischen und zugezogenen, die verblüffende Ähnlichkeit von Frau Stuckenbrock mit der ehemaligen Reichsfrauenführerin Scholtz-Klink auf. Da aber im Radio immer wieder zu hören war, diese habe in Berlin Selbstmord verübt, machten sie sich keine weiteren Gedanken darüber, zumal sie damals mit ihren eigenen täglichen Problemen beschäftigt wa-

---

(87) Ortsarchiv Bebenhausen C 11/15.

Die Zeit des Nationalsozialismus und des Zweiten Weltkriegs

ren. Das Ehepaar machte sich im Dorf nützlich und half mit, wo es konnte. Als die Bäckersfrau der ehemaligen Bäckerei und Gaststätte Maurer für die Zugezogenen jeweils donnerstags den alten Backofen wieder in Betrieb nahm, damit sie dort ihr Brot backen konnten, ging ihr dabei Maria Stuckenbrock zur Hand. Sie »schoss« für die neuen Dorfbewohner die Brotlaibe in den Backofen »ein« und stopfte während des Backvorgangs Socken und Strümpfe für die Bäckersfrau, eine Witwe mit acht Kindern. Heinrich Stuckenbrock stellte Christbaumschmuck aus Stroh her und verkaufte diesen unter anderem im Dorf und über ein Tübinger Papiergeschäft. Diese kunstvoll gefertigten Strohsterne des Heinrich Stuckenbrock alias August Heißmeyer schmücken so manchen Christbaum im Dorf bis heute.

Für den Bürgermeister, der von Fürstin Pauline zu Wied, der Tochter des in Bebenhausen ganz besonders verehrten letzten württembergischen Königs, eine persönliche Garantie für das Ehepaar Stuckenbrock besaß, bestand zunächst kein Grund, an der Identität des Ehepaars zu zweifeln. Doch als die Gerüchte im Dorf nicht verstummen wollten, hinter der freundlichen und hilfsbereiten Frau Stuckenbrock würde sich wohl doch die ehemalige Reichsfrauenführerin verbergen, wollte er Klarheit schaffen. Er forderte den damals in der Klostermühle neben den Stuckenbrocks wohnenden Beauftragten der Familie zu Wied, Otto von Gottberg, auf, ihm den Mietvertrag zur Einsicht vorzulegen, der zwischen der Familie zu Wied als Eigentümerin der Klostermühle und dem Ehepaar Stuckenbrock geschlossen worden war. Otto von Gottberg antwortete dem Bürgermeister dann am 9. Juni 1947: *»Mit dem Ehepaar Stuckenbrock besteht überhaupt kein Mietverhältnis, sondern es ist von der Herzogin Charlotte aufgenommen worden, ohne dass Miete gezahlt wurde.«*[88] Doch diese Behauptung ist nicht richtig. Die Fürstin zu Wied hatte die Hofdame der ehemaligen Königin, Baronin Elsa von Falkenstein, lediglich über die geplante Unterbringung des Ehepaars Stuckenbrock in der Klostermühle informiert. Dies war notwendig, da die Wohnräume in der Mühle damals fast ausschließlich von Angestellten der Hofhaltung belegt waren.[89] Einer der Räume, der den Stuckenbrocks überlassen wurde, diente dem Chauffeur Charlottes ursprünglich als Aufenthaltsraum, den zweiten hatte die Hofhaltung als Abstellraum genutzt. Beide Räume waren von der Hofhaltung aber schon im Sommer 1944 geräumt worden, damit der Bürgermeister dort ein Ehepaar aus Stuttgart einquartieren konnte, dessen Haus bei einem Bombenangriff teilzerstört worden war. Dieses Ehepaar zog im Herbst 1945 zurück nach Stuttgart, und die Stuckenbrocks konnten dessen Räume ohne Zutun der Hofhaltung beziehen.

Als Maria Stuckenbrock dann 1947 bei der Weihnachtsfeier des »Männerchors Bebenhausen« im Gasthof »Zum Hirsch« ein Gedicht vortrug, waren mehrere Dorfbewohner überzeugt davon, dass sie diese Stimme aus dem Radio kannten: Es war die Stimme der ehemaligen Reichsfrauenführerin Gertrud Scholtz-Klink! Für diese Dorfbewohner war es dann keine große Überraschung mehr, als Maria und Heinrich Stuckenbrock alias Gertrud Scholtz-Klink und August Heißmeyer zwei Monate später, in der Nacht vom 28. auf den 29. Februar 1948, von der französischen Militärpolizei verhaftet wurden und sich vor Militärgerichten in Reutlingen und Tübingen verantworten mussten.

Im Gegensatz zu ihrer Stieftochter, Fürstin Pauline zu Wied, war Charlotte, die ehemalige Königin, nicht Parteimitglied gewesen und hatte sich auch nicht für die Zwecke der NSDAP instrumentalisieren lassen. Alte Tübinger erinnern sich noch an eine Begegnung der ehemaligen Königin mit Hans Rauschnabel, dem Tübinger Kreisleiter der NSDAP, vor der Stiftskirche in Tübingen. Der Kreisleiter wollte damals einen Gottesdienst verhindern und die Kirche schließen lassen mit der Begründung, die Kirche sei polizeilich nicht mehr vertretbar überfüllt. Charlotte kam aus Bebenhausen an und der Kreisleiter wollte ihr den Zugang verwehren mit dem Hinweis auf baupolizeiliche Gefährdung. Da sagte sie: *»So viel verstehe ich von mittelalterlicher Architektur, dass sie den Zugang einer alten Frau und einiger hundert weiterer Leute noch aushält.«*[90] Und ging einfach an ihm vorbei. Charlottes Hofdame, Baronin Elsa von Falkenstein, dagegen war 1933 der Partei beigetreten. Wie von Angestellten der Hofhaltung später zu erfahren war, war dies wohl nach Absprache mit der betagten ehemaligen Königin geschehen, um diese vor Unannehmlichkeiten zu bewahren.

---

(88) Ebd.
(89) s. auch unter »Witwensitz von Charlotte, der letzten Königin Württembergs«.

(90) Decker-Hauff, *Frauen im Hause Württemberg*, S. 282.

Die Jahre nach dem Krieg

Die Zeit im Dorf nach dem Zweiten Weltkrieg kann mit den Worten beschrieben werden: So viel Aufbruch war nie! Ein so interessantes und facettenreiches Dorfleben wie in den Jahren von 1945 bis um 1970 gab es in dem kleinen Ort weder vorher – auch nicht als Bebenhausen Wohnsitz der württembergischen Könige war – noch nachher.

Unmittelbar nach dem Krieg, vom 23. Juli bis 6. August 1945, fanden im Kloster »Bebenhäuser kirchliche Wochen« statt. Deren Leiter, Pfarrer und Kirchenmusikdirektor Richard Gölz, hegte den Plan, in Bebenhausen eine vorwiegend aus Frauen bestehende evangelische Klostergemeinschaft einzurichten. Gölz wurde damals von der Hausherrin des Klosters und Schlosses, der ehemaligen Königin Charlotte, empfangen und konnte ihr seine Pläne darlegen. Zwischen ihrer Hofdame, Baronin Elsa von Falkenstein, und dem Pfarrer kam es jedoch zu Meinungsverschiedenheiten, denn dieser hatte gegen den Widerstand der Hofhaltung versucht, die französische Militärverwaltung dahin zu bringen, das Kloster für sein Projekt der Kirche zurückzugeben. Aber der damalige Pfarrer von Lustnau-Bebenhausen, Gruner, und der Bebenhäuser Kirchengemeinderat äußerten sich ablehnend, beschlossen jedoch, die Pläne »mit Gelassenheit hinzunehmen«.(91) Nachdem es wegen unterschiedlicher Vorstellungen der Teilnehmer über die zu schaffende Klostergemeinschaft intern zu keiner Einigung kam, wurde das Projekt nicht weiterverfolgt, zumal auch die damalige Leitung der württembergischen evangelischen Landeskirche ihre deutlich ablehnende Haltung zum Ausdruck gebracht hatte.

Das mit Beginn der Arbeit an der Stuttgarter Hölderlin-Ausgabe 1941 gegründete Hölderlin-Archiv der Württembergischen Landesbibliothek befand sich ab 1943 in Bebenhausen und dessen Leiter, der Philologe Adolf Beck, sowie die Bibliothekarin des Archivs, wohnten im Ort. Zu Adolf Beck stieß 1945 als wissenschaftlicher Mitarbeiter Walter Killy, bekannt durch das von ihm später herausgegebene Deutsche Literaturlexikon, den »Killy«. Auch der aus Königsberg stammende Philologe Alfred Kelletat kam 1951 als wissenschaftlicher Mitarbeiter an das Hölderlin-Archiv und fand seine neue Heimat in Bebenhausen. Gemeinsam arbeiteten sie weiterhin an der Herausgabe der Stuttgarter Höl-

Ilse Linck und Erika Walter: »Ihr Kinderlein kommet« mit dem Schreibturm im Hintergrund. Aquarell, um 1956. (Privatbesitz.)

---

(91) Zitat aus dem Kirchengemeinderatsprotokoll.

*»Le jugement de dieu«
(Das Gottesurteil). Die
männlichen Komparsen
aus Bebenhausen, 1949.*

derlin-Ausgabe. Neben seiner Arbeit im Archiv begab sich Alfred Kelletat in Bebenhausen auf die Spuren Eduard Mörikes und veröffentlichte dessen »Bilder aus Bebenhausen«, elf elegisch-idyllische Epigramme in klassischen Distichen, mit einer Einführung »Mörike und Bebenhausen«. Wilhelm Hoffmann, damaliger Direktor der Württembergischen Landesbibliothek, kam regelmäßig aus Stuttgart nach Bebenhausen, nicht selten in Begleitung interessanter Gäste, so eines Tages mit Martin Buber, dem jüdischen Religionsphilosophen. Robert Boehringer, Nachlassverwalter des Dichters Stefan George, kam ebenfalls mit Wilhelm Hoffmann nach Bebenhausen und war voll Begeisterung für den alten Klosterort. Sie findet ihren Ausdruck in seinem im Oktober 1948 entstandenen Gedicht »Bebenhausen«.(92) Wilhelm Hoffmann fasste Boehringers Gedanken zur Wiederbelebung des Klosters in seinem Beitrag für die Festschrift zu Boehringers 70. Geburtstag 1954 unter dem Titel: »Bebenhausen – Ein Plan zur Wiederbelebung« zusammen. Dieser Plan eines weltlichen Klosters für junge Forscher, erfahrene Wissenschaftler, gestresste Politiker und Manager konnte aber nicht verwirklicht werden. Doch in Bebenhausen fand Robert Boehringer den Platz für die Einrichtung eines Stefan-George-Archivs (1963), das dann 1970 gemeinsam mit dem Hölderlin-Archiv von Bebenhausen in den Neubau der Württembergischen Landesbibliothek nach Stuttgart zog.

Bereits unmittelbar vor Kriegsende, am 14. April 1945, war der Schriftsteller und Literaturkritiker Friedrich Sieburg ins Dorf gekommen und blieb hier bis 1947. Für den Bürgermeister war er damals eine wichtige Stütze, denn Sieburg stellte sich ihm bei den Verhandlungen mit den französischen Besatzern als Dolmetscher zur Verfügung. Nicht zuletzt deshalb gelang es diesem, ein gutes und vertrauensvolles Verhältnis zu den Franzosen aufzubauen. Hier in Bebenhausen traf Friedrich Sieburg, der im »Kapff'schen Bau« wohnende ehemalige Botschaftsrat an der deutschen Botschaft in Paris und Ehrenbegleiter Marschall Pétains von Vichy nach Sigmaringen, auf Henri Paul Eydoux, den Abteilungsleiter der Direction générale des affaires culturelles der französischen Besatzungsmacht. Der französische Gelehrte, der später entscheidende Impulse für die Erforschung der Klosterbaukunst in Frankreich und Deutschland gab, befasste sich damals ausführlich mit der Architektur und Geschichte des Klosters Bebenhausen und veröffentlichte 1950 das Ergebnis seiner Arbeit.(93) Der von der französischen Besatzungsmacht bis 1948 mit einem Publikationsverbot belegte Sieburg übersetzte für Eydoux dessen 1938 in Paris erschienenes Werk »L'Exploration du Sahara« ins Deutsche.(94)

Zu den »Literaten« im Dorf stieß 1951 auch die aus Danzig stammende Hildegard Koppen-Augustin hinzu, bekannt durch ihren historischen Roman »Eccehard und Uta«. In Bebenhau-

---

(92)   In »Späte Ernte«, 1974.

(93)   Henri-Paul Eydoux, »Das Cisterzienserkloster Bebenhausen«, Tübingen 1950.

(94)   Henri-Paul Eydoux, »Die Erforschung der Sahara«, Übersetzung von Friedrich Sieburg, 1949.

Die Jahre nach dem Krieg

sen befasste sie sich mit Caroline Schelling, der Frau des Philosophen Friedrich Wilhelm Schelling, der in Bebenhausen zur Schule gegangen war, und hielt über sie einen Vortrag. Für den Süddeutschen Rundfunk schrieb sie Hörspiele, darunter auch solche über Bebenhausen.

Hertha Cabanis, aufgewachsen auf Burg Katz bei Goarshausen, kam 1958 ins Dorf. In ihrem 1964 erschienenen Buch »Lebendiges Handwerk« setzte sie den Bebenhäuser Handwerkern ein Denkmal. Und bei den Kinderbuchautorinnen Ilse Linck und Erika Walter, beide ab 1955 im Dorf, versammelten sich an manchen Tagen bis zu 20 Dorfkinder und lauschten gespannt den Geschichten aus »Kleckerklaus« und »Jojuk der große Zaubermeister«.

Ganz besondere Ereignisse für das Dorf waren im Oktober 1953 und im Oktober 1955 die Tagungen der »Gruppe 47«, der deutschsprachigen Schriftsteller. Nun traf man auf die damals noch wenig bekannten Schriftsteller Günter Grass, Heinrich Böll, Siegfried Lenz, Günther Eich, Martin Walser und andere, und bei der zweiten Tagung in Bebenhausen las Helmut Heisenbüttel aus seinen Werken.[95] Geschlafen wurde in den Mönchszellen im Dormitorium, die noch kurz zuvor den Abgeordneten des Landtags von Württemberg-Hohenzollern als Schlafstatt gedient hatten. Die Lesungen und Diskussionen fanden im »Grünen Saal« statt und abends traf man sich gemütlich im Gasthof »Zum Hirsch«.

Doch nicht nur auf literarischem Gebiet war die Zeit nach dem Krieg im Dorf eine ganz besondere: Im Sommer 1949 verfilmte ein französisches Aufnahmeteam das Leben der Agnes Bernauer in dem Film »Le jugement de dieu« (Das Gottesurteil). Große Teile davon wurden in Bebenhausen gedreht und dadurch kam der Tagesablauf im Dorf kräftig durcheinander. Frauen nähten Kostüme für die Schauspieler und die Komparsen und Decken für die Pferde. Ganze Familien wirkten als Komparsen mit, und wenn Oberlehrer Sinn seinen Auftritt als Edelmann hatte, dann fiel zur Freude der Kinder die Schule aus. Doch auch die Kinder waren gefragt: Sie tanzten in ihren mittelalterlichen Wämsern auf einer Wiese und riefen: »*Die Hex ist tot, die Hex ist tot!*«

In jenen Tagen wurden auch die »Freilichtspiele Bebenhausen« ins Leben gerufen. Goethes »Urfaust« wurde im Kreuzgang gespielt, und außen am Bandhaus und im Schlosshof wurden Molières »Der Geizige« und andere Stücke dargeboten.

Auch auf musikalischem Gebiet tat sich etwas: Der Kirchenchor zählte durch die Zugezogenen plötzlich nahezu doppelt so viele Mitglieder wie vorher. Und der Hirschwirt war der Auffassung, dass man im Dorf auch wieder

---

(95) »In Erwartung des roten Flecks« in »Textbuch II«, 1960.

24-Pfennig-Briefmarke mit der Klosterkirche Bebenhausen, 1947.

Die Abgeordneten und Mitarbeiter des Landtags von Württemberg-Hohenzollern, 1952. Rechts außen Friedrich Seethaler, der spätere Bürgermeister und Ortsvorsteher von Bebenhausen.

Die Jahre nach dem Krieg

Oben: Bundespräsident Theodor Heuss wird im Schlosshof von Landtagspräsident Karl Gengler begrüßt, dazwischen Gebhard Müller und rechts außen Oberlehrer Sinn, 1950.

Unten: Drei Abgeordnete des Landtags von Württemberg-Hohenzollern geben ihren Kolleginnen und Kollegen im Schloss ein Konzert, 1952.

einen Männerchor brauche, der an den Dorffesten auftreten könne. Und so wurde 1947 als Nachfolger des 1886 gegründeten, aber nicht mehr existierenden »Männergesangvereins Bebenhausen« der »Männerchor Bebenhausen« gegründet. Von dem Tübinger Musiklehrer Helmut Calgéer wurden die »Kreuzgangkonzerte Bebenhausen« ins Leben gerufen und die Konzertbesucher lauschten beim Plätschern des Klosterbrunnens und dem Schlag der Turmuhr der Musik von Mozart, Schubert und anderen. (Inzwischen finden die sommerlichen Klosterkonzerte nicht mehr im Kreuzgang, sondern im Sommerrefektorium statt.)

Im Schloss, welches 1946 durch den Tod von Königin Charlotte frei geworden war, tagte im November desselben Jahres die »Beratende Landesversammlung«. Diese war von Kreisdelegierten und Gemeinderäten der Städte mit über 7000 Einwohnern in der französischen Besatzungszone gewählt worden und arbeitete eine Verfassung aus. Nach der Wahl des ersten und einzigen Landtags von Württemberg-Hohenzollern am 18. Mai 1947 zog dieser in das Schloss und zu den alten und neuen Dorfbewohnern gesellten sich nun in den Tagungswochen des Parlaments dessen Abgeordnete. Beim Aufbau der Landtagsverwaltung halfen die Dorfbewohner mit, vor allem Angestellte der ehemaligen Hofhaltung. Hauptberuflich fanden dann sechs von ihnen beim Landtag eine Beschäftigung, hinzu kamen etliche Hilfskräfte. An erster Stelle ist Friedrich Seethaler zu nennen, der durch die Vermittlung des Bürgermeisters zum Landtag kam. Er, der einzige Beamte der Landtagsverwaltung, war Büroleiter, sozusagen Landtagsdirektor unter besonderen Umständen. Ein ehemaliger Diener (Lakai) Charlottes hatte, zusammen mit einigen Frauen aus dem Dorf, die damals nicht leichte Aufgabe, für das leibliche Wohl der Volksvertreter, der Landtagsmitarbeiter, der Presseleute und der Gäste zu sorgen. Der Hausmeister war für eine Mindesttemperatur in den Räumen zuständig, und der Nachtwächter machte mit seinem Hund »Bürschle« nachts zwei Runden durch die Kloster- und Schlossanlage. Zum ersten Zusammentreten des Landtags am 7. Juni 1947 erschienen auch neue Briefmarken und die Bebenhäuser konnten nun voller Stolz Marken auf ihre Briefe kleben, auf denen »ihre« Klosterkirche abgebildet war.

Ein ganz besonderer Tag auch für das Dorf war der 5. Juni 1950: Theodor Heuss, der erste Bundespräsident der noch jungen Bundesrepublik Deutschland, besuchte den Landtag, diesen *»liebenswürdigen Schnörkel der Weltpolitik«*, wie er ihn nannte. Zu seiner Begrüßung im Schlosshof fanden sich neben vielen Dorfbewohnern auch die Bebenhäuser Schüler mit ihrem Lehrer ein und zwei der Schüler überreichten dem Bundespräsidenten einen Blumenstrauß.

Zwischen den Parlamentariern und den Dorfbewohnern bestand von Anfang an ein problemloses und herzliches Verhältnis. Der Bürgermeister half, wo er konnte, und genoss großes Vertrauen. Mit einigen der Abgeordneten verband ihn eine persönliche Freundschaft, die erst mit seinem Unfalltod 1960 endete. Der Gasthof »Zum Hirsch« wurde, nicht zuletzt wegen fehlender gemütlicher und warmer Aufenthaltsräume im Schloss, zum abendlichen Treffpunkt. Dort saßen die Abgeordneten aller Parteien einträchtig beieinander und handelten wohl manch wichtige Entscheidung aus. Für

Die Jahre nach dem Krieg

die Wirtsfamilie war es nicht einfach, die vielen Gäste zu bewirten, aber in enger Zusammenarbeit mit der Landtagsverwaltung wurde das Möglichste getan. Die Losung in der Hirschküche lautete damals: »Aus wenig mach viel.«

Als 1952 die Zeit des Landtags in Bebenhausen zu Ende ging, war es ein großes Anliegen des Landtagspräsidenten, für alle Bebenhäuser Mitarbeiter, die nicht mit nach Stuttgart konnten, eine Arbeit zu finden, und bereits im September 1951 schrieb Präsident Karl Gengler an Staatsrat Vowinkel: »*Von verschiedenen Fraktionen im Landtag wurde ich ersucht, mich um das Schicksal des im Landtag beschäftigten Personals zu bekümmern, für den Fall der ja sicheren Auflösung unseres Landtags.*«(96) Schließlich fanden auch alle beim Landtag beschäftigten Dorfbewohner wieder eine neue Aufgabe.

Vor dem Umzug der Parlamentarier nach Stuttgart bedankte sich Landtagspräsident Karl Gengler für die von Seiten der Gemeinde und den Dorfbewohnern geleistete Unterstützung: »*Danken muss ich noch der Gemeinde Bebenhausen für ihr dem Landtag gegenüber immer gezeigtes Entgegenkommen. Zwischen der Einwohnerschaft und den Abgeordneten hat sich in den Jahren unserer Tätigkeit in Bebenhausen ein schönes freundnachbarliches Verhältnis entwickelt. Ein Vorschlag des Ältestenrates des Landtags, der Gemeinde Bebenhausen zur Erinnerung an den Landtag des Landes Württemberg-Hohenzollern für die im letzten Krieg zwangsweise abgegebene Kirchenglocke eine neue zu stiften, fand die Zustimmung sämtlicher Abgeordneten. Die Stiftung wurde durch eine persönliche Spende jedes einzelnen Abgeordneten ermöglicht. Diese Glocke*(97) *soll zugleich ein Symbol des friedlichen Aufbauwillens unseres Volkes sein. Um mit Friedrich von Schiller zu sprechen: Friede sei ihr erst Geläut.*«(98) Doch so ganz war für Bebenhausen die Zeit des Landtags auch nach dessen Auflösung nicht vorbei: Der Sigmaringer Abgeordnete Franz Gog benutzte gegen Bezahlung einer Miete noch weitere zehn Jahre sein Zimmer im Schloss, das, wie schon zu Zeiten des Landtags, von einer ehemaligen Angestellten der Hofhaltung gepflegt wurde.

Vom damaligen Staatlichen Liegenschaftsamt Tübingen wurde dann 1962 eine Versteigerung im Schloss veranlasst, in der Teile des noch vorhandenen Schlossinventars, insgesamt 358 Posten, versteigert wurden, darunter Geschirr aus der Schlossküche sowie die gesamte Einrichtung der Königlichen Jagdhütte.

Auch das Oberlandesgericht und der Verwaltungsgerichtshof des kleinen Landes Württemberg-Hohenzollern waren bis 1953 beziehungsweise 1958 in Bebenhausen untergebracht. Deren Mitarbeiter wohnten allerdings überwiegend in Tübingen.

Aber Bebenhausen war nicht nur Sitz eines Landtags. In den Jahren 1967 bis 1969 war es sogar »Deutschlands Wochenendhauptstadt«, wie Gertrud Holsten von »Christ und Welt« damals schrieb. Kurt Georg Kiesinger, in der Bebenhäuser Landtagszeit Geschäftsführer des CDU-Lan-

---

(96) Archiv des Verfassers.
(97) s. unter »Die Glocken«.
(98) Richter, S. 168 ff.

Oben: Bürgermeister Volle mit dreihundert 5-Mark-Stücken, die von den Abgeordneten des Landtags für die Beschaffung einer Kirchenglocke gespendet wurden, 1952.

Unten: Bürgermeister Seethaler gratuliert Bundeskanzler Kurt Georg Kiesinger zu seinem 65. Geburtstag, 6. April 1969.

Die Jahre nach dem Krieg

Links: Bundeskanzler Kurt Georg Kiesinger als »Wandersmann von Bebenhausen«, Karikatur im »Schwäbischen Tagblatt«, 1967.

Rechts: Clara Maria Schubart: Schuhmacher Karl Heller, »Schützenkarl«, Aquarell, 1944. (Privatbesitz.)

desverbands von Württemberg-Hohenzollern, kam zurück ins Dorf, um hier, nun als Bundeskanzler, seine Wochenenden und Ferien zu verbringen. Und die Bebenhäuser, in deren Mauern schon Kaiser und Könige gewohnt hatten, nahmen alles gelassen hin. Allerdings wirkte sich dessen Anwesenheit auf das Wahlverhalten der Dorfbewohner aus: Während bei der Bundestagswahl 1965 lediglich 48,3 % ihre Stimme der CDU gaben, waren es bei der Bundestagswahl 1969 63,4 % bei einer sehr hohen Wahlbeteiligung von 92,5 %. Dass sich auch der Bundeskanzler in Bebenhausen wohlfühlte, belegt der Ausspruch eines seiner Freunde: *»Wenn dr Kiesinger en Bebahausa isch, blüht er glei auf wie a Blumastrauß, den mr ens Wasser schtellt.«*(99)

Ein stilles und unauffälliges Leben führten zwei im Dorf wohnende Malerinnen. Da beide ohne festes Einkommen waren, wurden sie von der Dorfgemeinschaft mitgetragen. Hedwig Pfizenmayer, Meisterschülerin von Adolf Hölzel und Tochter eines der Bebenhäuser Forstmeister, malte Dorfansichten in zarten Farben, und Clara Maria Schubart porträtierte in ihrer Bebenhäuser Zeit über 10 % der Dorfbewohner.

Zu den beiden Malerinnen hatte sich 1941 auch Paul Graf Walecky gesellt, ein Nachfahre russischer Adliger. In dem kleinen Dachzimmer, das ihm der Bürgermeister besorgt hatte, malte er Meeresbilder und südliche Landschaften auf einfachem Papier.

Es erstaunt wenig, dass es in Bebenhausen außer einem Schützenverein nie einen Sport- oder Fußballverein gab, denn dafür war der Ort einfach zu klein. Allerdings brachte Bebenhausen einen Sportler hervor, der in seiner Sparte landesweit Bekanntheit erlangte: Radrennfahrer Wilhelm Maurer, der spätere Wirt der Gaststätte Maurer. Sowohl vor dem Zweiten Weltkrieg als auch unmittelbar danach war er der erfolgreichste Rennfahrer beim Radverein »Pfeil« in Tübingen und gewann Einzelrennen gegen damals so bekannte Konkurrenten wie Coppi und Bartoli. Besonders stolz war er auf eine »Württembergische Straßen-Mannschaftsmeisterschaft«, bei der er seine drei Vereinskollegen alleine zum Titel zog. Der 1992 gegründete »Schachclub Bebenhausen e. V.« trägt lediglich diesen Namen und ist im Dorf nicht aktiv.

Die nach dem Krieg ins Dorf Zugezogenen mussten vereinzelt eine Erfahrung machen, die von den Bewohnern der Nachbardörfer

---

(99) Haug, Kurt Georg Kiesinger in Bebenhausen.

Die Jahre nach dem Krieg

schon viel früher gemacht wurde: Die alteingesessenen Bebenhäuser hielten sich, bedingt durch ihre Geschichte, für »ebbas Bsonders« (etwas Besonderes). Der Grafiker Fritz Springer drückte das so aus: »*In Bebenhausen war man ein ›Neamerts‹ (Niemand, d. Verf.), wenn man keinen Misthaufen vor dem Haus oder Titel vor dem Namen getragen hat.*«[100] Er war mit seiner Familie 1938 nach Bebenhausen gezogen, nachdem sein Vater als Geschäftsführer des Evangelischen Volksbunds für Württemberg auf Druck der Nationalsozialisten zwangspensioniert worden war. Doch es gibt auch andere Stimmen. So schreibt Diether Augustin, Sohn der Schriftstellerin Hildegard Koppen-Augustin, über die Zeit damals im Dorf: »*... so herrschte überwiegend ein liberales und recht tolerantes Klima im Dorf, wir waren relativ bald und gut integriert und akzeptiert ... Bürgermeister Volle war ein guter Mann. Er konnte sehr bestimmt und auch streng sein, aber er hatte viel Verständnis und strahlte eine ruhige, kluge Autorität aus.*«[101]

Die betagte ehemalige Königin hatte damals veranlasst, dass die mit »nichts« ins Dorf Gekommenen vom Schlossverwalter einfaches Mobiliar und Bettzeug aus dem Schloss und Geschirr aus der Schlossküche bekamen. Auch der Dorfschreiner fertigte Möbel für sie und der Sattler nähte Matratzen aus Seegras. Aus der Werkstatt des Drechslermeisters kamen schöne Dinge aus Holz: Teller, Leuchter und von der Künstlerin Hedwig Pfizenmayer entworfene

(100) Springer, S. 10.

(101) Aufzeichnungen Augustin.

Hedwig Pfizenmayer: Bebenhausen, Ansicht von Süden, Aquarellblaumalerei/Sepia, um 1950. (Privatbesitz.)

Die Jahre nach dem Krieg

Märchenfiguren zu »Hänsel und Gretel«. Von der Bebenhäuser Künstlerin Hedwig Pfizenmayer entworfene und bemalte Laubsägearbeiten des Bebenhäuser Drechslermeisters Ernst Möck, um 1952. (Privatbesitz.)

Figürchen aus der Zirkus- und Märchenwelt, die sie dann bemalte. Aus Hagelloch kam wochenweise ein blinder Korbmacher ins Dorf und flocht den alten und neuen Bewohnern »Grätta« (Körbe): Nähkörbe, Einkaufskörbe, Waschkörbe, mitunter auch einen Stubenwagen, für den der Drechslermeister das Gestell lieferte.

Da es kein Fernsehen, auch kein Kino gab und der Besuch einer Theatervorstellung in Tübingen ein großes Unternehmen war, bei dem jeder etwas Holz zum Heizen mitzubringen hatte, überlegten die Bebenhäuser, was sie selbst auf die Beine stellen konnten. Der Archäologe Friedrich Karl Dörner rief einen Gesprächskreis ins Leben, der reihum stattfand und an dem sowohl alteingesessene als auch zugezogene Dorfbewohner teilnahmen. Höhepunkt des Dorflebens war an der Fasnet der »Fleckenball« im »Hirsch«. Ein altes Grammophon diente als Tanzkapelle. Von einem Studienaustausch-Aufenthalt in Oxford hatte Friedrich Karl Dörner schottische Tanzmusik und die Begeisterung für diese Tänze mitgebracht. Nun studierte er sie mit den Bebenhäusern ein: »*Fass hinten, fass vorne, eins, zwei, drei ...*«, und er war selber von dem Gedanken belustigt, dass Ethnologen vielleicht später verwundert fragen würden, wieso die Schwaben schottisch tanzen können. Und dann das Osterfest auf der Schmiedwiese! Wenn alle Kinder, Eltern und Großeltern zusammen »Komm mit, lauf weg« und anderes spielten.

Obwohl sich der Aufenthalt im Ort der meisten dieser nach dem Zweiter Weltkrieg zugezogenen Familien auf wenige Jahre beschränkte, war er für diese so prägend, dass sie, ihre Kinder und teilweise schon ihre Enkel immer wieder nach Bebenhausen zurückkommen und das Dorf als ihre Heimat betrachten.

Vergiß ihn nicht, den grünen Wald,
die tiefen Klosterglocken,
und laß dich nicht durch Hast und Lärm
der lauten Welt verlocken.

Denk an das ernste Dichterwort,
das dich so früh begleitet,
und an der Töne sanfte Macht,
die dir das Herz geweitet.

Dann wird dir Gottes schöne Welt
recht lieb von Herzen werden.
Er schenkt uns Friede und Geleit
schon hier auf dieser Erden.

Gedicht von Eleonore Dörner für ihre Tochter Susanne zum Abschied von Bebenhausen, 1956

Die Hamstertouren von Frau Gengler

Eine besonders wichtige und geachtete Person beim Landtag von Württemberg-Hohenzollern war die Frau des Landtagspräsidenten Karl Gengler. Mit dem Dienstwagen ihres Mannes, dem einzigen Fahrzeug des Landtags, war sie vor dem Beginn der Tagungswochen des Landtags oft tagelang unterwegs, um Lebensmittel zu besorgen. Ihre Hamstertouren führten sie durch das ganze Land, und ergiebig war vor allem die Gegend um Rottweil, denn von dort stammten die Genglers, und Oberschwaben. Bei ihrer Rückkehr nach Bebenhausen war der Dienstwagen dann jedes Mal schwer beladen mit Kartoffeln, Mehl, Eiern, Fleisch, Wurst, Käse, Gemüse usw. Mitunter gelang es ihr sogar, warme Unterwäsche und Strümpfe für die Landtagsangestellten zu besorgen, die ihre Arbeit in den kalten Räumen im Schloss zu verrichten hatten.

Die Jahre nach dem Krieg

Das Dorf heute

Die letzten Jahre vor dem Verlust seiner Selbständigkeit im Jahr 1974 waren für Bebenhausen, wie für andere Dörfer auch, eine Zeit des tief greifenden Strukturwandels. Doch in Bebenhausen ist dabei zu unterscheiden zwischen dem allgemeinen Strukturwandel der Dörfer unseres Landes nach dem Ende des Zweiten Weltkriegs und einer besonderen Bebenhäuser Komponente.

Ein Glücksfall für das Dorf war, dass es in der Aufbruchzeit nach dem Zweiten Weltkrieg und auch danach von besonnenen Bürgermeistern und Ortsvorstehern geführt wurde, die sich ihrer Verantwortung für Bebenhausen, diese Ausnahmeerscheinung unter den Dörfern, bewusst waren und den Ort verantwortungsvoll in die heutige Zeit führten. Dem seit 1939 amtierenden Bürgermeister Karl Volle war es nach dem Krieg ein großes Anliegen, das Dorf vor einer Entwicklung zu bewahren, die in den umliegenden Dörfern eingesetzt hatte. Bedingt durch die Folgen der Kriegsereignisse und der damit auch verbundenen Ansiedlung von Behörden in Bebenhausen war die Einwohnerzahl von 240 vor dem Krieg auf 350 im Jahr 1950

Bebenhausen mit dem Neubaugebiet Waldhäuser-Ost auf einer Luftaufnahme von Manfred Grohe, 1992.

Prof. Dr. Christiane Nüsslein-Volhard, Nobelpreisträgerin und Ehrenbürgerin der Universitätsstadt Tübingen, wohnt in Bebenhausen.

Ortsplan von Bebenhausen (Stand 2012).

und 440 im Jahr 1961 angestiegen. Der Druck auf den Bürgermeister, größere Bauflächen auch außerhalb der Klostermauern und an den Berghängen freizugeben und somit zur Zerstörung des Ortsbildes beizutragen, das sich seit dem Mittelalter nahezu unverändert erhalten hatte, war deshalb groß. Bereits 1946 musste sich der Gemeinderat mit dieser Frage befassen. Die französische Militärverwaltung sprach sich damals strikt gegen jeden Neubau in Bebenhausen aus. Ein Oberst Nicolas, mit dem damals verhandelt wurde, stand auf dem Standpunkt, dass Bebenhausen eine Perle sei, die man sich erhalten müsse, und jeder Bau, sei er auch noch so schön, das Bild verschandeln würde.

Schließlich wurde dann ab 1950 der innerhalb der Klostermauern gelegene Zeughausgarten, auf dessen Grund bis 1861 das große Jagdzeughaus stand und der sich immer noch in Staatsbesitz befand, als Bauland ausgewiesen. Das Finanzministerium verknüpfte mit der Bereitstellung des Zeughausgartens als Bauland jedoch eine wichtige Bedingung: Verkauft werden durfte ein Bauplatz nur an Bauinteressenten, die mindestens seit fünf Jahren im Dorf wohnten. Doch dieser Platz, auf dem nun dreizehn Wohnhäuser entstanden, reichte nicht aus und es kamen drei weitere Bereiche hinzu, auf denen Wohnhäuser gebaut werden durften: Am Mühlrain sowie an der Böblinger und der Alten Straße. Glücklicherweise kam der ursprüngliche Plan, auch die »Schmiedwiesen« als Baugebiet auszuweisen, nicht zum Tragen, ebenso wie der Plan, an der heutigen Landesstraße 1208 unterhalb des Gasthofs »Zum Waldhorn« eine Tankstelle zu errichten. Bauen durfte aber auch wieder nur, wer schon mindestens seit fünf Jahren in Bebenhausen wohnte. Dadurch konnte verhindert werden, dass die Baupreise in die Höhe schnellten und das Dorf von Bewohnern des nahen Tübingen, das sich mit dem Neubaugebiet Waldhäuser-Ost schon bedenklich nahe an das alte Klosterdorf herangeschoben hatte, »übernommen« wurde. Trotzdem hat sich der Häuserbestand seit 1950 nahezu verdoppelt.

Ohne sich an die für Bebenhausen geltenden gestalterischen Vorgaben zu halten, ließ die Staatliche Hochbauverwaltung 1958 an dem außerhalb der Klostermauern liegenden Jordanhang ein Revierförsterhaus errichten, welches nun den Gesamtanblick des Dorfes beeinträchtigt.[102]

Großen Ärger verursachte ein Dorfbewohner im Jahr 1960: Er verkaufte ein Baugrundstück an einen auswärtigen Bauinteressenten. In einer daraufhin einberufenen Gemeinderatssitzung fasste der Gemeinderat am 14. April 1960 dann diesen Beschluss: »*Der Bürgermeister wird beauftragt, Anfragen von auswärtigen Baulustigen ... grundsätzlich abzulehnen und den hiesigen Grundstückseigentümern schriftlich mitzuteilen, dass falls sie Bauland an auswärtige Bauherren verkaufen, sich in diesen Fällen die Gemeinde bezüglich dessen Erschließung grundsätzlich passiv verhalten werde.*«[103] Der Bürgermeister wurde auch beauftragt, streng darauf zu achten, dass nicht »*durch vorübergehendes Wohnen in der Gemeinde*« eine Anwartschaft auf den Kauf von Bauland erworben wird. Diese strengen Vorgaben standen dann 1967 auch dem Wunsch des damaligen Bundeskanzlers Kurt Georg Kiesinger entgegen, sich in Bebenhausen sein Haus zu bauen.

Ein Sonderfall für das Dorf war der Verkauf des Anwesens der Klostermühle durch die Nachkommen König Wilhelms II. und dessen Ausbau in »Repräsentativwohnungen« und vier Hausteile im Jahr 1975. Dieser Ausbau brachte zwar keine Veränderung des Ortsbildes mit sich, doch änderte sich durch den Zuzug von dreißig

---

(102) s. auch unter »Die Landhäuser« (Haus Buff).
(103) Ortsarchiv Bebenhausen 290/291.

neuen Bewohnern die Dorfgemeinschaft nachhaltig. Bebenhausen war nun endgültig zur Wohngemeinde geworden, deren Bewohner außerhalb des Ortes ihren Lebensunterhalt finden.

Bereits in den Jahren nach dem Zweiten Weltkrieg hatte sich die Entwicklung von einem bisher eher bäuerlich geprägten Dorf zu einer Wohngemeinde deutlich abgezeichnet: Waren 1949 noch 31 bäuerliche oder ackerbürgerliche Betriebe im Ort gewesen, so waren es schon 1960 nur noch 20 und 1969 nur noch 13. Heute gibt es keinen Landwirt mehr im Dorf. Ähnliches ist bei den Handwerkern festzustellen, die als »Klosteroffizianten« in Bebenhausen ja eine lange Tradition haben: Von den 1964 noch vorhandenen fünf Handwerkern waren bis 1973 vier verstorben, ihre Werkstätten aufgelöst und heute besteht im Dorf nur noch ein Handwerksbetrieb. Der Kaufladen, den es im Dorf schon 1867 gab, wurde 1995 geschlossen. Dass sich drei der ursprünglich vier Gasthöfe im Dorf behaupten konnten, ist eine Folge der großen Anziehungskraft Bebenhausens für Touristen, obwohl sich an der Einstellung Bebenhausens zum Fremdenverkehr nichts geändert hatte und in der Kreisbeschreibung von 1972 lobend vermerkt wird: »*Glücklicherweise schlug die Entwicklung nicht in einen hektischen Fremdenverkehrsbetrieb um.*«[104]

Als Folge der knappen Bau- und Wohnmöglichkeiten im Dorf verteuerte sich der Wohnraum und dadurch wiederum veränderte sich die Alters- und Sozialstruktur in einem größeren Ausmaß als anderswo. Junge Familien zogen weg und bauten sich ihr Haus in einem der umliegenden Orte, und immer mehr Menschen zogen nach Bebenhausen, die hier eine besondere Wohnlage suchten, da sie es sich finanziell leisten konnten. Bereits im Jahr 1966 lag die Steuerkraftsumme je Einwohner in Bebenhausen beträchtlich über dem Landesdurchschnitt der Gemeinden dieser Größenordnung. Diese Entwicklung hatte auch zur Folge, dass heute nur noch knapp 10 % der Dorfbewohner Nachfahren der »Klosteroffizianten«, der Gründungsväter des Dorfes, sind, während es um 1950 noch 30 % waren. Eine weitere Folge dieser Besonderheit Bebenhausens ist, dass der Anteil der Dorfbewohner mit ausländischem Hintergrund unter 4 % liegt (Stand 2012).

Gab es vor zwanzig Jahren noch einen Männerchor, eine Ortsgruppe des Schwäbischen Albvereins, eine Jugendtierschutzgruppe und verschiedene Stammtische, beschränkt

Das Dorf verändert sich. Oben das Gasthaus »Zur Sonne« (rechts), 1974. Unten der Neubau des Gasthauses »Zur Sonne« mit angebautem Wohngebäude, 1985.

---

(104) *Kreisbeschreibung 1972 (Bd. II, S. 49).*

Das Dorf heute

Bebenhausen wird Ortsteil der Universitätsstadt Tübingen, Karikatur von Sepp Buchegger im »Schwäbischen Tagblatt«, 1974.

sich das Dorfleben heute hauptsächlich auf die jährlichen »Hocketsen« im ehemaligen Schulhof und die alle drei Jahre im Sommerrefektorium des Klosters stattfindenden Dorffeste. Um diesen unbefriedigenden Zustand zu ändern, gründeten Dorfbewohner 2008 einen »Bebenhäuser-Verein«, der vor allem für Kinder und deren Eltern ein vielseitiges Programm anbietet und dem Dorfleben neue Impulse gibt. Weiter existiert der Kirchenchor, nun als kleiner, aber sangesfreudiger Projektchor der evangelischen Kirchengemeinde.[105]

Ein sehr gravierender Einschnitt in die Struktur Bebenhausens war, dass 1975 der gesamte Ort samt angrenzenden Grünflächen bis zu den Waldrändern als erste denkmalgeschützte Gesamtanlage Baden-Württembergs ausgewiesen wurde. Noch während der Selbständigkeit des Ortes hatte der Gemeinderat von Bebenhausen dem zugestimmt, »*aus Respekt vor der eigenen Geschichte, der Liebe zum erhaltenen Ortsbild und der Verantwortung vor einer nicht absehbaren Zukunft als künftig unselbständiger Ortsteil von Tübingen*«, wie es in einem Bericht über die Gemeinderatssitzung heißt, in der dieser Beschluss gefasst wurde. Die Absicht war, Bebenhausen zu erhalten, wie es war, als Gesamtheit von Kloster und Dorf mit dessen dörflichem Ortsbild und der umgebenden Kulturlandschaft, die in ihrer einzigartigen Verbindung den großen Reiz und die Schönheit von Bebenhausen ausmachen.

Gerade dieses Ziel der Erhaltung des Bestehenden hat jedoch, wie sich heute zeigt, auch zu erheblichen Veränderungen für das Dorf geführt. Das totale Bauverbot außerhalb der Grenzen der alten Klostermauern hat eine zunehmende Verdichtung der Bebauung im Ort zur Folge. Die letzten Baulücken werden geschlossen. Alte kleine Häuser wurden abgerissen und durch Mehrfamilienhäuser ersetzt. Scheuern wurden entweder in Wohnhäuser umgewandelt oder mussten ebenfalls Mehrfamilienhäusern weichen. Trotz aller gestalterischen Vorgaben durch die Denkmalschutzbehörden wurde das dörfliche Erscheinungsbild so rasch und stark verändert und es wird schwer sein, die letzten noch vorhandenen Bauerngärten zu bewahren.

Im Wissen um diese Entwicklung verabschiedete der Ortschaftsrat Bebenhausen auf Betreiben der damaligen Ortsvorsteherin, der Mittelalterarchäologin Barbara Scholkmann, erstmals in einem Tübinger Teilort 1992 eine Ortsbildsatzung. In sechzehn Paragraphen wurde damals festgelegt, was die Bebenhäuser Hausbesitzer künftig zu beachten haben. Das Anbringen von Satellitenschüsseln an den Häusern ist nun ebenso verboten wie der Ausbau von Dachfenstern. Nicht zugelassen sind auch Dächer mit einem Neigungswinkel unter 45 Grad und zur Dachdeckung sind lediglich

---

(105) s. unter »Der Kirchenchor«.

Das Dorf heute

naturrote Tonziegel erlaubt. Auch metallene Außentüren und Tore sowie die Verwendung von Glasbausteinen sind verboten. Das in der Ortsbildsatzung enthaltene Verbot von Solardächern wird im Dorf inzwischen diskutiert.

Die am 1. November 1974 und damit zum letzten möglichen Zeitpunkt vollzogene Eingemeindung nach Tübingen nach über 150 Jahren Selbständigkeit bedeutete für die Bewohner der kleinsten Gemeinde im Landkreis einen tiefen Einschnitt. Über viele Jahre hinweg hatten sie sich daran gewöhnt, dass ihr Dorf von ihren »Schultes« gut und effizient geführt wurde. Man war stolz auf ein geordnetes Gemeinwesen, war schuldenfrei und konnte über die Gemeinderäte und den Bürgermeister direkten Einfluss auf die Belange des Dorfes nehmen. Dass Tübingen Bebenhausen damals nicht ungern aufgenommen hat, erscheint sicher, nennen doch dessen Oberbürgermeister Bebenhausen gerne »die Perle in ihrer Krone«.

Als Folge der Eingemeindung nach Tübingen wurden im Dorf auch einige Straßen und Plätze umbenannt oder neu festgelegt. So erhielt z. B. der historische, vor dem Schreibturm gelegene Klosterhof seinen neuen Namen: »Kasernenhof«.

Inzwischen werden von den Bewohnern auch Vorteile gesehen, die ihnen der Verlust der Selbständigkeit und die Zugehörigkeit zu Tübingen gebracht haben, wie die Finanzierung eines Kindergartens, der Bau eines Großparkplatzes und die Öffnung des zur Klostermühle führenden, aus dem 13. Jahrhundert stammenden Mühlkanals im Bereich des Kasernenhofs, der um 1960 eingedolt worden war. Auch der inzwischen erfolgte Anschluss des Dorfes an die Wasserversorgung der Stadt Tübingen hätte die finanziellen Möglichkeiten der kleinen Gemeinde überstiegen. Bei der Planung eines gewaltigen Hochwasserrückhaltebeckens im Goldersbachtal unmittelbar hinter der Ortsgrenze bekam die Stadt Tübingen 1983 jedoch zu spüren, dass auch ein kleines Dorf sich zu wehren vermag: Zur letztlich erfolgreichen Abwehr dieses unsinnigen Bauvorhabens schlossen sich damals zahlreiche Alt- und Neubürger in einer Bürgerinitiative zusammen. Inzwischen entstand ein Hochwasserrückhaltebecken unmittelbar vor dem ehemaligen Bebenhäuser Klosterhof in Lustnau. Dieses Bauwerk hat nun auch zur Folge, dass sich Lustnau durch die Auen des Goldersbachtals nicht weiter an Bebenhausen heranschieben kann. Es mag sein, dass durch

Der zur Klostermühle führende und im 13. Jahrhundert angelegte Mühlkanal, der um 1960 eingedolt wurde, wird im Bereich des heutigen Kasernenhofs wieder geöffnet, 2003.

Das Dorf heute

Bei dem schweren Seebach-Hochwasser im Sommer 1955 wurde auch die Seebachbrücke am Gasthof »Zum Waldhorn« zerstört.

diesen Dammbau auch der »kalte Bebenhäuser«, der kalte Wind aus dem Goldersbachtal, nun nicht mehr so kräftig nach Lustnau hineinbläst wie bisher. Nach wie vor ungelöst ist das Problem des Durchgangsverkehrs von Waldhäuser-Ost durch das Dorf zur Landesstraße 1208, das »Rittwegproblem«, nachdem der Plan, eine direkte Verbindung von diesem Tübinger Stadtteil zur Landesstraße zu schaffen, nicht verwirklicht wurde.

Anlässlich der 800-Jahr-Feier des Klosters im Jahr 1987 wurde in der Gemeinde überlegt, in welcher Form sie auf sich, die stets »im Schatten des Klosters« stand, aufmerksam machen könnte. Zum ersten Mal seit ihrer Gründung im Jahr 1823 präsentierte sie sich dann mit einer eigenen Ausstellung *»Das Dorf Bebenhausen – Aus der Geschichte der Gemeinde seit 1823«*. In der von der damaligen Ortsvorsteherin, Barbara Scholkmann, und ihrem Mann, Klaus Scholkmann, zusammengestellten Ausstellung wurde das Dorf in alten Ansichten gezeigt, und es wurden die öffentlichen Einrichtungen des Dorfes sowie seine Bewohner vorgestellt. Die für das Dorf besonders wichtige Zeit unter den württembergischen Königen nahm dabei einen besonderen Platz ein. Jetzt konnten die Dorfbewohner und Besucher zum ersten Mal den Kaufbrief für die Gemeinde Bebenhausen von 1823, den »Gründungsvertrag«, im Original sehen und sie konnten die vielen »Königsgeschenke« bestaunen, welche Dorfbewohner im Laufe der Jahre von König Wilhelm II. und Königin Charlotte erhalten hatten. Begleitend dazu wurde in der »Klosterwagnerei« eine vom Kulturamt der Stadt Tübingen mitgetragene Ausstellung über die Bebenhäuser Malerin und Meisterschülerin Adolf Hölzels gezeigt: »Hedwig Pfizenmayer – Eine Hölzelschülerin aus Bebenhausen«. Im Jahr 2004 wurde dann in einer weiteren Ausstellung der Malerin und Zeichenlehrerin Clara Maria Schubart gedacht, die, wie bereits erwähnt,[106] in ihren Bebenhäuser Jahren zwischen 1941 und 1956 über 10 % der Dorfbewohner porträtierte.

Glücklicherweise wird seit der Zugehörigkeit des kleinen Dorfes Bebenhausen zu Tübingen immer wieder ein Ortsvorsteher gefunden, dem es ein Anliegen ist, die, wenn auch eingeschränkte, Selbständigkeit des Dorfes weiterzuführen und zu erhalten. Und der Ort wird vor wirklich zerstörerischen Änderungen geschützt sein, wenn auch die nachkommenden Generationen noch im Auge behalten, was Eduard Mörike in einem Brief 1874 aus Bebenhausen schrieb: *»Es ist halt einzig hier!«*[107]

---

(106) s. unter »Die Jahre nach dem Krieg«.
(107) Mörike, Bilder aus Bebenhausen S. 36.

Gemeindeverwaltung und öffentliche Einrichtungen

Es dürfte wohl wenige Gemeinden im Land geben, die über einhundert Jahre lang kein eigenes Rathaus besaßen. Dass Bebenhausen, das erst 1823 zur eigenen Gemeinde wurde, zu diesen gehört, liegt an seiner Geschichte, die zuerst mit dem Kloster und dann mit dem württembergischen Königshaus verknüpft war. Nachdem die Umwälzungen nach dem Ersten Weltkrieg diese Bande zerrissen hatten, legten es die Verhältnisse der Gemeinde nahe, ein eigenes »Gemeindehaus« zu erstellen. Denn über vier Jahrzehnte hinweg hatten die Bebenhäuser Schultheißen ihre Geschäfte zunächst von ihrer Wohnung aus geführt, bevor ihnen ab 1865 im Schloss eine Ratsstube zur Verfügung stand. Die ehemalige Königin, welche das Wohnrecht für die sich in Staatsbesitz befindlichen Kloster- bzw. Schlossgebäude besaß, bot der Gemeinde damals an, die Ratsstube in Räumen des Schreibturms weiterzuführen, in denen heute das Informationszentrum des Naturparks Schönbuch untergebracht ist. Dies wäre sicherlich eine wesentlich kostengünstigere Lösung gewesen als ein Rathausneubau. Doch mit dem Erlöschen des Wohnrechts von Charlotte für das Schloss nach deren Ableben wäre die Gemeinde dann wiederum von staatlichen Stellen abhängig geworden, mit denen sie vor der Umwandlung des Klosters in ein Schloss durch König Karl keine guten Erfahrungen gemacht hatte. Deshalb wurde dieser Plan nicht weiterverfolgt.

Es war nicht einfach, in Bebenhausen, das keinen eigentlichen Dorfmittelpunkt hat, einen richtigen Platz und eine glückliche architektonische Lösung für ein Rathaus zu finden. Zunächst wurde ein Platz zwischen dem Gasthof »Zum Hirsch« und der Ziegelbrücke, die nach Waldhausen führt, vorgesehen. Da Waldhausen damals noch zur Gemeinde Bebenhausen gehörte, wäre dieser Platz am Ortsausgang in Richtung Waldhausen gut geeignet gewesen. Doch der Gemeinde fehlte das Geld für den Grundstückskauf und das Grundstück wurde vom damaligen Hirschwirt übernommen. Mit dem Bau des Rathauses wurde schließlich 1925 auf einem Platz neben dem Schreibturm begonnen, den der damalige Bürgermeister aus seinem Besitz zur Verfügung stellte und auf dem bis um 1845 die »Wiesenmeisterei« gestanden hatte. Der Architekt holte sich zunächst ein Gutachten der »Hüter der württembergischen Baudenkmale« ein und zog wegen der äußeren Gestaltung auch die »Beratungsstelle für das Baugewerbe« zu Rate. Die Bauzeit betrug lediglich sieben Monate und am Bau beteiligten sich nicht weniger als sechs Handwerker aus dem Dorf.

Der damalige Oberamtmann (heute Landrat) wies in seiner Rede zur Rathauseinweihung auf die besondere Bedeutung des Rathauses für Bebenhausen hin: Bebenhausen bilde im Vergleich zu anderen Gemeinden eine seltene Ausnahme. Der Bau stelle eine Kraftäußerung und einen Willen der Gemeinde dar, vom Kloster beziehungsweise Schloss loszukommen und ihre eigenen Wege zu gehen.

Doch wie konnte bis dahin in einem Dorf ein Gemeinwesen funktionieren, in dem es weder althergebrachte dörfliche Strukturen noch ein Rathaus als Mittelpunkt des Dorfes gab? Wie konnte eine junge und arme Gemeinde die enormen Lasten tragen, die ihr vom Staat aufgebürdet worden waren? Und welche Einnahmen waren von Dorfbewohnern zu erwarten, die durch den Wegfall ihres Arbeitgebers, des Klosteramts, ihre Arbeit verloren und sich mit dem Kauf ihrer Häuser und Grundstücke überschuldet hatten? Auf den ersten Schultheißen von Bebenhausen, den 58-jährigen Klosterküfer Christian Eberhardt Erbe, wartete 1823 wahrlich keine leichte Aufgabe. Bereits vor der Gründung der Gemeinde wurde er als Ortsvorsteher geführt und war Ansprechpartner für das Kameralamt und das Oberamt. In dieser Zeit konnte er auch erste Verwaltungserfahrungen sammeln und später, bei der Teilnahme an den Amtsversammlungen der Schultheißen des Tübinger Oberamtsbezirks ab 1823, erhielt er manchen wertvollen Rat von seinen Amtskollegen. Am 12. Februar 1824 fand dann in seiner Wohnung die erste Gemeinderatssitzung statt und der Schultheiß fertigte ein Protokoll darüber an: *»Nachdem nun die dißortige Gemeinde in Folge allerhöchsten Befehls durch das Königliche Oberamt organisiert und die Gemeinderäthe gewählt*

Bebenhausen.
Das Pfründnerhaus.

Der »Kapff'sche Bau« (»Pfründnerhaus«), um 1900. Vor dem Bau des Rathauses befand sich hier die Ratsstube der Gemeinde Bebenhausen.

worden sind, so wurde unter dem heutigen Tage auch der Bürgerausschuß gewählt, und durch Handtreuabnahme des Ortsvorstehers in Pflichten genommen, nach dem ihnen das Organisationsedikt von 1818 vorgelesen worden ist.«[108]

Mit Hilfe seines Gemeindepflegers und des damaligen Schulmeisters konnte der Schultheiß 1825 eine erste Jahresrechnung für die Jahre 1823 bis 1825 erstellen. Sie ist ausdrücklich als *»erste Gemeinderechnung von Bebenhausen«* bezeichnet und enthält die Vorbemerkung: *»Bisher wurde hier bloß über die vorhandenen Capitalien eine Rechnung geführt ...«* Doch Christian Eberhardt Erbe, der erste Schultheiß der jungen Gemeinde, starb bereits 1826 und der Lustnauer Pfarrer Viktor Heinrich Riecke würdigte ihn in seiner Grabrede: *»Der nun von dieser Welt Entrückte war der verehrte und geschätzte Herr Christian Erbe, erster Schultheiß der hiesigen Gemeinde, welches Amt er mit geflissentlicher Treue gewissenhaft zur Zufriedenheit sowohl seiner Behörde als besonders auch der Einwohner hiesigen Orts, die ihn mit Zutrauen und Liebe schätzten, ruhmhaft verwaltete.«*[109] Ihm folgte der ehemalige Klostermaurer Johann Christoph Imhof als Schulheiß. Doch diese Amtsübernahme in der jungen und noch nicht voll funktionierenden Gemeinde war mit Schwierigkeiten verbunden und in einem Vermerk des Oberamts Tübingen vom 23. Oktober 1826 heißt es dazu: *»Endlich hat die Beeidigung des neuen Schultheißen Im-*

hof und seine Einweisung in das Amt vor versammelter Gemeinde stattgefunden.«[110]

Da die Gemeinde nicht in der Lage war, die ihr vom Staat im Gemeindevertrag 1823 aufgebürdeten Lasten zu tragen, wurde immer wieder nach Wegen gesucht, sich einiger dieser Lasten zu entledigen. So wurde am 29. Juni 1829 beschlossen, die Ortstore »eingehen zu lassen, da dießelben zu viele Reparationskosten verursachen«.[111] Im Gemeindevertrag heißt es dazu in Paragraf 5: *»Die innern und äußern Ringmauern samt den Ortsthoren darf die künftige Gemeinde als Eigenthümerin derselben entweder fortbestehen, oder in Abgang kommen lassen ...«* Abgebrochen wurden das »Obere Tor« beim Haus Böblinger Straße 15, das »Lustnauer« bzw. »Untere Tor« mit angebauter Kapelle am heutigen Haus Schönbuchstraße 8 sowie das »Äußere Tor« am Gasthof »Zum Hirsch«. Es wurde auch daran gedacht, die Klostermauern abzutragen, die Steine zu verkaufen und für den Straßenbau zu verwenden. Doch da erklärte sich der Staat schließlich bereit, diese wieder in Staatsbesitz zu übernehmen, und am 14. Oktober 1865 wurde darüber ein »Schenkungs Berechtigungs Vertrag« zwischen der Gemeinde und der königlichen Staatsfinanzverwaltung abgeschlossen.

Laut Regierungserlass vom 11. Januar 1836 musste die Gemeinde einen beweglichen Kapitalgrundstock von 700 Gulden anlegen. Die ersten beiden Schultheißen hatten damals bereits 433 Gulden und 14 Kreuzer angespart, eine für die arme Gemeinde beachtliche Summe, denn deren Ausgaben betrugen damals zwischen 180 und 240 Gulden im Jahr. Im Gegensatz zu den umliegenden Gemeinden besaß Bebenhausen weder einen Gemeindewald noch sonstige Güter; so wird in einem Gemeinderatsprotokoll von 1844 geklagt: *»Der Markungsumfang ist ganz unbedeutend, das Gemeinde-Eigenthum nicht sehr reichlich und der Vermögensstand der Gemeinde höchst gering ...«*[112] Auch die nachfolgenden Schultheißen und Bürgermeister waren darauf bedacht, dass die Gemeindeausgaben überschaubar blieben und keine Schulden gemacht werden mussten. Doch die Lasten, die der Gemeinde vom Staat im Gemeindevertrag von 1823 aufgebürdet worden waren, verursachten immer wieder Probleme. Als sich 1863 der Glockenstuhl im Dachreiter der Klosterkirche, für den samt Glocken die Ge-

---

(108) Ortsarchiv Bebenhausen 230.
(109) Archiv Erbe.

(110) Ortsarchiv Bebenhausen 230.
(111) Ebd.
(112) Ortsarchiv Bebenhausen 231.

meinde (bzw. jetzt die Stadt Tübingen als deren Rechtsnachfolgerin) zuständig ist, in einem sehr schlechten Zustand befand und Gefahr für die Kirche bestand, schrieb das Königliche Kameralamt dem damaligen Schultheißen: *»Nachdem der Thurm samt Glockenstuhl in Bebenhausen von einem Architekten untersucht worden ist, hat sich herausgestellt, daß die Schwankungen des Thurms und alle weiteren Schäden von der schlechten Beschaffenheit des Glockenstuhls herrühren. In Gemeinschaft mit dem Bezirksbauamt Reutlingen wird nun die Gemeinde zum Behuf der in der That dringenden Neuerstellung des Glockenstuhls aufgefordert ... Die Gemeinde hat unter Kontrolle des Bezirksbauamts die Ausführung heuer noch vorzulegen.«*[113] Doch der Gemeinde fehlten die für die Erneuerung des Glockenstuhls veranschlagten 440 Gulden und das Bezirksbauamt beklagte sich beim Oberamt Tübingen, *»daß die Gemeinde-Behörde zu Bebenhausen von sich aus eine beklagenswerthe Untätigkeit an den Tag legt«.*[114] Als dann das Kameralamt versuchte, auch die Kosten für eine Zinkblechabdeckung im Turm der Gemeinde in Rechnung zu stellen, wehrte sich der Gemeinderat: *»Wenn nun aber noch zugemuthet werden will, die beschädigte Zinkbedachung ... auf Kosten der Gemeinde ... zu ersetzen ... so müssen wir uns gegen ein solches Verlangen mit allen gesetzlichen Mitteln verwahren.«*[115]

Das gespannte Verhältnis zwischen den staatlichen Stellen und der Gemeinde verbesserte sich erst, als König Karl ab 1868 die Klosteranlage restaurieren ließ und auch Kosten für Maßnahmen übernahm, die Aufgabe der Gemeinde gewesen wären: Ausbesserung der Straßen und Wege, bessere Unterbringung der Dorfschule im Schloss, Stiftung einer Kirchenorgel, Beteiligung an der Versorgung der Ortsarmen usw. Der König veranlasste auch die Verlegung der Ratsstube von einem über dem Klosterkeller gelegenen Raum in den »Kapff'schen Bau«. Auch sein Nachfolger, König Wilhelm II., unterstützte die Gemeinde in jeder erdenklichen Weise. So konnte sie sich an die 1898 gelegte Wasserversorgung zum Schloss anschließen und erhielt 1914 auf seine Veranlassung hin ein Schulhaus. Den jährlichen Beitrag seines Vorgängers für die Ortsarmen verdoppelte er und nach seinem Kauf des Mühlenanwesens 1897 ließ er die Straßen und Wege in diesem Dorfbereich auf seine Kosten herrichten.

Das Rathaus nach seiner Fertigstellung, 1925.

Unmittelbar nach Beginn des Ersten Weltkriegs, im Januar 1915, stellte der damalige Schultheiß Gottfried Brändle zufrieden fest: *»Wenn wir zu Hause einen Rückblick über die Tätigkeit unserer Gemeinde direkt vor und teilweise in der Kriegszeit anstellen, so ergibt sich neben all den Kriegswunden bei uns eine erfreuliche Vorwärtsbewegung im Gemeindeleben. Von den glücklich durchgeführten Gemeindeunternehmen seien nur erwähnt: elektrische Ortsbeleuchtung, Friedhofentwässerung, Feldwegeverbesserung, Wasserleitung, Ortskanalisation und Gemeindebodenwaage ... Durch Gewinnung neuer Steuerkräfte ist es gelungen, alle diese Unternehmungen ohne jede Steuererhöhung durchzuführen. Die Gemeinde erhebt auch jetzt – wohl einzig im Bezirk – nur 7 Prozent Gemeindeumlage und 50 Prozent Gemeindeeinkommensteuer ...«*[116]

Nach dem Ersten Weltkrieg konnte die Gemeinde dann mit einer großen Kraftanstrengung ihr Rathaus bauen und in den Dreißigerjahren des vorigen Jahrhunderts war sie schließlich so gut gestellt, dass sogar an den Bau eines Freibads im Goldersbachtal für die Dorfbewohner und die zahlreichen »Sommerfrischler« gedacht wurde, die nun verstärkt ins Dorf kamen, nachdem Bebenhausen 1925 in den Bäderkalender »Die Welt der Bäder und Luftkurorte« aufgenommen worden war. Auch über den Zweiten Weltkrieg hinaus bis zu ihrer Eingemeindung nach Tübingen 1974 blieb die kleine Gemeinde trotz

---

(113) Ebd. C 11/138.
(114) Ebd.
(115) Ebd.

(116) Ortsarchiv Bebenhausen 215.

Gemeindeverwaltung und öffentliche Einrichtungen

der hohen Anforderungen, vor die sie damals gestellt wurde, schuldenfrei.

Neben dem Schultheißen hatte die Gemeinde, zusammen mit Waldhausen, sechs Gemeinderäte. Die Wahl dieser Gemeinderäte war stets eine Persönlichkeitswahl und Parteien spielten dabei keine Rolle. Mangels geeigneter Räume fanden die Gemeinderatssitzungen mitunter im Gasthof »Zum Waldhorn« statt und in einem der Sitzungsprotokolle ist vermerkt: *»Es ist ein großer Mißstand in der Gemeinde, daß kein besonderer Saal für die Sitzungen des Gemeinderats etc. vorhanden ist«.*[117] Erst ab 1865 gab es, wie bereits erwähnt, im Schloss eine Ratsstube, in welcher der Schultheiß seine Geschäfte ungestört führen konnte und in der die Gemeindeakten endlich einen festen Platz hatten. Diese wurden großenteils in einem vom Klosteramt übernommenen Schrank aufbewahrt, der bis heute im Büro des Ortsvorstehers seinen Platz hat.

---

(117) Ortsarchiv Bebenhausen 232.

Die Gemeindedienste

Im Schreibturm befand sich das Arrestlokal der Gemeinde, Aufnahme von 1909.

Anfangs bestand die Gemeindeverwaltung aus einem Gemeindepfleger und einem wohl vom Klosteramt übernommenen Amtsboten bzw. Amtsdiener (bis 1950). Ein Nachtwächter sorgte für Ruhe und Ordnung. Er musste die vorgeschriebenen Stunden abrufen, abends mit der großen Glocke läuten und nebenher die Totengräberdienste übernehmen. Dafür bezahlte man ihm jährlich 36 Gulden. Es gab auch einen Feldschütz. Er bekam wöchentlich 48 Kreuzer, hatte auf eigene Kosten einen Hund zu halten und musste die Ackerfelder und die Wiesen hüten. Zusätzlich musste er die Wassergräben an den Wegen instand halten. Der Mausfänger kam von Hagelloch und erhielt für seine Arbeit 20 Gulden pro Jahr. Die Farrenhaltung gab man 1824 einem »Beständer« namens Gamerdinger in Pflege, der dafür 22 Gulden pro Jahr und *»die Nutznießung an der Wiese im See«* erhielt. Zu den Gemeindeausgaben mussten auch die Bürger von Waldhausen, die bis 1934 zur Gemeinde Bebenhausen gehörten, ihren Teil beitragen: Für den Schultheißen und den Gemeindepfleger jährlich 59 Gulden und für den Amtsboten und den Feldschütz jährlich 13 Gulden usw.

Nach Fertigstellung der neuen Fahrstraße durch das Seebachtal, der heutigen Landesstraße 1208, wurde 1845 ein Straßenwart eingestellt, der die Aufgabe hatte, die Straßen auf der Gemarkung Bebenhausen in Ordnung zu halten und zu überwachen.

Für Polizeiangelegenheiten war zunächst der Schultheiß zuständig und die von ihm zu Arrest Verurteilten mussten, ebenso wie die Forstfrevler, ihre Strafe im *»Arrest-Lokal im Thurm«*, dem

Schreibturm, absitzen. Seine erste Turmstrafe verhängte er 1828 und im Gemeinderatsprotokoll ist dazu vermerkt: »*Mittwoch Nacht ½ 9 Uhr vergleitete sich ein altes Weib in Mannskleider und machte das Gesäß schwarz um verschiedene Leute fürchtig zu machen. Für dießen Unfug wird derselben eine Thurmstrafe angesetzt mit 6 Stundt ... Bebenhausen d. 19. Dec. 1828.*«[118] Man fragt sich, was die alte Frau zu dieser makabren Tat veranlasst haben mag. 1854 wurde dann ein »Polizeidiener« eingestellt, doch dieser hatte in dem kleinen Ort einen wenig aufregenden Dienst zu tun. Neben der Schlichtung von Händeln war eine seiner Hauptaufgaben die Überwachung der Sperrstunden in den Gasthöfen, so vermerkte er am 9. März 1862 in seinem Dienstbuch: »*Vor der Wirtschaft zum Waldhorn Jakob Mayer wegen Betrunkenheit und unanständigem Benehmen verhaftet. Dieser wird von Bürgermeister Reutter sogleich mit Arrest bestraft.*« Nach dem Zuzug von König Wilhelm II. und Königin Charlotte am 9. November 1918 wurde der Polizeidiener überflüssig, denn nun wurde ein Oberlandjäger nach Bebenhausen versetzt, welcher nach dem Tod des Königs bzw. Herzogs 1921 von Bebenhausen aus auch für Lustnau (bis 1934), Pfrondorf und Hagelloch (bis 1938) zuständig war.

Ab 1939 stand dem Bürgermeister endlich auch eine Sekretärin zur Verfügung, welche ihm tageweise die Büroarbeit abnahm.

In dem kleinen Bebenhausen versah bis 1982 auch eine Gemeindeschwester ihren Dienst. Diesen übte über viele Jahre eine Angestellte der ehemaligen Königin aus, weshalb man sie, Rosine Heller, im Dorf liebevoll »Schlossrösle« nannte. Heute nimmt diese Aufgabe die Diakoniestation Tübingen wahr.

(118) Ortsarchiv Bebenhausen 230.

Die Feuerwehr

Im Gemeindevertrag von 1823 wurde der Gemeinde auch das »Feuerzeughäusle« (Feuerspritzenhaus) mit Löschgeräten überlassen, die 1861 ergänzt wurden. Daraus kann geschlossen werden, dass das Dorf von Anfang an eine Feuerwehr hatte, obwohl die Freiwillige Feuerwehr Bebenhausen erst 1881 gegründet wurde. Eine erste Mannschaftsliste gibt es aus dem Jahr 1896. Anlässlich einer Gemeindevisitation durch das königliche Oberamt im Jahr 1909 wurde auch die Feuerwehr überprüft und im Protokoll heißt es: »*Bei der hohen Bedeutung der Feuerwehr in Bebenhausen für das dortige Schloß mache ich es Ihnen zur ganz besonderen Pflicht, nach diesen offenbaren Mißständen für deren Abstellung geeignete Anträge zu stellen.*«[119] Damals wurde auch bemängelt, dass die Hofbesitzer von Waldhausen sich bei den Feuerwehrübungen durch ihre Knechte vertreten ließen.

Die kleine Feuerwehr wurde vom König geschätzt und regelmäßig unterstützt; über das Stiftungsfest zu deren 25-jährigen Bestehen im Jahr 1906 ist vermerkt: »*Um 8 Uhr rückte die Feuerwehr in ihren neuen (vom König ge-*

Feuerlöschkübel der Klostergemeinde Bebenhausen mit Wappen und Abtsstab, Leder, 1794. (Privatbesitz.)

(119) Ortsarchiv Bebenhausen C 11/76.

Gemeindeverwaltung und öffentliche Einrichtungen

stifteten, d. Verf.) Uniformen aus und hielt eine Übung ab. Dann begab sie sich in geordnetem Zug zur Kirche ... Der Zug marschierte dann ins Gasthaus ›Zum Waldhorn‹ zum Festessen, das allgemeine Anerkennung fand, wozu sich Freude und Dankbarkeit über die Spende des trefflichen Hirschbraten und Bieres gesellten. Vor allem Dank gegen S.M. (Seine Majestät, d. Verf.), da er durch namhafte Geldspende das Gelingen des Festes ermöglichte. Telegramm an S.M. – huldvoll erwidert.«[120]

Die wenige Mitglieder zählende Dorffeuerwehr besteht bis heute und ist in ihrer Bedeutung für den Ort und vor allem für die Klosteranlage nicht zu unterschätzen. So gelang es ihr in den Dreißigerjahren des vorigen Jahrhunderts, im »Kapff'schen Bau« in letzter Minute einen Großbrand zu verhindern. Dort hatte die Kammerfrau der ehemaligen Königin nach dem Bügeln das Bügeleisen mit den glühenden Kohlen vergessen und einen Zimmerbrand ausgelöst.

Während des Zweiten Weltkriegs wurden zwei Frauenabteilungen mit je zehn Frauen aufgestellt, die wöchentliche Übungen abhielten, um für den Ernstfall gerüstet zu sein. Auch bei den regelmäßig wiederkehrenden Hochwassern an Goldersbach und Seebach und bei Waldbränden erfüllt die Feuerwehr einen wichtigen Dienst für das Dorf. Und bei der Integrierung zugezogener Jugendlicher kommt der Jugendfeuerwehr eine nicht zu unterschätzende Aufgabe zu. Aber auch diese Einrichtung kämpft inzwischen mit Nachwuchsproblemen und ihre Zukunft ist ungewiss.

---

(120) Aufzeichnungen Weiblen.

Die Post

Bereits 1865 wurde in Bebenhausen eine »Postexpedition« eingerichtet; erster Posthalter war der damalige Schultheiß Theodor Seeger. Auf Veranlassung König Karls kam drei Jahre später eine Telegrafenstation dazu, die bei der Anwesenheit des Königspaars eine wichtige Rolle spielte. Der aus Hausen an der Lauchert zugezogene Jakob Möck, der kurze Zeit den Gasthof »Zum Hirsch« geführt hatte, übernahm die Postexpedition gemeinsam mit seiner Frau im Jahr 1888 und als der »Postexpeditor« 1904 seine Silberhochzeit feierte, erhielt er »*zu seiner größten Freude und Überraschung von Sr. Majestät dem König einen wertvollen silbernen Trinkbecher mit eingravierter Widmung nebst einem huldvollen Glückwunschschreiben*«.[121] 1910 erhielt die Postexpedition »*aus polizeilichen Gründen und aus Gründen des Fremdenverkehrs*« einen Telefonanschluss und es wurde eine Unfallmeldestelle eingerichtet. Ein Vorfall in der Postexpedition im Jahr 1920, der nie aufgeklärt werden konnte, beschäftigte damals das ganze Dorf: Die Postgehilfin wurde mit drei Schüssen im Kopf tot aufgefunden. Nach deren Tod wurde die Postexpedition, die nun wegen ihrer geringeren Bedeutung nach der Abdankung des Königs in eine Postagentur umgewandelt wurde, von der nichtjüdischen Frau eines in Bebenhausen wohnenden (1928 verstorbenen) jüdischen Anwalts und ihrer aus dem

Becher, Silber teilvergoldet, Hofjuwelier Föhr, um 1900. Geschenk König Wilhelms II. an Postexpeditor Jakob Möck und dessen Frau zu deren Silberhochzeit. (Privatbesitz.)

---

(121) Aufzeichnungen Weiblen.

Die Postexpedition (heute Schönbuchstraße 29), um 1900.

Dorf stammenden Hausangestellten übernommen. Auf Druck der Kreisleitung der NSDAP führte die Hausangestellte von 1939 bis 1945 die Postagentur allein im »Kutscherhaus« am Schreibturm weiter, welches ihr von Charlotte, der ehemaligen Königin, überlassen worden war.[122] Ab 1945 bis zu ihrer Pensionierung im Jahr 1965 führte sie die Postagentur dann wieder am alten Ort, im Haus Schönbuchstraße 32, weiter. Der Postdienst war kein leichter Dienst, denn die Postsäcke und Pakete mussten zu den damals noch verkehrenden Postomnibussen an die Haltestelle beim Gasthof »Zum Waldhorn« gebracht werden. Vor allem in der Weihnachtszeit brachte der Postbus aus Tübingen so viel Post, dass die Posthalterin Friederike Heller, im Dorf »Postrickele« genannt, mit ihrem Handwagen mehrere Male die Straße überqueren musste, um alle Postsäcke, Pakete und Päckchen über die Straße zu holen und im Gasthof »Zum Waldhorn« zwischenzulagern.

Als ab 1947 der Landtag von Württemberg-Hohenzollern in Bebenhausen tagte, wurden feste Schalterstunden eingeführt und es wurde ein Briefträger eingestellt. Der Telefon- und Telegrammverkehr der Parlamentarier, die Postrickele nach kurzer Zeit persönlich kannte, nahm sie nun besonders stark in Anspruch. Auch die damals im Schloss untergebrachten Gerichte (Oberlandesgericht und Verwaltungsgerichtshof) sowie das Hölderlin-Archiv, das Stefan-George-Archiv und ab 1954 die Forstdirektion Südwürttemberg-Hohenzollern wurden von ihr postalisch betreut. Ihre Nachfolger, Karl und Liese Volle, welche die Poststelle bis zu deren Auflösung im Jahr 1995 in ihrem Haus Böblinger Straße 15 führten, hatten von 1967 bis 1969 sogar einen Bundeskanzler als Postkunden.

---

(122) s. auch unter »Die Zeit des Nationalsozialismus und des Zweiten Weltkriegs«.

Gemeindeverwaltung und öffentliche Einrichtungen

Der Kindergarten

Mit einer beachtlichen Eigenleistung der Eltern wurde 1984 in einem kleinen »Holzhäusle«, das bisher von der Dorfjugend genutzt wurde, ein Kindergarten eingerichtet. Einen solchen »privat geführten« gab es im Dorf bereits 1947: Damals wurden die Kinder von der Tochter eines Forstmeisters betreut. Der nun von der Stadt Tübingen getragene Kindergarten mit zwei Erzieherinnen blieb mit 17 bis 20 Kindern zunächst stabil. Als ihre Zahl ab 1990 abnahm, wurden, um ihn weiter betreiben zu können, zusätzlich Kinder aus Tübingen-Lustnau aufgenommen. Auch diese Einrichtung ist, neben der Jugendfeuerwehr, für die Integrierung zugezogener Familien ein wichtiger Ort und schon manche Freundschaft zwischen jungen Familien entstand hier im Kindergarten.

Die Gemeindebücherei

Obwohl das Dorf im 19. Jahrhundert weder ein Rathaus noch ein Schulhaus besaß, wurde bereits 1875 neben der Ratsstube im Schloss eine Gemeindebücherei eingerichtet. Durch Schenkungen, vor allem des letzten württembergischen Königspaars, umfasste sie schließlich einige hundert Bände und wurde von den Dorfbewohnern rege genutzt. Nach dem Zweiten Weltkrieg wurde sie überarbeitet, mit neuen Büchern ausgestattet und in eine Gemeinde- und Schulbücherei umgewandelt. Doch im Laufe der Jahre nahm die Zahl der Benutzer ständig ab, sodass sie 1967 geschlossen wurde.

Der Friedhof

Auf dem Klosterfriedhof, der im Gemeindevertrag von 1823 der Gemeinde überlassen wurde, hatte, neben den Gräbern der Lehrer der Klosterschule und deren Angehörigen, jede der alten Bebenhäuser Familien ihr Familiengrab, für das bis zur Eingemeindung nach Tübingen im Jahr 1974 keine Grabgebühren erhoben wurden, während heute von der Stadt Tübingen die übliche Grabgebühr verlangt wird. Auf dem so genannten »Herrenfriedhof«, dem an der Ostseite der Klosterkirche gelegenen Friedhofsteil, haben sich die Gräber bzw. Grabdenkmale der Forstleute Wilhelm von Widenmann und Friedrich August von Tscherning erhalten, ebenso dasjenige des 1822 ermordeten Forstlehrlings Wilhelm Pfeiffer und das der Frau des Oberförsters Johannes Andreas von Vogelmann. In diesem Friedhofsteil ruhen auch der Geheime Rat Bertram Graf von Üxküll-Gyllenband, die Malerin Hedwig Pfizenmayer, Bebenhausens Ehrenbürger Karl von Stieler und Ludwig Friedrich Kapff, Namensgeber des »Kapff'schen Baus« (ehemaliges Klosterkrankenhaus). Eine Gedenkplatte für Generalfeldmarschall Ritter Robert von Greim, den letzten Befehlshaber der deutschen Luftwaffe im Zweiten Weltkrieg, befindet sich am Grab seiner Frau und deren Mutter, welche familiäre Beziehungen nach Bebenhausen hatten. Auch das Grab des einzigen jüdischen, aber evangelisch getauften Dorfbewohners, Albert Bacher, befindet sich auf dem Herrenfriedhof.

In diesem Friedhofsteil wurden im 14. Jahrhundert mehrere Äbte beigesetzt, so Abt Lupold (gest. 1300), Abt Ulrich (gest. 1320) und Abt Werner von Gomaringen (gest. 1393). Auch Mitglieder einiger Adelsfamilien, Laien und Pfründner ruhen dort. Halb verdeckt vom südlichen Strebepfeiler des Chores findet sich noch die Grabschrift der Haila von Rutelingen (Reutlingen), Stifterin der »Hailakapelle« bzw. des »Kohlkirchleins«.(123)

---

(123) s. unter »Die alten Häuser im Dorf«.

Das Wasch- und Backhaus

Das Wasch- und Backhaus, vor dem Schreibturm gelegen, wurde um 1780/90 durch das Klosteramt erbaut und ging bei der Gründung der Gemeinde in Gemeindebesitz über. Im Ort gab es damals noch weitere Wasch- und Backhäuser, von denen sich nur das zur Klosterherberge gehörende erhalten hat.

Bis 1924 standen auf der rechten Seite des kleinen Raums große Waschkessel und Bottiche. Das Wasser zum Waschen holten die Frauen aus dem vorbeifließenden Mühlbach bzw. der »Wette« direkt nebenan (1956 zugeschüttet). Als um 1920 schließlich jedes Haus im Dorf einen eigenen Wasseranschluss besaß, konnten die Frauen zuhause waschen und im Wasch- und Backhaus wurde nur noch gebacken. Dies war für die Frauen eine große Erleichterung, denn die Benutzung des kleinen Hauses war vorher so eng geplant, dass die Backfrauen, die ihre Arbeit beendeten, mit den Waschfrauen, die Waschtag hatten, zusammentrafen.

Als dann im Haus nur noch gebacken und nicht mehr gewaschen wurde, trafen sich die Frauen jeweils donnerstags, um zu losen. Die Frau, welche die Nummer eins gezogen hatte, musste den Backofen freitagmorgens um fünf Uhr anfeuern. Die anderen Frauen folgten dann der Reihe nach. Der Brotteig wurde in »Laibgrättle« (Strohkörben) auf Leiterwägelchen zum Backhaus gefahren und auf den gepflasterten Straßen und Wegen passierte damals so manches Malheur.

Im Backhaus wurde bis um 1970 regelmäßig Brot gebacken. Dann hatten immer mehr Hausfrauen daheim ihren eigenen elektrischen Backofen und benutzten das Backhaus nur noch gelegentlich. Einige junge Familien brachten inzwischen wieder Leben in das alte Backhaus. Sie treffen sich dort und backen ihr Brot so, wie

Das Backhaus mit »Wette« (heute Parkplatz), 1940.

Ruth Heller holt das fertig gebackene Brot aus dem Backofen, um 2000.

es in diesem kleinen Haus seit über 200 Jahren schon gebacken wurde.

Seit dem Bau des Rathauses sind nun nahezu 90 Jahre vergangen. Die selbstbewusste und schuldenfreie Gemeinde Bebenhausen, der zu ihrem 125-jährigen Bestehen im Jahr 1948 ein Gemeindewappen verliehen wurde, verlor jedoch ihre Selbständigkeit und wurde als letzter Teilort 1974 in die Universitätsstadt Tübingen eingegliedert. Trotzdem ist das Rathaus (zusammen mit dem ehemaligen Schulhaus) nach wie vor Mittelpunkt des Dorflebens und sicherlich auch, wie es der Architekt sich damals wünschte, »eine Stätte des Vertrauens, in der Klugheit und Gerechtigkeit heimisch sind«.

Eid der Nachtwächter von 1835
Ihr werdet einen feuerlichen Eid zu Gott dem Allmächtigen schwören, den Euch anvertrauten Nachtwächterdienst treu, fleißig und unverdrossen zu versehen nach dem Abendglocken-Leuten, die Wache gleich zu versehen, die Stunden an dem Euch angewießenen Plaz fleißig auszurufen, auf verdächtige Räuche und nächtliche Anordnungen woraus eine Feuergefahr entstehen könnte, besonders aber darauf Euer fleißiges Augenmerk zu richten, daß den Feuerpolizei-Gesetzen nicht entgegen gehandelt werde, und wenn Feuergefahr vorhanden sogleich die Anzeige davon zu machen ebenso verdächtigen nächtlichen Zusammen-Wandel, Nachtkäuze, Diebereien, Schlaghändel und andere Excesse gebührend anzuzeigen, und niemand zu verschonen, es seien Reiche oder Arme, Fremde oder Einheimische Personen. Insbesondere wird auch zur Pflicht gemacht bei Eurem nächtlichen Umgang Eure Aufmerksamkeit auf alles zu richten, und nicht das geringste was Ihr sehet Euch zueignen oder entwenden, bey hoher Strafe, überhaupt Euch redlich und gewissenhaft zu verhalten wie Ihr es vor Gott und der vorgesetzten Obrigkeit zu verantworten getrauet.

Die Schultheißen[124], Bürgermeister und Ortsvorsteher der Gemeinde Bebenhausen seit ihrer Gründung 1823

1823	Christian Eberhardt Erbe
1826	Johann Christoph Imhof
1844	Wilhelm Imhof
1847	Christian Konrad Reutter
1865	Theodor Seeger
1867	Andreas Hahn
1887	Jakob Rieckert
1901	Christian Volle
1911	Gottfried Brändle
1920	Jakob Kemmler
1939	Karl Volle
1960	Karl Pfeiffer
1967	Friedrich Seethaler
1980	Heinz Reichert
1985	Barbara Scholkmann
1994	Bruno Rilling
1995	Ursula Stöffler
2000	Rainer Pohl
2009	Werner König
2012	Wolfgang W. Wettach

(124) *Die Bürgermeister in Württemberg führten noch bis 1930 den Namen Schultheiß bzw. Stadtschultheiß.*

Das Jagd- und Forstwesen

Durch seine Lage im Schönbuch hat das Jagd- und Forstwesen in Bebenhausen bis heute eine ganz besondere Bedeutung. Erstmals erwähnt wird der Schönbuch, als Herzog Friedrich VI. von Schwaben 1187 dem neu gegründeten Kloster Bebenhausen Nutzungsrechte im Wald, im *nemus Schaienbuch*, einräumt. Damals waren die Pfalzgrafen von Tübingen im Besitz der meisten Schönbuchrechte. In einem Stiftungsbrief von 1191 überließ Pfalzgraf Rudolf dem Kloster Bebenhausen im Schönbuch schließlich einen Waldbezirk, dessen Grenzen großenteils mit dem Gebiet der Staatswaldungen der Gemarkungsgrenze von Bebenhausen zusammenfallen.

Ihre Schönbuchrechte, die ihnen noch verblieben waren, mussten die Pfalzgrafen dann in den Jahren 1342 bis 1348, ebenso wie die Burg, die Stadt und das Umland von Tübingen, an die Grafen von Württemberg verkaufen. Bereits im Jahr 1301 war die Stadt Tübingen mit der Burg, der Stadtherrschaft und dem dazugehörigen Amtsbereich an das Kloster Bebenhausen verpfändet. In Ludwig Uhlands 1847 entstandenem Gedicht »Der letzte Pfalzgraf« heißt es dazu:

Ich Pfalzgraf Götz von Tübingen
Verkaufe Burg und Stadt
Mit Leuten, Gülten, Feld und Wald,
Der Schulden bin ich satt.

Zwei Rechte nur verkauf' ich nicht,
Zwei Rechte, gut und alt:
Im Kloster eins, mit schmuckem Thurm,
Und eins im grünen Wald.

Pfalzgraf Götz von Tübingen übergibt Tübingen an Württemberg. Wandbild im »Kapff'schen Bau« des Klosters, um 1915.

Am Kloster schenkten wir uns arm
Und bauten uns zu Grund,
Dafür der Abt mir füttern muß
Den Habicht und den Hund.

Im Schönbuch, um das Kloster her,
Da hab' ich das Gejaid,
Behalt' ich das, so ist mir nicht
Um all mein andres leid.

Und hört ihr Mönchlein eines Tags
Nicht mehr mein Jägerhorn,
Dann zieht das Glöcklein, sucht mich auf!
Ich lieg' am schatt'gen Born.

Begrabt mich unter breiter Eich'
Im grünen Vogelsang,
Und lest mir eine Jägermeß'!
Die dauert nicht zu lang.

Die Herrschaftsjagd im Schönbuch

Bei der württembergischen »Herrschaftsjagd« spielte das Kloster Bebenhausen ab dem Mittelalter eine zentrale Rolle, denn es war wohlhabend, gut erreichbar und lag im wildreichen Schönbuch. Nachweisbar ab dem 16. Jahrhundert, war es zu einem Jagdzentrum geworden, dessen Bedeutung alle übrigen württembergischen Klöster in dieser Hinsicht weit übertraf. Den Hofjägern stand in der Klosterkirche in der nachreformatorischen Zeit sogar eine eigene Empore zur Verfügung, der so genannte »Jägerstand«.[125] Diese Sonderstellung wirkte sich auch auf die Beherbergungs- und Bewirtungspflichten des Klosters, die »Atzpflicht«[126], aus, denn im Kloster hielten sich nicht nur fast das ganze Jahr hindurch Jäger und Hunde auf, sondern oft war auch der Herzog mit seiner Begleitung zu Gast. Wenn

---

(125) Neuscheler, S. 94.
(126) atzen = ernähren.

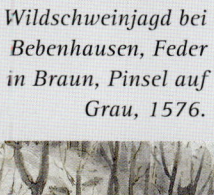

Johann Steiner: Wildschweinjagd bei Bebenhausen, Feder in Braun, Pinsel auf Grau, 1576.

Das Jagd- und Forstwesen

Herzog Johann Friedrich (1582–1628) einige Wochen in Bebenhausen zur Jagd weilte, mussten jedes Mal 100 bis 150 Pferde eingestellt und versorgt werden. Dazu kam noch der Schwarm der Jägerfreunde, die aus der Umgebung herbeiströmten und »allweg mit Brod und anderem geladen« wieder abzogen. Mit den Jägern hatte das Kloster auch die Jagdhunde zu versorgen und diese wurden in den eigens für diesen Zweck errichteten klösterlichen Hundeställen untergebracht. Sie befanden sich neben der Klosterherberge, in der wohl ab dem 17. Jahrhundert auch ein Jagdzeugmeister seinen Dienst tat. Aus einem Bericht des Jägermeisters Peter von Karpffen aus dem Jahr 1617 geht hervor, dass in Bebenhausen regelmäßig 400 bis 500 Hunde zur Wildschweinjagd versammelt waren. Die Belastungen, die dem Kloster in seiner Funktion als württembergisches Jagdzentrum auferlegt wurden, waren enorm. Nach einer Aufstellung für die Jahre 1611 bis 1615 entfielen im Herzogtum Württemberg nahezu 50 % der Jägeratzkosten, also der Beherbergungs- und Bewirtungskosten für Jäger und deren Gefolge, auf das Kloster Bebenhausen, das damals ja schon längst evangelische Klosterschule geworden war. Im Zeug- bzw. Karrenhaus wurden die für die Hofjagden erforderlichen Jagdgeräte aufbewahrt und gewartet. Für die Wartung und Reparatur der zahlreichen Wagen und Karren, Seile, Netze, Tücher und Waffen wurden auch die beim Kloster angestellten und am Ort wohnenden »Klosteroffizianten« eingesetzt: Wagner, Schmiede, Schuhmacher und Schneider. Die Wagner, Schmiede und Schuhmacher erhielten für diese Arbeit täglich 5 ½ Pfund und die Schneider 4 Pfund Brot. *»Davon schneiden sie in ihre Suppen ein, das übrige, was sie nicht essen, nehmen sie hinweg in ihre Haushaltungen«.*[127] Bauern, die als Führer der »Seilwagen« dieses Material in die Jagdgebiete brachten, wurden vom Kloster ebenfalls mit Suppe, Brei, Brot und Wein bei Laune gehalten. Deren Mahlzeit sah wie folgt aus: Über das eingeschnittene Brot kam Brühe mit Salz und Schmalz, dazu wurde ein *»dicker, wolgekochter, gesalzener und geschmalzener Haberbrei«*[128] gegeben. Niemand tue für das Kloster etwas umsonst, wurde 1773 geklagt, so dass sich einige Nachbarorte, genannt werden Lustnau, Reusten und Pfrondorf, fast ganz von ihm ernährten.

Die feudale Jagdordnung, die in der Landbevölkerung wegen der enormen Wildschäden

»Anno 1721 haben Ihre Hoch-Fürstl. Durchl. Eberhard Ludwig Herzog zu Württemberg disen Hirsch in der Brunfft an der Buchellis Klingen einsiedler Huth Tübinger Forsts selbst geschossen«, Kupferstich von Johann Elias Ridinger, 1721. (Privatbesitz.)

und der bedrückenden Jagdfronen verhasst war, neigte sich dann am Ausgang des 18. Jahrhunderts ihrem Ende zu und unter dem jagdbegeisterten Friedrich, den Napoleon 1803 zum Kurfürsten und 1806 zum König erhoben hatte, war Bebenhausen ein letztes Mal Ausgangspunkt großer Hofjagden. 1807 wurde für ihn das ehemalige Abtshaus des Klosters als Jagdschloss ausgebaut.

Das prunkvollste Jagdfest, das in der Regierungszeit König Friedrichs in Bebenhausen stattfand, war das »Dianenfest« am 9. November 1812; den Anlass bot der 58. Geburtstag des Königs am 6. November. An den Vorbereitungen für dieses Jagdfest, die sechs Wochen in Anspruch nahmen und für das über eine Million Gulden aufgewendet wurde, mussten 10 000 Jagdfröner teilnehmen, die aus dem ganzen Land zusammengezogen worden waren. Förster Bechtner aus Weil im Schönbuch schreibt dazu in seiner »Waldchronik«: *»Gleich am ersten Tag fiel Regenwetter ein und dauerte die ganze Zeit über, nehmlich 6 ganze Wochen ... Zum Beweis wie gut geordnet alles dabei herging, mag dienen, daß wir einmal Nachts um ½ 12 Uhr im alten See bei Beb.(enhausen) Jagdzeug tragen lassen mußten im abscheulichen Regenwetter, wo man bis an die Knöchel im Tr. (wohl Dreck, d. Verf.) waten mußte ... Nur mit Mühe wurde dieß famöse Jagen auf den Geburtstag des Königs fertig.«*[129]

---

(127) Hauptstaatsarchiv Stuttgart A 282 Bü 1198.
(128) Ebd.

(129) Bechtner, Waldchronik.

Das Jagd- und Forstwesen

»Matthisson, der Sänger des Dianenfestes, frißirt einen Keiler«, Scherenschnitt von Luise Duttenhofer, 1812.

Noch zwanzig Jahre später, im Jahr 1832, stellten die Forstkandidaten der Universität Hohenheim bei ihrem Besuch in Bebenhausen fest: *»Die Stellen, welche bei Jagden durchlichtet, zum Theil ganz ruinirt worden waren, sind jetzt durch Forchensaaten wieder bestockt ... Ganz deutlich kann durch Forchenstreifen zwischen dem Laubholz und durch das verschiedene Alter des Holzes die Stelle unterschieden werden, wo am 6. (9., d. Verf.) November 1812 ... das große eingerichtete Jagen stand.«* Die Forstkandidaten stellten auch fest, dass sich *»das Wild überall bis auf einen der landwirthschaftlichen und Forstkultur unschädlichen Grad vermindert (hat), und die sonst so heftigen Klagen über Wildschaden sind fast ganz verstummt ...«.*[132] Diese teilweise verheerenden Wildschäden hatten die Bauern der Schönbuchdörfer früher oft um den Lohn ihrer Mühen gebracht und bedrohten damals deren Lebensgrundlage.

Als Ersatz für das bisherige Jagdzeughaus bzw. einer »Karrenhütte« entstanden unter König Friedrich nach den Plänen des Landbaumeisters Johann Adam Groß III. (1750–1817) im äußeren Klosterbereich, an der heutigen Schönbuchstraße, 1807 das kleine und 1811 das große Jagdzeughaus zur Aufbewahrung der für die Jagd notwendigen Ausrüstungen. Beim Tod des Königs, 1816, bestand das Inventar dieser Zeughäuser neben Unmengen von »Dunkel-Zeug« (Tüchern) und »Lichtem-Zeug« (Netzen, Garnen) aus nahezu 6000 Stangen und Stäben für unterschiedliche Verwendungszwecke, 350 Wildkästen usw. und nicht weniger als 134 Wagen und Karren für den Transport des Jagdzeugs.

Die Inszenierung begann mit dem pompösen Einzug des Königs und seines Gefolges durch ein Spalier von 250 Oberforstmeistern, Hofjägern und reisigen[130] Förstern zu Pferde, alle in ihren Gala-Uniformen, die ihn mit einem »Lebehoch« empfingen. Voller Bewunderung berichtet der Dichter Friedrich Matthisson, dass der König und seine Jagdgäste in nur zwei Stunden nahezu 800 Stück Wild erlegt hätten: Hirsche, Rehe, Wildschweine, Hasen und Füchse. Der Forstrat und württembergische Hofjagdinspektor Otto Lanz berichtet allerdings, die schlauen Füchse seien damals sämtlich mit heiler Haut über die Lappen entkommen. Tatsächlich wurden lediglich vier Füchse erlegt und Matthisson bemerkt dazu: *»Unter allen hier aufgeführten Wildgattungen zog einzig und allein der famöse Schleicher und Freibeuter, genannt Reineke Fuchs, mit heiler Haut sich aus dem schwierigen Handel und rettete, indem er mit energischer Gewandtheit muthig über das Quertuch wegsetzte, sein allen Hühnerställen und Taubenschlägen so äußerst nachtheiliges und kostspieliges Leben.«*[131]

Für seine Verherrlichung der Dianenjagd erntete Matthisson, der Dichter und Hofbibliothekar König Friedrichs, damals viel Kritik und Spott. So fertigte die Scherenschneiderin Luise Duttenhofer, mit welcher der Dichter befreundet war, einen Scherenschnitt, der Matthisson zeigt, wie er einen Keiler frisiert.

Als König Wilhelm I., Sohn und Nachfolger König Friedrichs, 1816 die Regierung antrat, leitete er in Württemberg nicht nur weit reichende Reformen des Staates ein, sondern vor allem auch den Wandel von der feudalen zur bürgerlichen Jagd. Wilhelm I., der als einziger württembergischer Regent kein Jäger war, ordnete die Verpachtung der staatlichen Jagden an und verzichtete als Landesherr auf die Jagdausübung.[133] Er befand im Hinblick auf Wild und Jagdwesen, dass *»die uralte Klage des württembergischen Volkes nicht mehr gehört werden könne«*[134] und ordnete im Januar 1817 die sofortige und totale Ausrottung des Schwarzwildes, die Reduzierung des Rotwildes und das Kurzhalten der Feldhasen an. Die Jagdmöglichkeiten des Königshauses

---

(130) reisigen = reitenden.
(131) Matthisson, »Dianenfest bei Bebenhausen«, S. 27/28.

(132) Hockenjos, S. 54 ff.
(133) Hauptstaatsarchiv E 221 Bü 1886.
(134) Pesch, Waidwerk und Wild.

wurden auf einen Hofjagdbezirk beschränkt, der aus zehn Huten[135] bestand, davon zwei Huten im Bereich des Oberforstamts Tübingen mit Sitz in Bebenhausen.[136] Damit fand auch die Bevormundung der Land- und Forstwirtschaft durch die Jagd ein Ende. Die gelernten Jäger wurden nun zu ausgebildeten Förstern. Bebenhausen verlor seine Bedeutung als Residenz für die Hofjagd, und unter dem jungen König wurde eine Forstverwaltung moderner Prägung aufgebaut. Bereits 1807, noch unter König Friedrich, waren die Waldungen des Schönbuchs der einheitlichen Forstverwaltung des neuen Königreichs unterstellt worden. In diesem Zusammenhang wurde Waldenbuch, der bisherige Wohnort des Oberforstmeisters, des früheren Waldvogts (bis 1706), aufgegeben und als neuer Sitz Bebenhausen festgelegt. Nach mancherlei Umorganisationen wurde 1822 das Oberforstamt Tübingen mit Sitz in Bebenhausen gebildet, das die Reviere Bebenhausen, Einsiedel, Walddorf, Plattenhardt, Weil im Schönbuch, Waldenbuch und Entringen im Schönbuch und Bodelshausen und Rottenburg im Rammert umfasste. Zum Revier Bebenhausen gehörten neben Bebenhausen noch Lustnau, Waldhausen, Hagelloch und Tübingen.

Das kleine Jagdzeughaus wurde 1837 abgebrochen, das große Jagdzeughaus aber als einziges im Königreich Württemberg noch einige Jahre länger unterhalten. Doch, stellten die Forstkandidaten schon 1832 fest, »*es hatte unter dem höchst seligen König Friedrich eine weit größere Bedeutung, jetzt ist es aber bis auf 6 Wagen dunklen und 6 Wagen lichten Zeug geschmolzen und selbst dieser Zeug wurde in langen Jahren nicht benutzt*«.[137] Später, bis zu seinem Abbruch im Jahr 1861, wurde das große Zeughaus zum Trocknen von Hopfen für die 1844 entstandene Waldhornbrauerei genutzt. Heute erinnert an dieses Gebäude nur noch der Straßenname »Zeughausgarten«.

---

(135) Frühere Bezeichnung für ein Forstrevier.
(136) Regierungsblatt 1818 S. 177.

(137) Hockenjos S. 54 ff.

Die Waldgerechtigkeiten und deren Auswirkungen

Seit dem Mittelalter war die Waldnutzung im Schönbuch durch Servituten[138] geregelt, den »Waldgerechtigkeiten«. Dies waren die *Berechtigungen* der *Schönbuchberechtigten* und die *Befugnisse* der *Schönbuchgenossen*. Der Raum der *Schönbuchberechtigten* erstreckte sich sehr weit und umfasste 5 Städte, 54 Dörfer und Weiler, 39 Mahlmühlen, sowie einige Burgherren.[139] Die *Schönbuchgenossen*, die sich aus den Einwohnern der meisten in und um den Schönbuch gelegenen Ortschaften zusammensetzten, hatten das Recht, in bestimmten Waldgebieten und unter Beachtung gewisser Regeln Brennholz zu schlagen (»rechter Hau«). Eigene Abgaben waren für den Hau von Bauholz zu entrichten, der den Schönbuchgenossen ebenfalls zustand. Wichtig waren ferner die Holzgerechtigkeiten einzelner Handwerker, wie etwa der Wagner, Küfer, Schreiner und Dreher. Für »Waldfrevel« waren besondere Strafen vorgesehen. Besonders wichtig war für die Schönbuchgenossen die Waldweide und damit das Recht, Pferde und Rinder in den Schönbuch zu treiben, sowie die Eichelmast der Schweine im Wald. Bei der Waldweide mussten Naturalleistungen (Weidkäse) und bei der Schweinemast eine Abgabe mit dem altertümlichen Namen »Dehmen« oder »Dechme«[140] erbracht werden. Nach dem Protokoll einer »hochfürstlichen Kommission« von 1706 waren im Schönbuch weideberechtigt: 1171 Pferde, 2274 Ochsen, 3983 Kühe, 1905 Jungvieh, 19 920 Schafe und 170 Geißen, zusammen also 29 423 fressende Mäuler und 117 692 trampelnde Füße.

---

(138) Servitut = dingliches Nutzungsrecht an fremdem Eigentum.
(139) Zeyher S. 68.

(140) Gegenleistung für die Mastberechtigungen im Wald. Ursprünglicher Begriff: »decima porcorum«, der Zehnt von den Schweinen.

Der Schreibturm, 1909. In ihm befand sich neben dem Arrestlokal der Gemeinde auch das Arrestlokal der Forstverwaltung für Waldfrevler und Wilddiebe.

Die wichtigste Voraussetzung für eine geordnete Forstwirtschaft im Schönbuch war die Beseitigung dieser Waldgerechtigkeiten, da deren Ausübung einen wesentlichen Grund für den Forstfrevel bildete. Die unzähligen Verstöße gegen die Regeln führten schließlich zur Verwüstung ganzer Waldteile. Der Philosoph Friedrich Wilhelm Schelling, der von 1777 bis 1791 mit seiner Familie in Bebenhausen wohnte und hier zur Schule ging, schrieb 1789 in seiner »Geschichte des Klosters Bebenhausen« über den Wald und das Klima:

»*Auch die Luft ist (in Bebenhausen, d. Verf.) viel räuher als in Tübingen und anderen nicht weit davon liegenden Orten. Bei denen aber immer mehr abnehmenden Wäldern kann man endlich doch dieß Gute hoffen, daß wärmere Lüfte in dießem Thale wehen dörfen, so traurig es für die Nachkommen ist. Denn ich darf gewiß sagen – und ich habe es von der Sache kundigen Leuten gehört – daß in einem einzigen Tag oft mehr Holz gestohlen wird als in 100 Jahren nachwachsen kann. Ein mancher Bauer von Lustnau wurde durch gestohlenes Holz reich. Haben solche Bauern kein Zugvieh, so geht Mann, Weib und Kind in den Wald und schleppen das Holz nach Tübingen und verkaufen's. Haben sie Zugvieh – desto besser ... Ohne erhöhte Strafe und bessere Aufsicht kann dem Übel wohl nicht geholfen werden. Aber um der Nachkommen willen sollte man in der That nicht säumen, demselben zu steuern.*«[141]

Der junge Schelling weilte häufig im Schönbuch und schrieb, ergriffen von den Eindrücken seiner Waldwanderungen, in seinen Aufzeichnungen: »*Fürwahr, auch wilde Natur ist schön! Oft pries ich über diese wildschönen Örter Gott, den Schöpfer!*«[142]

Zur Verbesserung des Waldes wurde dann um 1800 die »Schlagwirtschaft« eingeführt und den Schönbuchgenossen eine bestimmte Holzmenge zugeteilt. Die Waldgerechtigkeiten wurden ab 1819 abgelöst und es wurde den berechtigten Gemeinden ein Gemeindewald zugeteilt. Die Verhandlungen mit den Gemeinden führten der Bebenhäuser Oberförster Johannes Andreas Vogelmann und, als Vertreter der Regierung, Regierungsrat Kausler. Durch diese Maßnahme erholten sich die in Staatsbesitz verbliebenen Waldungen binnen kurzer Zeit. Doch nun gab es große Probleme mit den ehemaligen Schönbuchgenossen, die sich nicht damit abfanden, dass im Staatswald nur noch sehr eingeschränkt Holz geschlagen werden durfte und dass die Forstleute ihren Wald nun strenger kontrollierten. Viele betrachteten dies als Eingriff in ihre bisherigen Rechte und entwickelten einen Hass gegen die staatlichen Forstleute. Diese galten bei den armen Dorfbewohnern als Repräsentanten einer Staatsmacht, die ihre elementaren Lebensbedürfnisse ignorierte. Hinzu kamen Probleme mit einigen Gemeinden, vor allem mit Dettenhausen, die sich bei der Ablösung der Waldgerechtigkeiten benachteiligt fühlten. In den Jahren 1821 bis 1823, in denen der größte Teil der Rechte abgelöst wurde, aber auch danach, kam es daher häufig zu Zusammenrottungen von Waldfrevlern, die den Forstleuten gegenüber

---

(141) Köhrer, Schelling in Bebenhausen.
(142) Gerlach, Wunderkind in Bebenhausen S. 423.

gewalttätig wurden. Forstfrevler und Wilderer wurden im Schreibturm in Bebenhausen, in dem das Forstamt ein *Arrest-Lokal* eingerichtet hatte, *eingethurmt*. Die Zahl der Straffälle belief sich damals im Gesamtbereich des Oberforstamts auf 10 000 bis 12 000 jährlich. Nach dem Strafregister beteiligten sich an den Holzdiebstählen sogar der Oberamtmann (Landrat) und der Dekan von Tübingen.(143)

In diese Zeit fällt der Mord an dem Forstlehrling Wilhelm Pfeiffer. Obwohl sein Vorgesetzter, Oberförster Vogelmann, den jungen Mann davor gewarnt hatte, alleine in den Schönbuch zu gehen, begab sich dieser am 26. Februar 1822 unbewaffnet in den Wald östlich von Bebenhausen. Als er dann am Abend im Forsthaus nicht erschien, machte man sich große Sorgen, zumal am 26. Februar »Holztag« war und sich deshalb besonders viele Holzmacher aus Lustnau und Pfrondorf dort im Schönbuch aufhielten. Schließlich wurde am 4. März der schlimm zugerichtete Körper des jungen Mannes in einem Forchenbestand östlich von Bebenhausen gefunden.

Bei der Trauerfeier für den Forstlehrling in Bebenhausen hielt der Pfarrer von Lustnau, Viktor Heinrich Riecke, eine eindrucksvolle Predigt, in der er sich ausführlich mit dem Holzdiebstahl und seinen Folgen beschäftigte. Diese Predigt wiederholte er am darauf folgenden Sonntag in der Kirche in Lustnau, aber dort, so berichtet Wilhelm Heinrich von Gwinner, zur Zeit des Pfeiffermords Praktikant am Forstamt in Bebenhausen, »war die Verdorbenheit leider so weit gestiegen, daß der ganze schreckliche Vorfall und der von dem Pfarrer gegen Entfernung des Holzdiebstahls bewiesene Eifer den Haß gegen das Forstpersonal theilweise noch mehr erhöhte und gegen den Geistlichen erweckte«.(144)

Obwohl es in Lustnau und Pfrondorf mehrere verdächtige Personen gab, konnte diesen der Mord nicht nachgewiesen werden und er blieb ungesühnt. Der »Verein für forstwissenschaftliche Ausbildung« beschloss Anfang 1823, durch ein »bleibendes Denkmal« an diese Tat zu erinnern und ließ am Mordplatz ein Gedenkkreuz errichten, den »Pfeifferstein«.

Weshalb sind Vorfälle dieser Art aus Bebenhausen nicht bekannt und wieso lebten die Dorfbewohner mit den zahlreich in ihrem Ort wohnenden Förstern friedlich zusammen? Der Grund liegt darin, dass sie als ehemalige Klosteroffizianten keine Waldgerechtigkeiten besaßen, deren Aufgabe den Hass gegen die staatlichen Forstleute hätte auslösen können. Somit gab es zwischen den Bewohnern von Bebenhausen und den Förstern, im Gegensatz zu den Bewohnern der umliegenden Dörfer, diesen Konflikt nicht, was mitunter auch von Kennern der Geschichte des Schönbuchs übersehen wird.

Bis zur Auflösung des Klosteramts 1807 bezogen die Bewohner von Bebenhausen, die Klosteroffizianten, ihr Holz aus dem Klosterwald und danach, nach Absprache mit den ortsansässigen Förstern, aus demselben Wald, der nun Staatswald war. Da im Ort keine Holzhändler ansässig waren, gab es dabei keine Probleme. Im »*Kaufbrief für die Bebenhäuser Gemeinde*« wurden 1823 die Holzerfordernisse der Gemeinde in § 9 dann so geregelt: »*Die Gemeinde wird in Hinsicht auf ihre Holzerfordernisse aller Gattung ganz wie andere Gemeinden behandelt.*« Da die Dorfbewohner als ehemalige Klosteroffizianten jedoch keine Waldgerechtigkeiten besessen hatten, wurde Bebenhausen als einziger Schönbuchgemeinde vom Staat aber kein Gemeindewald zugeteilt.

Durch seine Lage inmitten des Staats- und Tübinger Stadtwaldes war in Bebenhausen, anders als in den umliegenden Orten, der Wildfraß auf den Feldern trotz der Verminderung des

---

(143) Bauer S. 2.
(144) Gwinner, »Die Folgen des Holzdiebstahls oder Pfeiffers Ermordung im Jahr 1822«.

Grabstein des am 26. Februar 1822 ermordeten Forstlehrlings Wilhelm Pfeiffer auf dem Herrenfriedhof.

Das Jagd- und Forstwesen

»Wie alljährlich werden auch heute wieder an sämtliche Einwohner von der Vogelmannschen Stiftung folgende Wecken ausgeteilt ...« Ausgabeliste für 257 Wecken, die am »Vogelmann'schen Zinstag« im Jahr 1912 an die Dorfbewohner, jung und alt, ausgeteilt wurden.

Wildbestandes nach wie vor ein großes Problem. Daher beschloss der Gemeinderat im April 1832, zwei Dorfbewohner als »Communwildschützen« nach dem von König Wilhelm I. 1817 wieder eingeführten »Communwildschützinstitut« aufzustellen, denen die Gemeinde je drei Gulden Schussgeld für jedes Stück Wildbret bezahlte. Diese Dorfbewohner hatten den Auftrag, das Schadwild (Rot-, Schwarz- und Rehwild sowie auch Hasen) auf der Feldflur zu erlegen. Es war ihnen jedoch streng untersagt, den Wald bewaffnet zu betreten oder von ihrem Standplatz aus in ihn hineinzuschießen. Sie durften auch weder Hunde führen noch angeschossene Stücke nachsuchen, sondern hatten unverzüglich nach dem Schuss den für Bebenhausen zuständigen Förster zu verständigen. Die Wildbretverwertung stand selbstverständlich der Jagdherrschaft, d.h. der Forstkasse, zu. Es handelte sich somit um keine Jagderlaubnis, sondern um ein Notwehrrecht zur Schadensverhütung.

Bemerkenswert in diesem Zusammenhang ist, dass aus Bebenhausen, im Gegensatz zu den umliegenden Dörfern, vor allem Dettenhausen, weder aus dieser für die Dorfbewohner schwierigen Anfangszeit der Gemeinde noch aus späterer Zeit ein Fall von Wilderei bekannt ist. Dies mag daran liegen, dass die Bebenhäuser, die ehemaligen Offizianten, eine andere Einstellung zur Obrigkeit und vor allem zu den Förstern hatten, mit denen sie im »Försterdorf« Bebenhausen friedlich zusammenlebten. Vielleicht wurden sie von ihren Förstern dann und wann auch mit einem Aufbruch (den Innereien eines Tieres) oder einem Stück Wildbret versorgt, wie dies später bei den Hofjagden unter König Wilhelm II. üblich war.

Der in Bebenhausen außerordentlich beliebte Oberförster Johannes Andreas von Vogelmann, unter dessen Leitung die Waldgerechtigkeiten abgelöst worden waren, zog nach seiner Pensionierung und dem Tod seiner Frau 1836 nach Stuttgart. Zwanzig Jahre später, im Jahr 1856, richtete er in Bebenhausen am Todestag seines 1822 ermordeten Forstlehrlings Wilhelm Pfeiffer eine Stiftung ein, um vom Zins dessen Grabstein zu unterhalten. Der restliche Zins »*soll jeweils am Neujahrstag unter Benennung der Stiftung unter die ganze Bebenhäuser Bürgerschaft, alt und jung, verteilt werden*«.[145] Vom Gemeinderat wurde dann später beschlossen, am Neujahrstag eines jeden Jahres, dem »Vogelmannschen Zinstag«, an jeden Dorfbewohner einen Wecken (Brötchen) zu verteilen. Diese Stiftung Vogelmanns zugunsten der Dorfbewohner von Bebenhausen, alt und jung, belegt, dass zwischen ihm, dem in den umliegenden Orten so verhassten Oberförster, und den Dorfbewohnern von Bebenhausen ein gutes und vertrauensvolles Verhältnis bestand und dass diese nie im Verdacht gestanden hatten, den Mord an Wilhelm Pfeiffer begangen zu haben. Das Grab des Forstlehrlings lag in der südöstlichen Ecke des Dorffriedhofs und wurde von den Dorfbewohnern bis um 1960 gepflegt. Dann wurde sein Grabstein in den Herrenfriedhof verbracht und neben das Grab von Vogelmanns Frau Friederike geborene Walter (1775 bis 1836) aufgestellt (heutiger Standort). Johannes Andreas von Vogelmann selbst wurde nicht in Bebenhausen bestattet, denn im Totenbuch ist sein Tod oder seine Bestattung nicht vermerkt.

---

(145) Ortsarchiv Bebenhausen C 11/45.

Die weitere Entwicklung im 19. Jahrhundert

Nach Oberförster Johannes Andreas von Vogelmann standen dem Oberforstamt in Bebenhausen im Laufe des 19. Jahrhunderts zwei weitere bedeutende Forstleute vor: Wilhelm von Widenmann (1836–1844) und Friedrich August von Tscherning (1854/55–1892). Im Schönbuch, dem von zahlreichen Orten umgebenen Forst, wirkten sich auch die Ereignisse um das Revolutionsjahr 1848 besonders stark aus. Und schließlich entstand unter König Wilhelm II. ab 1886 eine neue Form der Hofjagd.

Nachfolger von Oberförster von Vogelmann wurde 1836 der 1788 in Calw geborene Wilhelm von Widenmann. Nach einem Forststudium übte der angehende Forstmann eine praktische Tätigkeit am Oberforstamt in Bebenhausen unter Oberförster von Vogelmann aus und legte 1822 sein Staatsexamen »*mit bestem Erfolg*« ab. Kurze Zeit später wurde Wilhelm von Widenmann zum Privatdozenten für Forstwissenschaft an der Universität Tübingen ernannt. Um bei seiner Lehrtätigkeit die Verbindung zur Praxis nicht zu verlieren, übernahm er 1823 die Verwaltung des Forstreviers Bebenhausen. 1836 gab er dann die Lehrtätigkeit an der Universität Tübingen auf, um als Nachfolger Vogelmanns das Oberforstamt in Bebenhausen zu übernehmen. Als er bereits acht Jahre später, am 14. Juli 1844, in Bebenhausen starb, verlor in ihm »*der König einen treuen Diener, der Staat einen musterhaften Beamten, die Diener des Forstes einen Vater*«.(146)

Wilhelm von Widenmann befasste sich auch mit Fragen, die über seinen unmittelbaren Wirkungskreis hinausgingen. So versuchte er, den Unterschied zwischen Forstwirtschaft und Forstwissenschaft herauszustellen. Durch seine Veröffentlichungen und seine Lehrtätigkeit wurde von Widenmann weit über die Landesgrenzen hinaus bekannt und in seinem Bebenhäuser Revier, inmitten der von ihm mustergültig bewirtschafteten Wälder, wurde ihm von Freunden und Verehrern 1847 ein Denkmal gesetzt. Dieses Denkmal am »Roten Graben«, im damaligen Zeitgeschmack neugotisch ausgeführt, wurde vor wenigen Jahren restauriert und ist seit mehr als 160 Jahren ein beliebtes Ziel der Schönbuchwanderer, so auch für Eduard Mörike, der am 30. August 1863 in sein Tagebuch notierte: »*Nachmittag in den Wald bis zu Wiedmanns Denkmal, (das ich, d. Verf.) mit der kleinen Marie fand. Wir saßen unter einer Buche und ließen die Kinder hie und da eine geröstete Mandel unter ihr finden.*«(147)

Als im Februar 1848 in Frankreich wieder eine Revolution ausbrach, sprang dieser Funke auch auf Deutschland über. König Wilhelm I. reagierte, im Gegensatz zu anderen Fürsten, rasch und bildete aus führenden Köpfen der liberalen Opposition eine neue Regierung. Auf diese Weise konnte er in Württemberg einen revolutionären Aufstand verhindern, wie er in Baden unter Führung des Freischärlers Hecker ausbrach. Der Unmut brach sich aber auch in Württemberg Bahn, wozu nach den Hungerjahren 1846 und 1847 nicht zuletzt wirtschaftliche Faktoren beitrugen.

Diese Ereignisse, so scheint es, zogen einen Schlussstrich unter das Kapitel Jagd. Es erging

Wilhelm von Widenmann (1798–1844), Königlich Württembergischer Oberförster und Kreisforstrat, um 1835.

---

(147) *Mörike, Bilder aus Bebenhausen S. 46.*

Widenmanns Denkmal am »Roten Graben« nördlich von Bebenhausen, um 1900.

---

(146) *Biographie bedeutender Forstleute S. 562.*

Das Jagd- und Forstwesen

Königliche Jagdhütte mit dem Entringer Oberförster Konrad Münst, um 1900.

das neue württembergische Jagdgesetz, in dem das Jagdrecht als Regal[148] abgeschafft und mit dem Eigentum an Grund und Boden verbunden wurde. Über 50 Morgen zusammenhängender Besitz gestattete nun eine eigene Jagdausübung, auf den kleineren Flächen wurde das Jagdrecht von den Gemarkungsgemeinden wahrgenommen.

In diesem Zusammenhang verkündete der König auch eine Amnestie für sämtliche Forst- und Jagdvergehen, verband diese aber mit der Androhung strenger Verfolgung weiterer Gesetzesverstöße. Doch diese Androhung zeigte zunächst wenig Wirkung und der Hass gegen das Forstpersonal, das Wilderer und Waldfrevler dingfest machen wollte, nahm schlimme Ausmaße an. Insbesondere im Schönbuch, dem von vielen Gemeinden umgebenen Waldgebiet, das in Teilen immer noch relativ wildreich und überdies dem Holzdiebstahl wie kein anderes ausgesetzt war, fanden zahlreiche Übergriffe statt. Im Bereich des Bebenhäuser Oberforstamts wurde bereits 1844 in Weil im Schönbuch auf Revierförster Schlette, den »*Schrecken aller Schönbuchwilderer*«[149], ein Mordanschlag verübt. Noch schlimmer erging es dem Waldschützen Schöttle, der im selben Revier von fünf Wilderern überfallen und »*auf das Grausamste*«[150] zugerichtet wurde. Im Mai 1848 wurde auch dem Entringer Waldschützen Rockenbauch im Gewann »Dickenberg« nach dem Leben getrachtet. In Plattenhardt wurden zwei Waldschützen so schwer misshandelt, dass einer seinen Verletzungen erlag. Bereits einige Monate zuvor, am 15. März 1848, erschien Waldschütz Nuffer aus dem überaus armen Dettenhausen beim Oberforstamt in Bebenhausen und berichtete, dass sein Haus von aufgebrachten Dorfbewohnern gestürmt worden war und er zum Verlassen des Orts aufgefordert worden sei. Nachdem ihm zu Ohren gekommen war, dass man ihn totschlagen wolle, wenn er Dettenhausen nicht binnen 24 Stunden verließe, flüchtete er zu Verwandten in einen Nachbarort. Die Situation spitzte sich in diesem Fall dann weiter zu, als dem Oberforstamt in Bebenhausen in einem anonymen Brief angekündigt wurde, es werde durch mehrere hundert Bauern gestürmt. Um Gewalttätigkeiten zu vermeiden, wurde den »*lieben Gevatterleuten*« beim Oberforstamt dringend geraten, die »*nach Rache schnaubenden*« Wild- und Holzdiebe freundlich zu empfangen und »*Bier und Brod für sie*

---

(148) Hoheitsrecht.
(149) Ott, Wildbretschütz S. 237.

(150) Ebd. S. 238.

herzurichten«.⁽¹⁵¹⁾ Das Vorhaben konnte damals nur durch polizeiliche Sicherheitsvorkehrungen verhindert werden.

Die Zügellosigkeit nahm damals ein solches Ausmaß an, dass viele Schönbuchförster es nicht mehr wagen konnten, alleine in den Wald zu gehen. Man ging deshalb dazu über, Ortsbürger gegen Bezahlung als ihre Schutzwache anzustellen, wobei es nicht leicht war, überhaupt welche zu finden, die dazu bereit waren. 1852 wurde im Schönbuch schließlich eine militärisch organisierte und ausreichend besoldete Forstwache eingeführt, welche die schlecht besoldeten Forstschutzdiener bzw. Waldschützen ersetzte, über die Wilhelm von Widenmann bereits 1829 schrieb: »*Man male sich die Lage dieser Forstdiener so traurig als möglich aus, so erreicht man doch die Wirklichkeit nicht.*«⁽¹⁵²⁾ Als Folge dieser Maßnahme nahm nun die Zahl der Straffälle im Staatswald rasch ab. Diese Forstwache, auch Forstkompanie genannt, war in Bebenhausen stationiert, wo sich im Schreibturm, wie bereits erwähnt, das Arrest-Lokal des Forstamts befand.

Einer der Leiter dieser Forstkompanie war Forstwächter Gottfried Schmider (1819–1903), dessen Tochter 1887 den Bebenhäuser Oberlehrer Johannes Weiblen heiratete. Seinen Aufzeichnungen zufolge befanden sich unter den 315 von Februar bis Juni 1870 im Schreibturm einsitzenden Waldfrevlern 40 männliche und 59 weibliche Delinquenten aus dem armen Dettenhausen, dem Ort, in dem die Ablösung der Schönbuch-Nutzungsrechte erst 1873 erfolgte. Diese Aufzeichnungen Schmiders belegen, wie die im 19. Jahrhundert weit verbreitete Notlage die Bewohner einiger Schönbuchgemeinden zwang, weiterhin der unerlaubten Nutzung der Schönbuchwälder nachzugehen. Dabei wurden die zu erwartenden Strafen einkalkuliert und in Kauf genommen. Den im Schreibturm »Eingethürmten« wurde für Heizung usw. eine Gebühr abverlangt und gegen die Entrichtung eines Kostgelds wurde ihnen vom Gasthof »Zum Waldhorn« eine volle oder schmale Kost geliefert.

Ein weiterer bedeutender Forstmann und für das ehemalige Kloster Bebenhausen ein Glücksfall war Forstrat Friedrich August von Tscherning. In Tübingen 1819 geboren studierte er ebendort Forstwissenschaften und 1845 erfolgte seine Ernennung zum Revierförster in Bebenhausen. Nach einem Lehrauftrag an der Universität Hohenheim erhielt er 1854/55 das Oberforstamt Tübingen, das 1857 in Oberforstamt Bebenhausen umbenannt wurde, und dem er fast vier Jahrzehnte vorstand. Der Schwerpunkt seines Wirkens lag im Schönbuch und erstreckte sich auf dessen Bewirtschaftung, dessen Geschichte und dessen forstliche und jagdliche Verhältnisse. Als Forstmeister »*des von Waldfrevlern am meisten heimgesuchten Forstbezirks*«, wie er selbst schreibt, befasste er sich auch mit der Forststrafrechtspflege. Von Tscherning entdeckte auch die als verloren betrachtete älteste Schönbuchordnung von 1553, die im allgemeinen Teil des Schönbuchlagerbuchs von 1551/52 eingebunden war.

Ein ganz besonderes Verdienst erwarb sich der Forstrat um die Bebenhäuser Klosteranlage. Als er 1855 das Oberforstamt in Bebenhausen übernahm, fand er das Kloster in einem verwahrlosten Zustand vor. Es gelang ihm, König Karl für die Wiederherstellung des Klosters zu gewinnen und unter Leitung des Vollenders der Türme des Ulmer und des Berner Münsters, Baumeister August von Beyer, seinem späteren Schwiegersohn, erfolgte diese in den Jahren 1868 bis 1885.⁽¹⁵³⁾

Das Wirken von Tschernings, insbesondere seine wissenschaftlichen Arbeiten, fanden hohe Anerkennung. Die staatswissenschaftliche und die naturwissenschaftliche Fakultät der Universität Tübingen verliehen ihm 1877 bzw. 1897

---

(151) Ebd. S. 239.
(152) Rau, Tscherning.
(153) s. auch unter »Das Dorf und König Karl«.

König Wilhelm II. als Waidmann. Fenster im Hirschgang des Schlosses, um 1910. Abgegangen um 1965.

Das Jagd- und Forstwesen

Links: Schießscheibe mit württembergischem Wappen und Ansicht von Bebenhausen aus der ehemaligen Königlichen Jagdhütte mit der Aufschrift: »Am 9. Juli 1897 erschossen von Ihrer Majestät der Königin Charlotte von Württ.« (Privatbesitz.)

Rechts: Bierkrug mit Ansicht von Bebenhausen aus der ehemaligen Königlichen Jagdhütte, Villeroy und Boch, um 1900. (Privatbesitz.)

den Doktor honoris causa. Anlässlich seines fünfzigjährigen Dienstjubiläums 1892 wurde er, wie seine Vorgänger von Widenmann und von Vogelmann, Ritter des Ordens der württembergischen Krone, womit der persönliche Adel verbunden war. Bemerkenswert ist eine Stiftung, die von Tscherning aus seinem Privatvermögen ins Leben rief »*zur Unterstützung solcher Söhne hiesiger Bebenhäuser Ortsansässiger durch Lehrgeld und Lernmittelbeiträge, welche auf Lehrstellen außerhalb Bebenhausens für den Betrieb technischer oder landwirtschaftlicher Gewerbe sich ausbilden wollen ...*«.[154] Diese Stiftung bestand, ebenso wie die bereits erwähnte »Vogelmann-Stiftung«, bis zur Inflation nach dem Ersten Weltkrieg. Im Staatswald nahe der »Kälberstelle« setzten Freunde von Tscherning einen Gedenkstein. Außerdem erinnert dieser Stein an die »Baierhaus Wohnstätte um 1400«,[155] die von Tscherning hier aufgefunden wurde. Auch die »Tscherninghütte«, die er 1847,

noch als Revierförster des Reviers Bebenhausen, im Schönbuch nördlich von Bebenhausen bauen ließ, erinnert an ihn. In ihr fanden in den Revolutionswirren von 1848 einige Freunde und Vertraute von Tschernings Zuflucht, die von der Obrigkeit gesucht oder von der aufgebrachten Öffentlichkeit bedrängt wurden.

Der Forstrat selbst war kein Jäger und stand dem Jagdbetrieb reserviert gegenüber. Mit Besorgnis sah er die Schwierigkeiten für seinen Wald, welche die wiedererstandene Hofjagd unter König Wilhelm II. und die Vermehrung des Rotwilds zur Folge haben musste. Das Verhältnis des Forstrats zum jagdbegeisterten König war daher kein besonders herzliches. Auch gab es immer wieder Meinungsverschiedenheiten zwischen ihm und der Hofjagdverwaltung. Die Hofjagden wurden deshalb nicht mit ihm, dem Leiter des Oberforstamts Bebenhausen, sondern vor allem mit dem Entringer Oberförster Konrad Münst geplant und durchgeführt.

Diese Hofjagden waren für das Dorf große Ereignisse, denn zu ihnen lud der König neben Familienmitgliedern auch illustre Gäste ein. Die männlichen Dorfbewohner aus Bebenhausen, Pfrondorf und Weil im Schönbuch verdingten sich als Treiber und wurden vom Hofjagdamt für ihre Dienste gut versorgt und entlohnt. Pro-

---

(154) Ortsarchiv Bebenhausen 230 S. 296.
(155) Die wohl schon im 15. Jahrhundert abgegangene Wohnstätte, deren Baureste von Tscherning um 1860 entdeckte, lag nördlich der Kälberstelle.

bleme gab es dabei mit den Pfrondorfer Treibern, »*denn sie bevorzugten im Wald die Nähe der Bierfässer und überließen den Bebenhäusern das übrige. Das schlauchte diese so sehr, daß sie darum baten, keine Pfrondorfer mehr als Treiber zuzulassen*«.[156] Bei ihrer Arbeit waren die Treiber mancherlei Gefahren ausgesetzt. Nicht nur die mangelhafte Schusssicherheit von Jagdgästen konnte für sie gefährlich werden, auch das aufgescheuchte Wild konnte sie mitunter in Angst und Schrecken versetzen. So sprang bei einer dieser Hofjagden eine flüchtende Hirschkuh Forstwegewart Christian Schleppe zwischen den Beinen durch, hob ihn auf und trug ihn eine Strecke weit mit. Der Ort dieses Geschehens wird von den alteingesessenen Dorfbewohnern bis heute »Schleppes Ritt« genannt.

(156) Aufzeichnungen Weiblen.

Das »Hirschbüble« (links) mit seinem Vater und seinem jüngeren Bruder beim Fischen am Goldersbach, 1898.

Das Jagd- und Forstwesen

Links: Eduard Mörike: Gedicht »Aus dem Leben« aus seinen »Bildern aus Bebenhausen«, Originalhandschrift, 1863.

Rechts: Friederike Zeuner, Eduard Mörikes »Mädchen am Waschtrog«, um 1885.

Das Hirschbüble

In der Dienstzeit des Forstrats von Tscherning ereignete sich ein Vorfall, der seinerzeit nicht nur die Dorfbewohner von Bebenhausen bewegte, sondern weit darüber hinaus Aufsehen erregte: Der 23. Februar 1885 war ein kalter Wintertag und es lag Schnee. Als es am Abend dunkel wurde und Carl, der vierjährige Bub des Postexpeditors, vom Spielen nicht nach Hause kam, machten sich seine Eltern Sorgen und suchten nach ihm, jedoch ohne Erfolg. Schließlich beteiligten sich an der Suche nach dem kleinen Carl auch Förster und Dorfbewohner mit Hunden und Laternen. Erst spät in der Nacht stellten sie die Suche ein, ohne das Kind gefunden zu haben. Als am darauf folgenden Morgen der Förster vom Einsiedel mit seinem Pferdewagen durch den Wald fuhr, wurde er von seinem Begleiter gebeten anzuhalten, da er Geräusche gehört hatte, die sich wie das Weinen eines Kindes anhörten. Beide stiegen vom Wagen ab und folgten den Geräuschen. Sie fanden schließlich das Kind im Schnee auf dem Lager einer Hirschkuh, die sie noch flüchten sahen. Der kleine Carl erzählte dann, nachts habe sich ein großes Tier zu ihm gelegt und ihn gewärmt. Die Spuren im Schnee ließen keinen Zweifel daran, dass die Hirschkuh das Kind vor dem sicheren Erfrierungstod gerettet hatte. Aus Dankbarkeit für die Rettung ihres Kindes, das im Dorf nun »Hirschbüble« genannt wurde, stifteten die Eltern für den Taufstein in der Klosterkirche eine Taufdecke, in die ein kleiner Hirsch und »Carl Möck 23./24. Februar 1885« eingestickt sind und die sich bis heute erhalten hat.

Eduard Mörikes »Mädchen am Waschtrog«

Man schrieb das Jahr 1862 und im Forsthaus (ehemaliges Abtshaus des Klosters, d. Verf.) trat bei der Familie des Forstrats von Tscherning ein neues Hausmädchen seinen Dienst an. Die Schulmeistertochter aus Dürrenzimmern wusch eines Tages, es war im September 1863, am Forsthausbrunnen Wäsche, als Eduard Mörike auf einem seiner Spaziergänge durch das Dorf bei ihr vorbeikam und sie bei ihrer Arbeit beobachtete. Diese Begegnung inspirierte den Dichter zu seinem Epigramm »Aus dem Leben«:

> *Mädchen am Waschtrog, du blondhaariges, zeige die Arme*
> *Nicht und die Schultern so bloß unter dem Fenster des Abts!*
> *Der zwar sieht Dich zum Glück nicht mehr, doch dem artigen Forstmann*
> *Dort bei den Acten bereits störst du sein stilles Concept.*

Das »Mädchen am Waschtrog«, Friederike Zeuner, heiratete später allerdings keinen Forstmann, sondern den Sohn des damaligen Schultheißen Andreas Hahn.[157]

---

(157) *Friederike Zeuner-Hahn ist die Urgroßmutter des Verfassers und diese Begegnung ist in der Familie überliefert.*

Vom königlichen Oberforstamt zu einem Zentrum für das Jagd- und Forstwesen

Nachfolger Friedrich August von Tschernings, der dem Oberforstamt Bebenhausen nahezu 40 Jahre vorstand, wurde 1897 Wilhelm Pfizenmayer. Im Zuge der Forstorganisation von 1902[158] wurde dann der Übergang vom Revierförstersystem zum Oberförstersystem vollzogen. Die alten königlichen Forstämter bzw. Oberforstämter wurden aufgelöst und die bisherigen Revierämter als königliche Forstämter »neuer Ordnung« übernommen. Dieses königliche Forstamt Bebenhausen »neuer Ordnung« wurde nach dem frühen Tod Wilhelm Pfizenmayers 1911 von Max Walchner als letztem königlichen Oberförster und späteren Forstmeister von Bebenhausen übernommen. Unter ihm legten Waldarbeiter aus Weil im Schönbuch 1914 im Prälatengarten einen Feuerlöschteich für das Schloss an und schufen um ihn herum eine Parklandschaft. Am oberen Rand des Gartens ließ er für das Königspaar 1915 ein Blockhaus errichten, das »Teehaus« (abgebrochen um 1958). Max Walchner und seine Revierförster hielten im Oktober 1921 auch die Totenwache am Sarg des ehemaligen Königs. Als er 1935 in den Ruhestand ging, folgte ihm Hans Uhl, der auf Veranlassung des Reichsstatthalters und Gauleiters Wilhelm Murr im April 1944 aus »politischen und jagdlichen« Gründen nach Ravensburg zwangsversetzt und durch den Nürtinger Forstmeister Ernst Drescher ersetzt wurde.[159]

Die württembergische Forstdirektion, die vorgesetzte Dienststelle der Forstämter in Württemberg, wurde 1944 mit einigen wenigen Mitarbeitern von Stuttgart nach Bebenhausen evakuiert und im Schloss untergebracht. Mit der Besetzung des Landes 1945 hörte diese Behörde auf zu existieren, denn auf Weisung der französischen Besatzungsmacht wurde für den von ihr besetzten Teil Württembergs und Hohenzollern eine eigene Forstdienststelle aufge-

Forstmeister Max Walchner (1870–1943), um 1915.

(158) *Staatsanzeiger 1902 S. 409.*

(159) *s. unter »Die Zeit des Nationalsozialismus und des 2. Weltkriegs«.*

Ausritt zur Hubertusjagd, 1954.

Das Jagd- und Forstwesen

baut, die Forstdirektion Württemberg-Hohenzollern. Diese bezog 1954 Räume im Schloss in Bebenhausen, die zuvor vom Landtag von Württemberg-Hohenzollern genutzt worden waren. Daneben bestand bis 1951 auch ein französischer Forstdienst.

Unmittelbar nach dem Zweiten Weltkrieg übte die französische Besatzungsmacht auch das Jagdrecht im Schönbuch aus und in der Klostermühle bestand eine Hundelege mit Pikör.[160] In guter Erinnerung sind die gemeinsam mit den Franzosen veranstalteten Hubertusjagden, die von ca. 1948 bis 1960 stattfanden.

1958 wurden die staatseigenen Forstgebiete im Kernbereich des Schönbuchs zum »Rotwildgebiet« erklärt, und das Forstamt Bebenhausen wurde 1965 zu einem »Rotwild-Gehegeforstamt« umgebildet, welches große Teile des ehemaligen Bebenhäuser Klosterwalds umfasste, etwa 4500 Hektar Wald, davon etwa 4000 Hektar umzäunt. In diesem Gehege fand nun der hier seit den Zeiten des herrschaftlichen Jagdreviers heimische Rothirsch, das Wappentier des alten Landes Württemberg, eine bleibende Heimstätte.

Eine für die Zukunft des Schönbuchs außerordentlich wichtige Entscheidung traf die damalige Landesregierung im Jahr 1972: Dieser Forst von etwa 15 000 Hektar Ausdehnung in der Mitte des Landes wurde im Rahmen einer Feierstunde im Schloss in Bebenhausen zum ersten Naturpark Baden-Württembergs erklärt. Damit war der Schönbuch als möglicher Standort eines neuen Flughafens endgültig aus der Diskussion. Von dem »Förderverein Naturpark Schönbuch e. V.«, der seinen Sitz im ehemaligen Bebenhäuser Forstamt hat, wurde 1997 im Schreibturm, dem früheren »Arrest-Lokal« für Wilderer und Waldfrevler, ein Informationszentrum eingerichtet, in dem sich die Besucher über diesen geschichtsträchtigen, im Herzen Württembergs gelegenen Forst informieren können. Als einziger Ort liegt nun Bebenhausen innerhalb des Naturparks.

Inzwischen kann der Versuch der Forstverwaltung, im Naturpark Schönbuch sowohl die Waldpflege und Wildhege als auch die Erholung gegenseitig in Einklang zu bringen, als gelungen bezeichnet werden. Besondere Bedeutung erhält hierbei die Anordnung von Er-

Der Schlosshof in Bebenhausen an einem der Aktionstage des Fördervereins Naturpark Schönbuch e. V., 2012.

(160) Ein die Meute beaufsichtigender Jäger bei der Parforcejagd.

holungseinrichtungen, die Waldbesucher auf »Erholungsachsen« lenkt und so gleichzeitig dem Wild die nötigen Ruheräume sichert. Die innerhalb des Großgeheges eingerichteten Schaugehege bieten dem Waldbesucher nun die Möglichkeit, die heimischen Wildarten zu beobachten, ohne sie in ihren Ruheräumen zu stören. Dieser von der Forstverwaltung erprobte Weg findet inzwischen internationales Interesse.

Um dem Rotwild auch seitens der Jäger eine ungestörte Äsung zu ermöglichen, wird auf die Einzeljagd, die häufige Störungen des Wilds zur Folge hat, weitgehend verzichtet und werden vermehrt Treibjagden durchgeführt.

Die in der Forstverwaltung in den vergangenen Jahren erfolgten organisatorischen Änderungen stellen sich etwas kompliziert dar: Zum 1. Oktober 2000 wurden die bisherigen Forstdirektionen Stuttgart und Tübingen in Bebenhausen zusammengefasst und im Zuge der Verwaltungsreform zum 1. Januar 2005 dem Regierungspräsidium Tübingen zugeordnet. Das Forstamt Bebenhausen, dessen Oberförster und Forstmeister in der Gemeinde seit deren Gründung im Jahr 1823 eine wichtige Rolle spielten, wurde schon 1998 mit dem Forstamt Tübingen zusammengelegt und ist nunmehr, ebenfalls seit 1. Januar 2005, Teil eines Geschäftsbereichs beim Landratsamt Tübingen.

Doch obwohl das traditionsreiche Forstamt Bebenhausen aufgelöst ist und kein Forstmeister mehr im Ort wohnt, ist Bebenhausen, die »Perle des Schönbuchs«, als Sitz der Forstdirektion Tübingen, der Geschäftsstelle des Fördervereins Naturpark Schönbuch e. V. und des Informationszentrums für den Naturpark Schönbuch nach wie vor das, was es immer schon war: ein Zentrum des Jagd- und Forstwesens oder, wie man im Volksmund sagt, eine »Zentrale der Grünröcke«.

Der »Schwarz-weiß-grüne Kranz« bzw. »Schönbuchkranz«

Um das Jahr 1900 gründeten Pfarrer Dinkelaker und der Arzt Dr. Harpprecht, beide aus Holzgerlingen, gemeinsam mit dem Weiler Forstmeister Max von Biberstein, ihrem Verwandten und Freund König Wilhelms II., einen »Schwarz-weiß-grünen Kranz«, dem sich im Laufe der Jahre weitere Pfarrer, Ärzte und Förster aus dem nördlichen Schönbuch anschlossen. Man traf sich meist zweimal jährlich und befasste sich mit der Geschichte des Schönbuchs.

Nach dem Zweiten Weltkrieg lebte der Kranz, nun »Schönbuchkranz« genannt, unter

Der von Familie Böpple aufgezogene Hirsch »Wastl« am Tag seiner Auswilderung, 1957.

dem Weiler Arzt Dr. Helmut Dinkelaker wieder auf und umfasste schließlich über 60 Schönbuchinteressierte, die sich sechs Mal im Jahr zu Vortragsveranstaltungen über den Schönbuch und zu Fahrten trafen. So wurden im Laufe der Jahre alle Schönbuchgemeinden besucht und von ihren Bürgermeistern vorgestellt. Zuletzt, bis 1996, wurde der Kranz von dem Bebenhäuser Forstdirektor Dr. Hugo Baumann geleitet.

Der Hirsch »Wastl«

Immer wieder zogen Bebenhäuser Förster oder deren Frauen verwaiste Tiere aus dem Schönbuch bis zu deren Auswilderung groß. Ein Liebling des ganzen Dorfes war in den Jahren 1956/57 »Wastl«, ein junger Hirsch, den die Frau von Oberlandforstmeister Böpple mit der Flasche aufzog. Damals gab es im Dorf noch wenig Autoverkehr und Wastl durfte morgens seinen jungen Freund, den Pflegesohn der Familie, bis zum Schulbus begleiten, der vor dem Gasthof »Zum Waldhorn« hielt. Zur großen Freude der Schüler wartete er dort mit ihnen, bis sein junger Freund in den Schulbus gestiegen war, und ging dann alleine durch das Dorf zurück zu seinem kleinen Gehege am Haus der Familie Böpple. Als Wastl dann ausgewildert werden konnte, wurde er von der Bebenhäuser Dorfjugend in den Schönbuch begleitet.

Die Kirche und kirchliches Leben

Links: Klosterkirche, um 1880. Innenraum Richtung Osten mit der Fesenbeckh-Orgel im Chor.

Rechts: Klosterkirche, 1955. Innenraum Richtung Westen mit der von König Karl gestifteten Walker-Orgel auf der von Baumeister August Beyer 1884 eingebauten Orgelempore. Altar, Taufstein und Kanzel tragen die von Königin Olga gestifteten Paramente.

Die evangelische Kirchengemeinde Bebenhausen blickt auf eine Geschichte zurück, die mit der in anderen Dörfern nicht vergleichbar ist. Bis heute besitzt sie weder eine eigene Kirche noch gibt es einen am Ort ansässigen Pfarrer. Die kleine selbständige Kirchengemeinde ist Teil des Pfarrbezirks Tübingen-Lustnau Nord und als Gemeindekirche dient die meiste Zeit des Jahres die ehemalige Klosterkirche. In der kältesten Phase des Winters findet der Gottesdienst dann in der »Winterkirche«, dem Gemeindesaal im Rathaus, statt.

Mit der Einführung der Reformation in Württemberg (1534) wurde die Zisterzienserklosterkirche Bebenhausen, wie die übrigen Klosterkirchen im Herzogtum Württemberg, ausschließlich für den evangelischen Gottesdienst bestimmt. Da in Bebenhausen eine Klosterschule eingerichtet wurde, die von 1556 bis 1807 bestand, bildete sich in Bebenhausen in dieser Zeit eine evangelische »Klostergemeinde«. Diese umfasste die Schüler des Seminars sowie die Familien des Schulvorstehers (Prälat/ev. Abt), der Lehrer (Präzeptoren) und des Klosterverwalters.

Die ehemalige Klosterkirche erfüllte aber von Anfang an über diese Funktion als Seminarkirche hinaus auch die einer Pfarrkirche für die übrigen Bewohner des kleinen Orts, der sich schon zur Zeit der Zisterzienser um das Kloster gebildet hatte. Diese Dorfbewohner waren in der Regel »Offizianten«, d.h. als Handwerker und Dienstboten für den Selbstversorgerbetrieb der Klosterschule tätig. Etwa 10 % der heutigen Einwohner Bebenhausens sind Nachfahren dieser »Klosteroffizianten«. Der Gottesdienst in der Klosterkirche wurde in der Regel vom Prälaten selbst, oder, da dieser als Generalsuperintendent häufig zu Visitationen auswärts weilte, öfter noch von einem der Präzeptoren, die auch ausnahmslos Theologen waren, gehalten.

Mit der Einrichtung eines »Klostervikariats« Ende des 18. Jahrhunderts bekamen die damaligen Bewohner sogar bis zur Aufhebung der Klosterschule 1807 für kurze Zeit sozusagen einen eigenen Ortspfarrer. Nach der Verlegung der Klosterschule im Jahr 1807 nach Maulbronn verblieben die meisten »Klosteroffizianten« am Ort und nutzten als Filialgemeinde von Lustnau die Klosterkirche als Gottesdienstraum völlig selbstverständlich weiter. Als dann im Jahr 1823 die selbständige Gemeinde Bebenhausen gegründet wurde, geht deren »Gründungsurkunde«, als welche der Kaufvertrag von 1823 gilt, von dieser bisherigen Nutzung der Klosterkirche auch für die neu entstandene Gemeinde aus.

In der jungen Kirchengemeinde, die weiterhin parochial[161] von Lustnau aus betreut wurde, aber jetzt nicht mehr nur als »Pfarrfilial«, bestand von Anfang an der Wunsch nach einem eigenen Seelsorger, denn Gottesdienste fanden nur alle vierzehn Tage statt. Das Königliche Evangelische Konsistorium lehnte jedoch bereits 1830 den Antrag der Gemeinde auf Wiedereinrichtung eines Pfarrvikariats in Bebenhausen ab, denn es »sey für die religiösen Bedürffnisse der aus 130 Einwohnern bestehenden Gemeinde hinlänglich gesorgt, da diese ohnehin nicht imstande sey, den zur Unterhaltung eines Pfarr-Vikars erforderlichen Beytrag zu leisten«. Auch weitere gleich lautende Anträge wurden immer wieder abgelehnt.[162]

Irgendeine Änderung des im Gemeindevertrag 1823 festgelegten Zustands ist auch in dem »Ausscheidungsvertrag« von 1891, nach Trennung der Kirchengemeinde von der bürgerlichen Gemeinde, nicht erkennbar, und so gehen auch spätere Verträge zwischen den beteiligten Institutionen Land, bürgerliche Gemeinde (seit 1974 deren Rechtsnachfolgerin Stadt Tübingen) und Kirchengemeinde stets ganz selbstverständlich auch von dieser längst gewohnheitsrechtlichen Situation aus. Selbst als die ehemalige Klosterkirche Ende des 19./Anfang des 20. Jahrhunderts vor allem unter König Wilhelm II. und Königin Charlotte zeitweise eine Art Zusatzfunktion als Hofkirche bekam, schlug sich dies nicht in einer speziellen Nutzung, sondern nur in der zeitweiligen Bezeichnung »Schlosskirche« nieder.

Aufgrund der geschichtlichen Entwicklung, vor allem seit der Säkularisation zu Beginn des 19. Jahrhunderts, stellen sich die Rechts- und Eigentumsverhältnisse der Klosterkirche heute etwas kompliziert dar.

Eigentümer ist wie bei fast allen ehemaligen Klosterkirchen das Land Baden-Württemberg, das auch den baulichen Unterhalt zu bestreiten

Links: Abendmahlskanne der Klostergemeinde Bebenhausen, Silber teilvergoldet, Augsburg um 1750, wohl Meister Johann Jacob Baur. Gestiftet von Maria Dorothea Hummel geborene Bilfinger, »verwittibte (verwitwete) Closter-Verwalterin in Bebenhausen den 18. Juni 1750«.

Rechts: Abendmahlskelch und Patene der Klostergemeinde Bebenhausen, Silber vergoldet, wohl Urach um 1650. Beschafft nach dem Dreißigjährigen Krieg von Abt Johann Valentin Andreä.

---

(161) seelsorgemäßig.

(162) Ortsarchiv Bebenhausen C 11/142.

Die Kirche und kirchliches Leben

Links: Taufgeschirr, Silber teilvergoldet, um 1900. Geschenk von König Wilhelm II. und Königin Charlotte, 1902.

Rechts: Der Wetterhahn vom Dachreiter der Klosterkirche wird in der Lustnauer Flaschnerwerkstatt Güttler repariert, 1960.

hat. Das ausschließliche Nutzungsrecht wird aber uneingeschränkt von der evangelischen Kirchengemeinde wahrgenommen. Ein Bebenhäuser »Sonderfall« sind schließlich die vier Glocken: Sie sind 1891 im Besitz der bürgerlichen Gemeinde verblieben, sodass die Stadt Tübingen als ihre Rechtsnachfolgerin heute für Reparatur und Unterhalt zuständig ist. Nicht eindeutig geklärt werden konnte, ob damals auch der Altar und die Kanzel in Gemeindebesitz übergegangen waren. Diese sind im »Kaufbrief für die Bebenhäuser-Gemeinde« von 1823 nicht aufgeführt. Doch in der vom Königlichen Kameralamt Lustnau erstellten »Gebäude-Beschreibung vom Jahr 1830« ist festgehalten: *»Der Altar, die Kanzel, die Orgel, die Kirchenstühle sowie sämtliche übrige Geräthschaften, ist Eigenthum der Gemeinde ...«*[(163)]

Unter den 238 Einwohnern im Jahr 1867 waren lediglich fünf Katholiken. Durch den Zuzug von katholischen Forstbeamten und Angestellten des Hofes änderte sich dies zu Beginn des 20. Jahrhunderts. Eine weitere Veränderung der Bevölkerungsstruktur im Dorf brachte vor allem der Zuzug von Flüchtlingen und Vertriebenen nach dem Zweiten Weltkrieg mit sich. Von den derzeit 330 Dorfbewohnern gehören knapp 50 % (1988: 66 %) der evangelischen und etwa 13 % (1988: 12 %) der katholischen Kirche an.

Die heutige evangelische Kirchengemeinde Bebenhausen ist nach wie vor eine selbständige Pfarrgemeinde, eine der kleinsten der württembergischen Landeskirche mit eigenem Kirchengemeinderat und eigener Kirchenpflege (Finanzverwaltung), die aber parochial weiterhin vom Pfarramt Tübingen-Lustnau Nord mitversorgt wird.

Die katholischen Dorfbewohner sind Mitglied der katholischen Kirchengemeinde St. Petrus in Tübingen-Lustnau; für Hochzeiten und Beerdigungen wird jedoch auch ihnen die Klosterkirche zur Verfügung gestellt.

»Bebenhäuser Dialoge« war der Titel einer 2001 begonnenen und bis 2010 durchgeführten neuen Form der Veranstaltung im Kloster, die vom Evangelischen Kirchenbezirk Tübingen, der Evangelischen Kirchengemeinde Bebenhausen und dem Ortschaftsrat Bebenhausen gemeinsam getragen wurde. Ausgangspunkt für diese Reihe waren Überlegungen, wie das Kloster in seiner Nutzung öffentlich so profiliert werden kann, dass die Ausstrahlung der Räume und ihre Spiritualität zum Ausdruck kommen. Dabei ging es nicht um eine Historisierung des Ortes oder um die Wiederaufnahme mönchischer Ausdrucksformen. Vielmehr sollte die klösterliche Spiritualität mit heutiger Welt- und Lebenserfahrung ins Gespräch kommen.

Die evangelische Kirchengemeinde Bebenhausen ist auch Mitglied in der »Gemeinschaft Evangelischer Zisterzienser-Erben in Deutschland« und nimmt mit einer Vertreterin an deren Treffen teil, die in jedem Jahr in einem anderen Zisterzienser-Klosterort stattfinden.

---

(163) *Ortsarchiv Bebenhausen C 11/90.*

Die Kirche und kirchliches Leben

Die Glocken

Bei der Gründung der bürgerlichen Gemeinde im Jahr 1823 gingen die vier im Dachreiter der Klosterkirche hängenden Glocken einschließlich Glockenstuhl in Gemeindebesitz über.

Die älteste Glocke, die ehemalige »Betglocke«, stammt aus der ersten Hälfte des 14. Jahrhunderts, ihr Klang ist also seit nahezu 700 Jahren zu hören. Mit einem Durchmesser von 117 cm und einem Gewicht von 980 kg ist sie auch die größte. Sie trägt neben den Namen der vier Evangelisten folgende Inschrift:

O . REX . GLORIE . XPE . VENI . CUM . PACE .
Deutsch:
»O König der Ehre, Christus, komm mit Frieden.«

Es kann davon ausgegangen werden, dass diese Glocke als Einzige in dem ersten Dachreiter der Kirche hing, welcher dann in den Jahren 1407 bis 1409 durch den heutigen großen Dachreiter ersetzt wurde.

Die zweitgrößte der alten Glocken, die ehemalige »11-Uhr-Glocke«, wurde in der ersten Hälfte des 15. Jahrhunderts von Hans Eger in Reutlingen gegossen und trägt ebenfalls die Namen der vier Evangelisten. Sie hat einen Durchmesser von 88 cm und wiegt 410 kg. Diese Glocke wurde wohl nach der Fertigstellung des heutigen Dachreiters als zweite Kirchenglocke beschafft.

Die dritte alte Glocke, die ehemalige »Vesperglocke«, stammt wieder aus dem 14. Jahrhundert. Mit einem Durchmesser von 45 cm und einem Gewicht von 60 kg wurde diese Glocke wohl für den Vorgänger des heutigen kleinen Dachreiters auf dem Sommerrefektorium beschafft. Dafür sprechen ihre Größe und die Tatsache, dass der Klang dieser kleinen Glocke nicht zu dem Klang der beiden großen alten Kirchenglocken passt. Vermutlich wurde sie dann um 1740 in den Kirchturm umgehängt. Denn im Jahr 1740 wurde bei dem Stuttgarter Glockengießer Gottlieb Jakob Rechlen eine neue Glocke, die »Silberglocke«, für das Sommerrefektorium in Auftrag gegeben. Diese Glocke entspricht mit einem Durchmesser von 46,5 cm und einem Gewicht von 60 kg in etwa der Größe der in den Kirchturm umgehängten Glocke.

Unter dem evangelischen Abt Johannes Magirus wurde 1625 bei Nikolaus van Campen in Stuttgart eine neue Glocke, die »Feuerglocke«, für die Klosterkirche bestellt. Diese war mit einem Durchmesser von 65 cm etwas größer als die vom Sommerrefektorium in den Kirchturm umgehängte Glocke, jedoch wesentlich kleiner als die beiden alten Kirchenglocken. Bei der Erneuerung des Glockenstuhls im Jahr 1864 stellte man an dieser Glocke einen Riss fest. Die Reutlinger Glockengießerei Kurz erhielt deshalb den Auftrag, die Glocke so umzugießen, »*dass die zu fertigende Glocke in Harmonie mit den 2 großen Glocken mit dem Ton B gesetzt werden, wonach*

Die aus dem frühen 14. Jahrhundert stammende frühere »Vesperglocke« im Dachreiter der Klosterkirche, 2002.

Die Kirche und kirchliches Leben

dieselbe ein Gewicht von 290 bis 292 Pfund (ca. 125 kg, d. Verf.) erhalten würde«.(164)

Im Rahmen einer »Glockenabnahme-Aktion« musste der Bürgermeister im Mai 1940 melden, welche Kirchenglocken in Bebenhausen vorhanden sind. Offensichtlich wurde ihm dann mitgeteilt, dass er zwei der vier Glocken abzugeben habe, denn im November 1941 schrieb er an das Tübinger Staatsrentamt: *»Es muss damit gerechnet werden, dass die beiden zur Ablieferung vorgesehenen hiesigen Kirchenglocken in allernächster Zeit abgegeben werden müssen ... Es fragt sich nun, ob es nicht angängig wäre, bei dem hohen Kunst- und Altertumswert der hiesigen Klosterkirche sowie der Glocken selbst, Schritte zu unternehmen, die geeignet sind, die Ablieferung der Glocken zu verhindern oder hinauszuzögern. Bei der Glockenablieferaktion des (1.) Weltkriegs ist das gelungen ... Es ist zu hoffen, dass der Krieg inzwischen zu Ende geht und unsere Glocken dadurch den kommenden Generationen erhalten bleiben.«*(165)

Im April 1942 vermerkte der Bürgermeister dann: *»Dem Gesuch um Belassung der Kirchenglocken wurde insoweit stattgegeben, dass nur eine Glocke, und zwar die sogenannte Feuerglocke, abgegeben werden muss.«*(166) Die Glocke von 1864 wurde also im April 1942 abgenommen und zur Verladung mit anderen im Kreis Tübingen abgenommenen Glocken zum Bahnhof in Tübingen transportiert und ist nicht mehr nach Bebenhausen zurückgekehrt.

Ursprünglich dachte man nach dem Zweiten Weltkrieg an die Beschaffung einer Ersatzglocke für diese abgegebene Glocke, und bei ihrem Abschied von Bebenhausen im Jahr 1952 übergaben die Abgeordneten des Landtags von Württemberg-Hohenzollern dem Bürgermeister dafür eine Glockenspende von 1500 Mark in blanken 5-Mark-Stücken. Eine Ersatzglocke in der Größe der abgegebenen Glocke sollte etwa 1300 Mark kosten, der von den Abgeordneten gespendete Betrag hätte dafür ausgereicht.

Doch nun wurde vom Glockenbeauftragten der Evangelischen Landeskirche ein »Gutachten über den Neuaufbau des Bebenhäuser Klostergeläuts« erstellt und darin wurde die Beschaffung einer wesentlich größeren Glocke mit einem Gewicht von 650 kg vorgeschlagen.

Die unter Mithilfe der Abgeordneten des Landtags von Württemberg-Hohenzollern 1955 beschaffte »Vaterunserglocke« wird von den Dorfbewohnern in einem feierlichen Zug durch das Dorf zur Klosterkirche begleitet, 1955.

(164) Ebd. C 11/139.
(165) Ebd.

(166) Ebd.

Die Kirche und kirchliches Leben

Anstatt 1300 Mark sollte die neue Glocke nahezu 5000 Mark kosten. Ferner wurde auch ein neuer Glockenstuhl für erforderlich angesehen mit zusätzlichen Kosten von etwa 2000 Mark. Dieses Glockengutachten brachte den Bürgermeister nun in Schwierigkeiten, denn der von den Landtagsabgeordneten gespendete Betrag reichte für die Beschaffung einer größeren Glocke bei weitem nicht aus. Doch der Bürgermeister stieß mit seinem Wunsch auf finanzielle Hilfe überall auf offene Ohren: Jetzt sprangen einige Bebenhäuser und ehemalige Bebenhäuser ein und spendeten namhafte Beträge. Und als der damalige Ministerpräsident Gebhard Müller von den Schwierigkeiten bei der Beschaffung der neuen Glocke hörte, überwies er »als Baustein für dieses Vorhaben« 200 Mark. Nun endlich waren alle Hindernisse aus dem Weg geräumt und der Bürgermeister konnte im August 1955 bei der Glockengießerei Bachert in Heilbronn die neue Glocke bestellen, die folgende Inschriften erhalten sollte: »*Dein Reich komme*« und »*Gegossen unter Mithilfe der Abgeordneten des Landtags von Württemberg-Hohenzollern im Tagungsort Bebenhausen 30. Mai 1952*«.[167] Unter großer Anteilnahme der Dorfbewohner wurde die neue »Vaterunserglocke« dann am 19. November 1955 in einem feierlichen Zug durch das Dorf zur Kirche geleitet.

Als Bebenhäuser Besonderheit werden diese vier Glocken bis heute vom Kirchenraum aus von Hand geläutet. Früher richteten die Dorfbewohner ihren Tagesablauf nach dem »Werktagsläuten« dieser Glocken und jeder wusste, »*was die Glocke geschlagen hat*«. Um 11 Uhr erklang die zweitgrößte der Glocken, die »11-Uhr-Glocke«, zur Erinnerung an den Beginn der Finsternis auf Golgatha. Gleichzeitig wurden damit die auf dem Feld arbeitenden Frauen daran erinnert, dass es nun Zeit war, sich auf den Nachhauseweg zu machen, um das Mittagessen zu kochen. In Erinnerung an den Kreuzestod Jesu erklang um 15 Uhr (im Sommer um 16 Uhr) die kleine Glocke aus dem 14. Jahrhundert, die »Vesperglocke«. Bei Einbruch der Dunkelheit erklang die größte der Glocken, die »Betglocke«, und in den Familien wurde das Abendgebet gesprochen. Dieses »Angelus-Läuten« erinnerte in katholischer Zeit daran, dass Maria von einem Engel die Botschaft erhielt, sie werde den Sohn Gottes zur Welt bringen. Für die Kinder war das Läuten dieser Glocke die Aufforderung, ihr Spiel auf der Straße zu beenden und nach Hause zu gehen.

Dieses werktägliche Läuten hat sich in Bebenhausen bis um 1970 erhalten. Ab da wurde nur noch die neue Glocke von 1955, als neue »Betglocke«, um 18 Uhr geläutet. Und als vor einigen Jahren auch dieses Abendläuten schließlich eingestellt werden sollte, fanden sich über zehn Bürgerinnen und Bürger zusammen und bildeten eine Läutegemeinschaft, um diese schöne alte Tradition fortzusetzen. Inzwischen erklingt auch die im Türmchen über dem Sommerrefektorium hängende elektrisch betriebene »Silberglocke« täglich um die Mittagszeit.

Die »Vaterunserglocke« wird an der Klosterkirche hochgezogen, 1955.

Stimme aus dem Glockenthurm

Ich von den Schwestern allein bin gut katholisch geblieben;
Dieß bezeugt euch mein Ton, hoff' ich, mein goldner, noch.

Zwar ich klinge so mit, weil ich muß, so oft man uns läutet.
Aber ich denke mein Theil, wißt es, im Stillen dabei.

Aus: Eduard Mörike, Bilder aus Bebenhausen, 1863

---

(167) Ebd. C 11/40.

Die Kirche und kirchliches Leben

Die Orgeln

Neben den vier Glocken der Klosterkirche ging auch die Kirchenorgel bei der Gründung der bürgerlichen Gemeinde in deren Besitz über. Diese Orgel aus der Werkstatt des Tübinger Orgelbauers Fesenbeckh, die im Chor auf einer Empore hinter dem Altar stand, stammte aus dem Jahr 1672. Sie wurde 1688, als sie »*ganz dunkel und häßlich aussieht und in der Kirch wenig hüpsches zu sehen*« ist,[168] durch den Tübinger Maler Johann Georg Dramburg (Dromburger) »illuminiert«. Sie hatte über dem Spieltisch zwei Flügel (ähnlich Altarflügeln), welche die Verkündigung Mariens, die Hirten auf dem Felde, die Geburt Christi und die Hl. Drei Könige zeigten und auf zwei unteren Tafeln musizierende Engel, sodass man diese Barockorgel fast schon als eine Art »Hochaltar-Ersatz« betrachten kann. Nach einem Pfarrbericht von 1828 »*steht die schöne, sehr alte Orgel im Chor hinter dem Altar, ein mittelmäßiges Werk mit sechs Registern und zwei Blasbälgen zum Treten*«.[169]

Unter König Karl erfolgte in den Jahren 1883 bis 1885 eine umfassende Restaurierung der Kirche, dabei musste die von der Gemeinde 1823 übernommene Fesenbeckh-Orgel im Chor hinter dem Altar weichen. Der kleine, in den Herrenfriedhof hineinreichende Anbau hinter ihr wurde entfernt, das Chorfenster nach unten verlängert und für die neue Orgel wurde durch den Architekten August von Beyer im Langhaus eine neue Empore eingebaut. Bei der feierlichen Einweihung der Kirche nach dem Abschluss der Restaurierungsarbeiten am 6. März 1885 erklang auch erstmals diese vom König gestiftete neue Orgel des Ludwigsburger Orgelbauers Walcker mit einem Manual und sechs Registern. Von dieser Orgel übrig geblieben sind nur eine Holzpfeife und die Organistenbank, die jetzt in der Nähe des Hauptportals steht.

In der Gemeinde wurde um 1960 der Wunsch nach einer neuen Orgel immer lauter, denn das alte Instrument war morsch und immer wieder traten an seiner hölzernen Mechanik Mängel auf. 1968 beschloss dann der Kirchengemeinderat, bei Kurt Oesterle in Reichenbach/Fils ein neues Instrument zu bestellen. Seit Jahren wurde bereits in den Gottesdiensten für diese Neuanschaffung geopfert. Auch die bürgerliche Gemeinde war bereit, sich an den Kosten von rund 50 000 Mark zu beteiligen. Der Einbau der neuen Orgel ging dann Hand in Hand mit einer gleichzeitig erfolgten Außenrenovierung der Kirche. Diese Orgel, die am 1. August 1970 zum ersten Mal erklang, hat zwei Manuale, zwölf Register und mit ihren 818 Pfeifen einen Tonumfang von sieben Oktaven. Sie wurde in zwei separaten Gehäusen untergebracht, so dass nun auch wieder das große Westfenster der Kirche zu sehen ist.

Über den Hersteller und das Baujahr der Orgel in der damaligen »Winterkirche«, dem heutigen »Blauen Saal« im Schloss, ist nichts bekannt. Im Jahr 1778 litt sie unter einem Wolkenbruch schweren Schaden und 1779 ist zu lesen: »*Die Orgel ist sehr alt, aber von einem überaus guten Meister verfertigt. Sie hatte anfänglich nur ein Stech-Clavir, hernach aber ist sie vermutlich zweymal abgeändert worden, sodaß der Organist ein Kästlein, worinnen das Clavir liegt, vor sich, den Orgelkasten auf dem Rücken und die Pfeifen samt der Windlade über sich hat.*«[170] Dieses »Örgelchen« wurde um 1800 nach Dettenhausen verkauft und tat dort seinen Dienst in der Johanneskapelle, an deren Stelle 1832/34 ein Neubau trat.

Bei der Gründung der Gemeinde Bebenhausen 1823 war in dieser Winterkirche keine Orgel vorhanden. Der Bebenhäuser Schultheiß Wilhelm Imhof stiftete dann 1846 eine kleine Orgel für diese Kirche, »*in der mehrere Jahre der Gesang ohne Orgel in der kleinen Gemeinde nicht übel geht*«. 1869 wurde die Winterkirche »*in einen Speisesaal für das nun Jagdschloss gewordene Kloster umgewandelt und dabei die fast wertlose Orgel entfernt*«[171] und der Gottesdienst wurde in das Schullokal verlegt, »*wozu S.M. König Karl ein Harmonium stiftete*«.[172] Für die heutige Winterkirche, den Gemeindesaal im Rathaus, wurde 1976 ein Orgelpositiv der Firma Hofbaur beschafft.

Das Organistenamt wurde in Bebenhausen bis in den Zweiten Weltkrieg hinein von

---

(168) Kleemann, Orgeln.
(169) Ebd.
(170) Ebd.
(171) Ebd.
(172) Ebd.

den Lehrern an der Schule ausgeübt und anschließend über vierzig Jahre von der blinden Organistin Erika Pfeiffer. Gegenwärtig ist das Organistenamt in Bebenhausen mit dem an der evangelischen Kirche in Tübingen-Lustnau verknüpft.

Der Kirchenchor

Mit der Wiedereinweihung der Klosterkirche fanden am 6. März 1885, dem 62. Geburtstag von König Karl, die umfangreichen Restaurierungsarbeiten am Kloster ihren Abschluss. Der Festgottesdienst wurde von Pfarrer Wilhelm Pressel zusammen mit dem Tübinger Dekan gestaltet, wobei der »Liederkranz Bebenhausen« den Choral »Tut mir auf die schöne Pforte ...« sang.

Zwei Jahre später, 1887, erhielt die Bebenhäuser Schule einen neuen Lehrer, Johannes Weiblen. Der junge, sehr begabte und vielseitige Mann übernahm – wie damals üblich – auch gleichzeitig das Amt des Organisten und von seinem Vorgänger auch die Leitung des »Liederkranzes«. Um die Gottesdienste in der neu restaurierten Kirche, vor allem bei der Anwesenheit des Königspaars, schöner gestalten zu können, übte er mit diesem Chor neben Volksliedern auch Choräle ein. Da aber die Gemeinde arm war und keine Notenbücher beschaffen konnte, schrieb Johannes Weiblen mit seiner schönen Schrift für jede Stimmlage

Der Kirchenchor im damaligen Schulhof vor dem »Kapff'schen Bau«, 1902.

Die Kirche und kirchliches Leben

Trauerzug im heutigen Kasernenhof, 1950.

eigenhändig ein Notenheft. Diese Notenhefte, welche großenteils noch erhalten sind, enthalten Choräle, die an den Feiertagen in der Kirche gesungen wurden.

Im Jahr 1888 wurde der Chor dann beim »Evangelischen Kirchengesangs-Verein für Württemberg«, dem damaligen Dachverband der Kirchenchöre, als »Kirchenchor Bebenhausen« angemeldet.

Nach dem Tod König Karls 1891 übernahm sein Nachfolger, König Wilhelm II., das Schloss. Er, damals ja noch das Oberhaupt der evangelischen Landeskirche, und seine Frau, Königin Charlotte, weilten häufiger in Bebenhausen und wohnten gewöhnlich sonntags dem Gottesdienst bei. Der junge Kirchenchor sang dann dabei zwei oder drei Lieder.

Geprobt wurde donnerstags, zunächst im Schulraum im »Kapff'schen Bau« und ab 1914 im neu erbauten Schulhaus. Dort hatten die Notenbücher nun auch einen festen Platz. Als Lehrer konnte Johannes Weiblen begabte Sänger und Sängerinnen bereits in der Schule anwerben: *»Ond du kommsch en Kirchachor, du kosch senga.«*

Bald bürgerte es sich ein, dass der Chor bei Hochzeiten und Beerdigungen sang. War ein Dorfbewohner gestorben, wurde er bis zur Beerdigung in seinem Haus aufgebahrt. Der Kirchenchor erschien kurz vor dem Läuten der Glocken zum letzten Gang am Trauerhaus und sang am Sarg des Verstorbenen vor dem Haus einen Choral. Er führte auch den Trauerzug an, gefolgt vom Pfarrer und dem Sarg, der meist von Verwandten des Verstorbenen getragen wurde. Hinter dem Sarg folgten die Angehörigen, Nachbarn und Freunde. Der Weg führte direkt zum Friedhof, wo der Kirchenchor während der Trauerfeier zwei weitere Choräle sang. Da es in Bebenhausen lange keinen weiteren Chor gab (der Männerchor wurde erst 1947 gegründet), übte Johannes Weiblen, wie bereits erwähnt, nicht nur Choräle, sondern auch Volkslieder ein. Diese wurden dann bei Festen und auf den Chorausflügen gesungen. Auch bei der Einweihung des neuen Rathauses im Jahr 1925 sang der Kirchenchor.

Durch den Zuzug von Flüchtlingen und Vertriebenen nach dem Zweiten Weltkrieg stieg die Mitgliederzahl des Kirchenchors kräftig an,

Die Kirche und kirchliches Leben

sodass es zum ersten Mal seit langer Zeit in jeder Stimmlage wieder genügend Sängerinnen und Sänger gab. In den Achtzigerjahren des vorigen Jahrhunderts bestand der Kirchenchor dann ausschließlich aus weiblichen Stimmen, aber bei wichtigen Terminen halfen Tenöre und Bässe aus dem damals noch bestehenden Männerchor aus.

Im Laufe seiner Geschichte hatte der Kirchenchor über 15 Chorleiterinnen und Chorleiter, wurde durch zwei Kriege geführt und hatte, außer nach dem Zweiten Weltkrieg, stets Nachwuchsprobleme. Der Kirchenchor wandelte sich inzwischen in einen »Projektchor«, der zu Ostern, zur Konfirmation, zum 1. Advent und zu Weihnachten nach jeweils vier Probeabenden geistliche Vokalmusik aufführt.

Kinderkirche, »Stund« und Mädchenkreis

Eine Kinderkirche bestand in Bebenhausen bereits im 19. Jahrhundert. In den Zwanzigerjahren des vorigen Jahrhunderts wurde sie neu aufgebaut und erhielt regen Zulauf. Jeden Sonntagmorgen strömten bis zu dreißig Kinder in den Rathaussaal, hörten Geschichten aus der Bibel und sangen Lieder. Dank des großen Engagements Einzelner ist die Kinderkirche bis heute sonntäglicher Treffpunkt für bis zu zehn Kinder.

Ab etwa 1900 bis vor kurzem wurden von der pietistischen Gemeinschaft der Pregizianer in einem Privathaus christliche Erbauungsstunden (»Stund«) abgehalten. Die Gemeinschaft geht auf den Pfarrer Chr. Gottlob Pregizer (1751 bis 1824) zurück und pflegt im Unterschied zum sonstigen pietistischen Bußernst und der Frömmigkeit ein die Rechtfertigung der Sünder durch die Taufe betonendes gesangfreudiges Christentum. In einem weiteren Privathaus trafen sich Dorfbewohner bis um 1970 zur »Stund« der Altpietistischen Gemeinschaft.

Von etwa 1925 bis 1955 gab es im Dorf noch den Mädchenkreis, auch Jugendbund genannt, in dem eine aus Sachsen stammende Diakonisse den jungen Mädchen eine christliche Unterweisung gab.

Der »rote Mönch«

Seit Generationen wird im Dorf die Geschichte vom »roten Mönch« erzählt, der immer wieder ins Kloster zurückkehren und dort lateinisch beten soll. Im Sommer 1876 schrieb Elisabetha Erbe in ihr Tagebuch: »Als ich längere Zeit in Bebenhausen weilte (Anmerkung: Im »Küferhaus«, heute Beim Schloss 17), sah ich in einer Sommernacht mit Luise Hahn zum Fenster hinaus. Es war mondhell, so etwa nach 10 Uhr, da hörte man aus der Klosterkirche sprechen.

Das wird der Mesner sein, erklärte ich mir, aber es war etwas anderes. Eine kräftige, wohlklingende Stimme predigte, und zwar lateinisch, es klang deutlich herüber. Luise Hahn sagte mir, dass dies zu bestimmten Zeiten immer wieder gehört werde, es sei ein Mönch, der lateinisch predige. Sie sprach nicht gern darüber und mein Vorhaben, hinüber zu laufen, wehrte sie energisch ab. So konnte er ungestört weiterpredigen und wir legten uns zur Ruhe.«[173]

Der Überlieferung nach soll dieser »rote Mönch« damals vom Abt gegen seinen Willen von Bebenhausen an einen anderen Ort geschickt worden sein. Seitdem soll er immer wieder zu bestimmten Zeiten nach Bebenhausen zurückkehren, um hier in der Klosterkirche zu beten. Es könnte sich somit um den in der Chronik der Grafen von Zimmern genannten »roten Mönch« handeln, denn dieser wurde im 15. Jahrhundert zur geistlichen Betreuung der Nonnen in Frauenzimmern entsandt, wo Bebenhausen im frühen 15. Jahrhundert das Patronat übernommen hatte. Die Chronik spricht dort vom »abgang« des Klosters, so durch »ain münch von Bebenhausen, den man den roten münch genempt hat und dieser frawen caplon gewesen, geschehen ist« (Chronik Zimmern 1. S. 100f.).[174]

Um 1830 soll der Mönch von Caroline Hahn, der Tochter von Christian Eberhardt Erbe, dem Klosterküfer und ersten Schultheißen von Bebenhausen, eines Abends auf der Friedhofsmauer sitzend und auf Lateinisch vor sich hinmurmelnd gesehen worden sein. Später soll er dann mit lauter Stimme in der Klosterkirche auf Lateinisch gebetet haben.

---

(173) Elisabetha Erbe, Erinnerungen S. 21/22.
(174) Sydow, Bebenhausen S. 101.

Die Schule

Bebenhausen kann auf eine lange Schultradition zurückblicken. Mit der Klosterordnung von 1556 wurde hier, wie bereits ausgeführt, eine der Klosterschulen Württembergs eingerichtet, die, mit Unterbrechung im Dreißigjährigen Krieg, bis 1807 bestand. Sie war ab 1559 eine höhere Schule, die nach 1650 neben Maulbronn als einzige Vorschule auf das Studium der evangelischen Theologie am Tübinger Stift vorbereitete. In sie aufgenommen wurden Schüler, die vor allem aus der niederen Klosterschule Blaubeuren kamen und 16 Jahre alt waren. Jeder Jahrgang umfasste 20 bis 25 Schüler. Sie blieben zwei Jahre in Bebenhausen und wurden hier von zwei Lehrern (Präzeptoren) und dem Schulvorsteher (Prälat/ev. Abt) unterrichtet.

Neben dieser höheren Klosterschule gab es, nachweisbar ab 1678, eine »Deutsche Schule«, eine Dorfschule, in der die Kinder der Lehrer am Seminar und die im Dorf wohnenden Kinder gemeinsam unterrichtet wurden. Als erster Schulmeister dieser Schule erscheint 1678 Johannes Raubach. Wohl nach einer gewissen Pause trat dann 1699 der 27-jährige Oswald Brigel dessen Nachfolge an. Er wurde später Klosterfamulus (Schuldiener) für die Klosterschule und kam 1719 an die Lustnauer Schule, die er mehr als 30 Jahre lang versah. Von 1701 bis 1786 wirkten drei Generationen der Lehrerfamilie Mitschelin: Auf Johann Heinrich Mitschelin folgte 1744 der Sohn Ernst Michael und 1769 der Enkel Friedrich Adam. Der Letztere, der nur ein Alter von 37 Jahren erreichte, war zugleich Wundarzt und Klosterbader. Auch sein Nachfolger, Johann Jakob Bader, von 1786 bis 1838 an der Schule tätig, war zugleich Wundarzt.

Bekanntester Schüler dieser Schule war der Philosoph Friedrich Wilhelm Schelling, dessen Vater ab 1777 zweiter und ab 1783 erster Lehrer an der Klosterschule war. Der Bub wurde 1781 eingeschult und, wie die anderen Dorfkinder auch, von Schulmeister Mitschelin unterrichtet. Doch Friedrich Wilhelm Schelling, in der Familie und im Dorf »Fritz« genannt, verließ diese Schule bereits 1784, also nach nur drei Jahren, da ihn sein Vater wegen seiner außergewöhnlichen Begabung schon ein Jahr vor der Zeit auf die Lateinschule nach Nürtingen schickte. Von seinem dortigen Lehrer, Johann Jakob Kraz, wurde der junge Schelling dann

Links: Friedrich Schmidt: Sechs Lieder von Nicolaus Lenau, Stuttgart 1836. Der 1802 in Bebenhausen geborene Liedkomponist war ein Enkel des Bebenhäuser Dorfschulmeisters Friedrich Adam Mitschelin. (Privatbesitz.)

Rechts: Fahne der Volksschule Bebenhausen von 1892, wohl ein Geschenk König Wilhelms II.

nach zwei Jahren wieder nach Bebenhausen heimgeschickt mit der Begründung, er sei den anderen Schülern so weit voraus, dass er in der Nürtinger Schule nichts mehr lernen könne. Da er für eines der niederen Seminare, in die man mit dreizehn aufgenommen wurde, noch zu jung war, beschloss der Vater, ihn als Hospitant am Unterricht in der Bebenhäuser Klosterschule teilnehmen zu lassen. Der Schüler verfasste dann 1789, im Alter von 14 Jahren, eine *»Geschichte des Klosters Bebenhausen. Vom Ursprung bis in die jetzigen Zeiten«*. Im ersten Teil findet sich die Beschreibung des Tals, der Berge mit besonderer Beachtung des Jordans (Berghang nordwestlich des Klosters), des Waldes und des Klimas. Danach folgt die Beschreibung des Ortes, vom äußeren Tor beim Gasthof »Zum Hirsch« beginnend bis ins Innere vorstoßend. Dabei wird jedes einzelne Haus beschrieben und gesagt, wer da wohnt. Der zweite Teil enthält die Geschichte des Klosters, allerdings wurde dieser Teil von Schelling nur bis in die Mitte des 14. Jahrhunderts ausgeführt. Doch die Handschrift gilt seit dem Zweiten Weltkrieg als verschollen und *»in den erhaltenen Heften ist keine Spur mehr von diesen wunderbaren ... Arbeiten vorhanden«*.[175] Eine Stelle blieb jedoch erhalten, die Auskunft darüber gibt, wo Schelling gewohnt hat. Man findet sie in jenem Teil, in dem er, vom äußeren Tor ausgehend, jedes Haus im Ort beschreibt. Vor seiner Wohnung im heutigen »Kapff'schen Bau« stehend schreibt er:

»Vor derselben ist ein kleiner Hof, der vormals ein Gärtchen war. Auf dieser Seite erscheint das Haus klein. Man muß es von der andern Seite, von dem Grasgarten des Prälaten, von dem ich oben geredet habe, aus besehen, wenn man seine wahre Größe sehen will. Es wohnen vier Familien darin, oben der Professor,[176] inmitten der Speis- und Schulmeister, und ganz unten der Famulus. Es ist ein überaus großes Haus. Fünf heizbare Zimmer hat es, nämlich der von den Eltern bewohnte Stock, unter welchen zwei die herrlichste Aussicht haben. Auf der einen Seite sieht man an den Wald und den schon erwähnten sogenannten Safranrain hin, auf der andern in das untere Tal des Herrengarten. Unten ist der eben erwähnte Garten des Prälaten. Eine herrliche Aussicht, an der ich mein Auge gar

Friedrich Wilhelm von Schelling (1775–1854).

oft weide, besonders wenn die Sonne untergeht und durch die Bäume des Waldes noch so feurig durchscheint! – Schon viele selige Stunden, die ich hier genossen!«[177]

Schelling beschreibt hier die Wohnung seiner Familie, in der sie nach der Ernennung des Vaters zum ersten Lehrer an der Klosterschule 1783 bis zu ihrem Wegzug aus Bebenhausen nach Schorndorf im Jahr 1791 wohnte. Vorher, von 1777 bis 1783, wohnten die Schellings im Westflügel des Klosters, in *»des zweiten Professors Wohnung«*.

Auch die in Bebenhausen geborenen jüngeren Geschwister Schellings besuchten unter Schulmeister Johann Jakob Bader die Dorfschule. In dieser Zeit entstand zwischen ihnen und den Söhnen von Jagdzeugmeister Kielmeyer, Franz und Karl Friedrich, ein enger Kontakt. So ist es nicht verwunderlich, dass Schellings jüngerer Bruder Carl Eberhard[178] später, 1803, bei Karl Friedrich Kielmeyer, seinem Bebenhäuser Nachbarn, in Tübingen promovierte.

Wie vorbildlich die Kinder damals unterrichtet wurden, zeigt ein Rechenbuch aus dem Jahr 1776 von Klosterküfer Christian Eberhardt Erbe, dem späteren ersten Schultheißen der Gemeinde Bebenhausen, der gemeinsam mit dem gleichaltrigen Karl Friedrich Kielmeyer, dem späteren Naturforscher, die Schulbank drückte.

---

(175) *Auskunft von Dr. Michael Franz, Herausgeber der historisch-kritischen Ausgabe der Werke Schellings.*

(176) *Die Präzeptoren führten ab dem späten 18. Jh. den Titel Professor.*

(177) *Köhrer, Schelling in Bebenhausen.*

(178) *s. unter »Menschen im Dorf«.*

Links: »Register vor diejenige Weibs-Personen ...« Bei den Schulkindern ist unter der Nummer 1 Johanna Beata Schelling aufgeführt, die jüngere Schwester des Philosophen Schelling.

Rechts: Rechenbuch (Titelblatt) des elfjährigen Schülers Christian Eberhardt Erbe, dem späteren ersten Schultheißen von Bebenhausen, 1776.

Das Jahr 1807 brachte für Schulmeister Bader und seine Schüler dann einen tiefen Einschnitt: Die Klosterschule, die seit dem Jahr 1556 in Bebenhausen bestand, wurde von einem Tag auf den anderen aufgelöst und die Lehrer dieser Schule siedelten mit ihren Familien und den Schülern nach Maulbronn über. Zurück in den Klostergebäuden blieben der Dorfschullehrer und die Dorfschule mit den Kindern der Dorfbewohner, also der »Klosteroffizianten« und der Forstleute. Auch die Kinder aus Waldhausen besuchten diese Schule. Sicher fiel dem damaligen Schulmeister Bader der Entschluss nicht leicht, mit seiner Familie zu bleiben und die Dorfkinder weiter zu unterrichten. Schließlich wurde er dann 1823 von der neu gegründeten Gemeinde übernommen, die nun auch »alle Erfordernisse für die Schule« selbst zu bestreiten hatte. Er und seine Familie müssen unter diesen Veränderungen, die auch ein wesentlich geringeres Schulmeistergehalt zur Folge hatten, sehr gelitten haben. In Bebenhausen war der Schulmeister bisher auch nicht zugleich Mesner, wie das sonst üblich war. Im Kaufbrief wurde deshalb festgelegt, dass der Mesnerdienst nach Ableben des Amtsinhabers mit dem Schuldienst verbunden werden solle. Dies geschah zweifellos vor allem aus dem Grund, um das geringe Einkommen des Lehrers zu verbessern. Ein trauriger Beweis für den Abstieg der Schulmeisterfamilie findet sich im Gemeinderatsprotokoll vom 22. April 1836: *»Friederike Bader (Ehefrau von Schulmeister Bader, d. Verf.) wurde wegen Haus- und Marktdiebstahls verurtheilt.«* Offensichtlich waren der Schultheiß, Johann Christoph Imhof, und wohl auch die Dorfbewohner von diesem Vorfall so peinlich berührt, dass er im Protokollbuch nicht näher geschildert wird und dass, was sehr außergewöhnlich ist, auch keine Strafe vermerkt wurde. Schulmeister Bader war zugleich Organist und später, wie erwähnt, auch Mesner. Zu den Aufgaben der Schulmeister gehörten später außerdem die Leitung des Kirchenchors und die Leitung des Männergesangvereins.

Das Schulzimmer und die Schullehrerwohnung waren seit dem 17. Jahrhundert im ehemaligen Kloster, im »Kapff'schen Bau«, un-

Die Schule

tergebracht. Als dieses Gebäude 1828 an den Stuttgarter Fabrikanten Seemann verkauft wurde, musste die Schule in das »Herrenhaus« umziehen. Und als diese Räume ab 1868 unter König Karl zum Schloss umgebaut wurden, musste das Schulzimmer mit der Lehrerwohnung abermals verlegt werden, zunächst in den Westflügel des Klosters und 1882 zurück in den »Kapff'schen Bau«, in dem einhundert Jahre zuvor der junge Schelling mit seiner Familie gewohnt hatte. Der geplante Ausbau dieses Teils des ehemaligen Klosters für die Gäste und das Gefolge von König Wilhelm II. und Königin Charlotte machte dann eine erneute Verlegung der Schule notwendig. Der König veranlasste daher den Neubau eines Schulhauses, das 1914[179] bezogen wurde. Zu dessen Einweihung schenkte Königin Charlotte den Schülern für ihren neuen großen Schulraum eine Standuhr in Sonnenblumenform, die nach der Auflösung der Schule zum Schuljahresende 1969/70 zunächst im Rathaus stand, bis sie 1987 als Dauerleihgabe der Gemeinde Bebenhausen ihren heutigen Platz im Salon der Königin im Schloss fand. Seit 1996, dem Auszug der dort für einige Jahre untergebrachten Außenstelle Tübingen des Landesdenkmalamts Baden-Württemberg, dient dieser große Schulraum den Dorfbewohnern als »Bürgersaal« für Veranstaltungen und Feste.

Nachfolger von Dorfschulmeister Johann Jakob Bader waren zwischen 1838 und 1867 drei Schulmeister. Beim Ferienaufenthalt der Familie Mörike in Bebenhausen im Jahr 1874 besuchte Eduard Mörikes Tochter Marie deren Nachfolger, Schulmeister Eduard Neuscheler, »gelegentlich auf ein Stündchen zum Clavierspiel«. Dieser Schulmeister war zunächst auch Schlossverwalter und es geschah oft, dass während des Unterrichts Fremde anklopften und das alte Kloster zu besichtigen wünschten. Eduard Mörike vermerkte dazu in seinem Tagebuch: »Hierauf Verschiedenes in Klunzingers Büchlein und Wolffs Exzerpten zur Vorbereitung auf einen Besuch im Innern des Klosters nachgelesen, der aber wegen Abwesenheit des Schulmeisters wieder verschoben werden musste.«[180] Immer wieder ließ sich der Dichter vom Schulmeister die Tür aufschließen, die zu den Klosterräumen führte. Seit seinem ersten Besuch im Jahr 1863 hatte sich dort jedoch vieles verändert, denn auf Veranlassung König Karls und unter der Leitung von Baumeister August Beyer wurde das alte Kloster inzwischen umfassend restauriert.

Wollten damals Fremde das Kloster besichtigen, dann fiel die Schulstunde aus, die Mädchen wurden heimgeschickt und die Buben mussten Holz tragen oder sich anderweitig körperlich betätigen. Für Christoph Hauff, den späteren Feldschützen und Polizeidiener, hatte Schulmeister Neuscheler jeden Tag einen ganz besonderen Auftrag: Wenn der Unterricht begann, musste der Bub zum Waldhornwirt Eisenhardt gehen und »eine Halbe Wein« holen. Diesen trank der Schulmeister dann unterm Einmaleins und beim Schönschreiben. Ausdrücklich aber wurde dem Buben befohlen, aufzupassen, dass nicht gerade der Pfarrer von Lustnau – dieser war gleichzeitig Schulinspektor – dazukäme, wenn er im Waldhorn einkaufe.

Viele interessante Einzelheiten aus der Schulgeschichte sind im Protokollbuch des

Carl Friedrich von Kielmeyer (1765–1844).

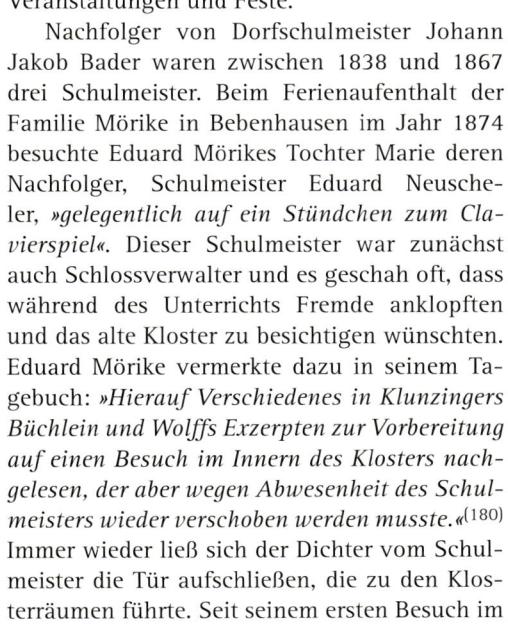

---

(179) *Das Schulhaus wurde erst 1914 bezogen und nicht 1913, wie in der Kreisbeschreibung von 1972 angegeben (Bd. II, S. 45).*
(180) *Mörike, Bilder aus Bebenhausen S. 48.*

Speisekarte für die königliche Tafel in Bebenhausen, geschrieben von Oberlehrer und Hofkalligraph Johannes Weiblen, 22. November 1901.

Ortsschulbeirats enthalten, das ohne Unterbrechung nahezu einhundert Jahre lang geführt wurde. Ein besonderes Erinnerungsstück an die Schule ist eine Fahne von 1892, vielleicht eine Stiftung des württembergischen Königs.

Eine herausragende Lehrerpersönlichkeit an der Dorfschule Bebenhausens war Oberlehrer Johannes Weiblen, der, wie bereits ausgeführt wurde, die besondere Wertschätzung des letzten Königspaars genoss und von König Wilhelm II. 1898 zum »Königlichen Hofkalligraphen« (Hofschönschreiber) ernannt wurde. Er trat 1887 die Lehrerstelle in Bebenhausen an und heiratete im gleichen Jahr die Tochter des Forstwächters Gottfried Schmider. Über 41 Jahre, bis zu seiner Pensionierung im Jahr 1928, war er an der Schule im Ort tätig und seine in diesen Jahren gemachten Aufzeichnungen ermöglichen einen tiefen Einblick in das damalige Geschehen im Dorf.

Höhepunkt des Schuljahres war in der Zeit vor 1918 die Weihnachtsfeier, bei der den Schülern die Weihnachtsgeschenke der Königin übergeben wurden. Jeder Schüler durfte sich etwas wünschen, die Wünsche wurden dann nach Stuttgart weitergeleitet und die Geschenke kamen kurz vor dem Fest nach Bebenhausen. So teilte die Hofdame von Königin Charlotte, Gräfin Degenfeld, am 14. Dezember 1893 dem Oberlehrer mit, »daß am heutigen Datum 56 Gegenstände abgegangen (sind, d. Verf.), die ihre Majestät die Königin den Bebenhäuser Schülern zu der Weihnachtsbescherung zugedacht hat. Die Bücher sind für 40 der Kinder, die Spielsachen für die 16 Sechs- und Siebenjährigen«.[181]

Im Ersten Weltkrieg waren auch die Schüler gefordert, ihren Anteil beizutragen: Sie sammelten Laubheu als Streu, um das Stroh für die Pferde des Militärs frei zu bekommen, und Bucheckern zur Ölgewinnung. Die Mädchen zupften Scharpie,[182] das als Verbandsmaterial benötigt wurde, und strickten Socken für die Soldaten.

Eine weitere herausragende Lehrerpersönlichkeit war Reinhold Sinn. Dieser kam 1932 von Mitteltal bei Freudenstadt nach Bebenhausen. Neben seiner Lehrerstelle an der Einklassenschule, die ja auch von den Schülern aus Waldhausen besucht wurde, hatte auch er die Leitung des Kirchenchors und zunächst noch den Organistendienst zu übernehmen, bis dieser einer blinden Organistin aus dem Ort übertragen wurde.

Für den Unterricht standen im Schulhaus zwei Räume zur Verfügung: das eigentliche Schulzimmer und das kleine »Pfarrzimmer«. Dort saßen die ABC-Schützen, die das Ruhigsein noch lernen mussten, und schrieben auf ihren Schiefertafeln oder formten Buchstaben aus Plastilin. Oft wurden sie dabei von der Frau des Lehrers beaufsichtigt.

Nachdem der Oberlehrer 1941 zum Kriegsdienst eingezogen worden war, wurden die Schüler der vierten bis achten Klasse in die entsprechenden Klassen der Dorfackerschule in Lustnau eingegliedert und diese Bebenhäuser Schüler gingen nun jeden Morgen zu Fuß oder mit dem Fahrrad nach Lustnau. Die Schüler der unteren Klassen wurden von verschie-

---

(181) Aufzeichnungen Weiblen.
(182) Früher für: zerzupfte Leinwand als Verbandsmaterial.

denen Aushilfskräften weiterhin in Bebenhausen unterrichtet. Und dann, nach Kriegsende, drohte der einklassigen Schule die Schließung: Die französische Besatzungsmacht befahl die Schließung aller Schulen, die eine von ihr festgesetzte Schülerzahl nicht erreichten. In Bebenhausen fehlte ein Kind! Da ging Oberlehrer Sinn zu einer Familie, die eine knapp fünfjährige Tochter hatte, und bat sie: »*Ach, gebet Se mir halt Ihre Susanne!*«

Welche verschiedenen Lebensschicksale früher in Bebenhausen zusammengeführt waren und durch wie viel unterschiedliche Kontakte die Dorfgemeinschaft verbunden war, kann man sich heute kaum noch vorstellen. Ein besonders starker Einfluss lag darin, dass in der Schule im Dorf alle Kinder über Generationen hinweg gemeinsam erzogen wurden. Jeder Schulmorgen begann mit einer Choralstrophe, vom Lehrer am Harmonium begleitet und über längere Zeit wiederholt, so dass sie sich fast von selbst einprägte.

An schönen Sommertagen ging der Lehrer mit seinen Schülern in den Schönbuch und erklärte ihnen die Bäume, Pflanzen und Tiere und ließ sie, zurück in der Schule, einen Aufsatz darüber schreiben. Die Schüler der oberen Klassen erhielten vom Lehrer ein Gartenbeet im großen Schulgarten zugewiesen, das sie unter seiner Anleitung oder der seiner Frau selbst bewirtschafteten. Die Buben und Mädchen säten, pflanzten, gossen und brachten voller Stolz der Mutter einen Blumenstrauß vom eigenen Beet mit nach Hause oder gar Erdbeeren, wenn diese nicht schon »vor Ort« gegessen worden waren. Bei mehrtägigen Schulausflügen, meist zu Fuß, lernten die Kinder ihre Umgebung kennen und schliefen im Heu bei Bauern, die sie auch verpflegten, wie z. B. eine Bäuerin in Mitteltal im Schwarzwald, die für die Schüler einen ganzen Abend lang Pfannkuchen backte. Dazu gab es Heidelbeergsälz, das die Schüler bisher nicht kannten, und alle waren zunächst verängstigt, als sie einen blauen Mund davon bekamen.

Die Schule in Bebenhausen war immer einklassig, hatte in den Jahren nach dem Zweiten Weltkrieg selten mehr als 30 Schüler und bestand zuletzt, bis zur Auflösung zum Schuljahresende 1969/70, nur noch aus einer Grundschule. Nun mussten die Bebenhäuser

Die Schüler der Volksschule mit ihrer Schulfahne und Oberlehrer Weiblen vor dem Schreibturm, 1921.

Die Schule

Anbetung der Heiligen Drei Könige und der Hirten beim Krippenspiel der Schüler im Jahr 1952.

Schüler – wie bereits schon einmal während des Zweiten Weltkriegs – die Dorfackerschule in Tübingen-Lustnau besuchen. Damit endete in Bebenhausen eine nahezu 300-jährige Schultradition.

Eine Rechenaufgabe aus dem Rechenbuch des Schülers Christian Eberhardt Erbe von 1776
Ein Hausvatter zeugte mit 3 Weibern 21 Kinder, nun wurde einsmal die letzte lebende Frau begierig zu fragen wie alt seine ganze Familie sey, da doch die zwey ersten Weiber 36 Jahr, 29 Jahr und sie selbst 26 Jahr sey, er aber und die 21 Kinder dreymahl so alt als alle seyen.
  Die Lösung:
  36+29+26=91 Jahr der Weiber Alter
  91x3=273=des Mannes und der Kinder Alter.[183]

Das Krippenspiel
Höhepunkt des Schuljahres war für die Schulkinder ab 1932 die Aufführung eines Krippenspiels vor Weihnachten im Beisein von Königin Charlotte und ihrer Hofdame. Jeder Schüler durfte sich von der Königin etwas wünschen. Bis zur Aufführung waren viele Vorbereitungen zu treffen. Wochenlang wurde das Krippenspiel eingeübt. Dann kam der große Tag! Das Schulzimmer wurde ausgeräumt, vorne wurden als Ehrenplätze zwei Korbsessel für die Königin und ihre Begleitung aufgestellt, davor ein niederer Tisch, auf dem die Geschenke der Königin für die Schüler aufgestapelt wurden, die am Vormittag von zwei Kammerdienern gebracht worden waren. Ein von einer Familie ausgeliehener großer Vorhang wurde vor die Bühne gespannt. Dann kamen die Kinder, die in dem kleinen Schulzimmer angezogen und ruhig gehalten werden mussten. Und schließlich fing das Spiel an und schlug Mitspieler und Zuschauer in seinen Bann. Wenn alles vorbei war, kam es zur Gabenverteilung durch die Königin. Und vor dem »Dankeschön, Majestät«, das sie nach Empfang ihres Geschenkes sagen mussten, hatten die Schüler oft mehr Angst als vor dem gesamten Krippenspiel.[184]

---

(183) Archiv Erbe.

(184) Aufzeichnung von Frau Isolde Weber.

Die Schule

Die alten Häuser im Dorf

Bei der Gründung der Gemeinde Bebenhausen im Jahr 1823 wurde den am Ort wohnenden ehemaligen »Klosteroffizianten« und Forstleuten das Recht eingeräumt, ihre bisherigen »Dienstwohnungen« sowie Grundstücke zu erwerben und sich auf Dauer in Bebenhausen niederzulassen. Siebzehn Familien, die so genannten »Gründerfamilien«, erwarben dreizehn Wohnhäuser. Hinzu kamen Scheuern, Stallungen und weitere Nebengebäude.[185] Wohl sieben dieser dreizehn Wohnhäuser, von denen sechs erhalten sind, stammen aus der Klosterzeit und wohl sechs, von denen fünf erhalten sind, aus nachklösterlicher Zeit.

Das aus dem 18. Jahrhundert stammende Wasch- und Backhaus ging in Gemeindebesitz über.[186] Die außerhalb der Klostermauern gelegene Klosterziegelei wurde bereits 1817 verkauft. Da diese alten Häuser im Dorf nicht unterkellert sind, erhielt jede der siebzehn Familien auch einen Anteil an dem unter dem »Herrenhaus« gelegenen Klosterkeller zugeteilt.

Einige weitere Gebäude und Gebäudeteile des Klosters befanden sich im 19. Jahrhundert zeitweise in Privatbesitz und wurden vom Staat ab etwa 1860 zurückgekauft.

Klostermühle mit Nebengebäuden
Heute Klostermühle 3–17

Das idyllisch an dem unter Abt Friedrich gegen Ende des 13. Jahrhunderts angelegten Mühlkanal gelegene Gebäudeensemble umfasst heute eine *Obere Mühle*, eine *Untere Mühle*, die zwischen den Mühlen gelegene *Bäckerei (Pistorei)* und eine unter König Wilhelm II. 1906 erbaute *Kutschenremise mit Pferdestall*. Die *Obere Mühle* mit alemannischem Fachwerk, das später Veränderungen erfuhr, stammt aus dem 15. Jahrhundert, ruht jedoch auf einem älteren, massiven Unterbau und hatte drei oberschlächtige[187] Wasserräder. Die *Untere Mühle* stammt aus dem Jahr 1447, war ursprünglich eingeschossig, wurde 1780 aufgestockt und hatte zwei ebenfalls oberschlächtige Wasserräder. Die *Bäckerei*, auch *Pistorei* genannt, ist ein Massivbau aus dem 13. Jahrhundert mit schmalen gotischen Fenstern.

Dieses Anwesen wurde 1823 von Pistormeister (Bäcker) Rudolf Friedrich Löffler ge-

---

(187) Aus dem vorbeifließenden Mühlbach von oben her gespeiste, also mit Oberwasser betriebene Mühlräder.

Obere Mühle mit Fruchtkasten, Pistorei und Unterer Mühle. Rekonstruktion von Klaus Scholkmann sowie eine Ansicht von Südwesten, 1971.

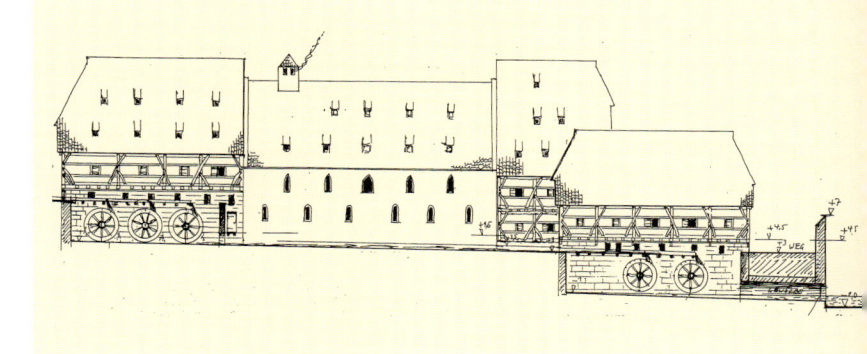

---

(185) s. unter »Wie Bebenhausen zur Gemeinde wurde«.
(186) s. unter »Das Wasch- und Backhaus«.

kauft, der es aber bereits 1828 wieder verkaufen musste und mit seiner Familie das Dorf verließ. Auch seine Nachfolger, die aus Pfäffingen stammenden Brüder Johann Christoph und Andreas Büchsenstein, beide Müller, konnten sich nur wenige Jahre auf den Mühlen halten, ebenso deren Nachfolger, Christian Reutter und Christian Manz aus Hagelloch. 1844 ging das Mühlenanwesen dann an den aus Bempflingen zugezogenen Müller Johannes Eberhardt. Dieser verkaufte es 1897 an König Wilhelm II., der das Gebäudeensemble in den Jahren 1897 bis 1899 von Grund auf sanieren ließ. In der *Unteren Mühle*, die 1829 in eine Säge umgewandelt worden war, ließ er 1898/99 eine Turbinenanlage zur Erzeugung von Strom einbauen, die

Oben: Abbau der Wasserrinne an der Oberen Mühle, 1898/99.

Links: An der Klostermühle, um 1890.

Rechts: Inschrift und Wappenstein an dem von Klostermaurer Imhof 1727 errichteten Heuhaus, das 1906 durch das heutige Remisengebäude ersetzt wurde, kolorierte Federzeichnung, 1739.

116   Die alten Häuser im Dorf

das Schloss bis nach dem Zweiten Weltkrieg mit Strom versorgte.

In den malerischen Gebäuden wohnten während der Aufenthalte des Königspaars in Bebenhausen Angestellte des Hofes mit ihren Familien, so der Oberjägermeister Detlev Freiherr von Plato. Nach dem Tod des ehemaligen Königs, 1921, ging das Anwesen an dessen Enkel, die Prinzen zu Wied, über, die es 1975 an eine Stuttgarter Investorengruppe verkauften. Durch den italienischen Architekten Emilio Tocchi entstanden neun »Repräsentativwohnungen« und vier Hausteile, die, mit zwei Ausnahmen, von bisher nicht am Ort wohnenden Familien erworben wurden.

Büchsensteins Grab

Der 1805 in Pfäffingen geborene Müller Johann Christoph Büchsenstein, der die Klostermühle gemeinsam mit seinem Bruder Andreas von 1829 bis 1837 betrieb, wurde später in seinem Heimatdorf Pfäffingen zum Schultheißen gewählt, kam aber weiterhin regelmäßig nach Bebenhausen, um Holz aufzukaufen. Während eines dieser Besuche, am 29. August 1872, verschwand der Müller spurlos und alle Nachforschungen nach ihm waren ohne Erfolg, er blieb verschwunden. Nahezu siebzehn Jahre später, am 12. April 1889, waren Waldarbeiter im Bereich Steinriegel tätig und stießen dort »auf ein sorgfältig aus Stein zusammengesetztes und mit großen Steinplatten bedecktes Grab, welches die Gebeine eines Mannes von beträchtlicher Größe ... enthält«. Anhand der bei dem Toten gefundenen Gegenstände wurde rasch klar: Es handelte sich um Johann Christoph Büchsenstein. Angenommen wird, dass er von Holzdieben oder Wilderern erschlagen und in dieses von ihnen gebaute Grab gelegt wurde.

Zimmermannswohnung
Heute Schönbuchstraße 8

Das heutige Gebäude entstand um 1823. Ursprünglich stand an dieser Stelle wohl die Klosterschmiede und, östlich angrenzend, das um 1820 abgebrochene »Untere Tor« mit einer um 1305 bis 1320 erbauten Kapelle. Nach der Überlieferung wurde die Kapelle von einer Haila aus Reutlingen gestiftet, die auf dem Klosterfriedhof beigesetzt wurde.(188) Diese sog. »Leutekirche« konnte auch von Laien besucht werden, die zu Zeiten des Klosters für gewöhnlich die Klosterkirche nicht benutzten. Die Kapelle war an den Torturm angebaut, der als Lager für Holzkohle nach der Reformation den Namen »Kohlturm« erhielt und über den der Klosterschüler Jeremias Höslin im Jahr 1739 schreibt: »... nur schade, daß man dich nicht mehr gebrauchen soll, denn es werden Kohlen darin aufbehalten.«(189) Die an den Turm angebaute Hailakapelle wurde deshalb auch »Kohlkapelle« oder »Kohlkirchlein« genannt.

Der Bibelspruch an einem Balken des Gebäudes und ein Madonnenrelief wurden um 1960 von dem Bildhauer Karl-Otto Werner angebracht.

Die Zimmermannswohnung wird von Nachfahren einer der »Gründerfamilien« des Dorfes bewohnt.

Oben: Unteres Tor mit angebautem Kohlkirchlein und Klosterschmiede. Rekonstruktion von Klaus Scholkmann.

Unten: Zimmermannswohnung und Wohnung des Klosterschmieds heute.

---

(188) s. dort.

(189) Höslin S. 18.

Die alten Häuser im Dorf

Links oben: Die Klosterschmied-familie Volle, 1948.

Rechts oben: Blick vom Schmiedtörle zum Schreibturm, um 1875.

Links unten: Die Klosterwagnerei, 2002.

Rechts unten: Das Haus der Schuhmacherfamilie Heller, 1937.

Wohnung des Klosterschmieds
Heute Kasernenhof 14

Eine in den Jahren 1993/94 durchgeführte bauhistorische Untersuchung ergab, dass es sich bei diesem Gebäude um eines der ältesten im Klosterbezirk handelt. Sein in Bruchstein gemauertes Erdgeschoss und die Deckenbalken stammen aus den Jahren 1314/15, das Fachwerk in seinem Kern aus den Jahren 1422/23, wurde aber später verändert und ergänzt. Im ersten Obergeschoss hat sich eine Bohlenstube mit Schnitzereien erhalten. Die ursprüngliche Schmiede befand sich wohl östlich der Wohnung auf dem Platz des heutigen Gebäudes Schönbuchstraße 8. Sie wurde im 19. Jahrhundert in ein kleineres Gebäude im Garten verlegt. Eine spätere Dorfschmiede, die bis 1970 betrieben wurde, steht gegenüber von Gebäude Schönbuchstraße 8. Zu der Wohnung des Klosterschmieds gehört auch ein Anteil an dem aus der zweiten Hälfte des 15. Jahrhunderts stammenden »Langen Stall« (Kasernenhof 8).

Klosterschmied Jakob Volle, dessen Familie in Bebenhausen bis in das späte 17. Jahrhundert zurückverfolgt werden kann, kaufte seine Wohnung bei der Gemeindegründung 1823. Die Familie Volle stellte die Schultheißen bzw. Bürgermeister von Bebenhausen von 1901 bis 1911 und von 1939 bis 1960. Das Gebäude ging 1992 in Fremdbesitz über, doch im Dorf wohnen noch Nachfahren des Klosterschmieds.

Die alten Häuser im Dorf

Klosterwagnerei
Heute Kasernenhof 12
Der ursprünglich eingeschossige Massivbau mit Fachwerkgiebel aus dem 15. Jahrhundert liegt direkt am Mühlkanal (heute eingedolt). In den Jahren 1926 bis 1928 erfolgte eine Anhebung der südlichen Traufe. An der nordöstlichen Seite wurde ein Quergiebel angefügt, dessen Erdgeschoss teilweise wieder entfernt wurde. Das Fachwerk wurde 1982 freigelegt. Die an der Westseite angebaute Werkstatt des Klosterwagners musste 1925 einer Scheuer weichen und diese wurde 1976 durch ein Wohnhaus ersetzt.

Die Wohnung des Klosterschmieds und die Klosterwagnerei waren durch das im Jahr 1665 errichtete und im 19. Jahrhundert abgebrochene »Schmiedtörchen« verbunden.

Karrenhaus, auch Karchhaus genannt
Heute Kasernenhof 10 und Kasernenhof 4
Das ursprünglich eingeschossige Fachwerkgebäude Kasernenhof 10 stammt aus dem 15. Jahrhundert. Wohl bereits im 18. Jahrhundert erfolgte eine Anhebung der östlichen und um 1930 eine Anhebung der westlichen Traufe.

Das Gebäude Kasernenhof 4 mit massivem Erdgeschoss und bis 1938 sichtbarem Fachwerk im Obergeschoss stammt ebenfalls aus dem 15. Jahrhundert und besitzt ein mittelalterliches Türgewände. Der dort eingemeißelte Kamm weist wohl auf die Pferdehaltung in dem an das Gebäude angrenzenden »Langen Stall« hin. Das Gebäude wurde 1929 und 1933 aufgestockt und 1963 erfolgte auf der Nordseite ein Dachausbau.

Das Karrenhaus wurde 1823 von Schuster Johann Hagenlocher, einem der Gründungsväter der Gemeinde Bebenhausen, gekauft und befindet sich bis heute im Besitz von dessen Nachfahren.

Haus des Klosterverwalters
Heute Schönbuchstraße 4
Das wohl aus dem 16. Jahrhundert stammende Fachwerkhaus ist Teil eines Gebäudeensembles mit einer Scheuer und einem Kellergebäude. Die Scheuer wurde in den Achtzigerjahren des vorigen Jahrhunderts abgetragen und durch ein Wohn- und Lagerhaus ersetzt. Das Kellergebäude wurde vor wenigen Jahren abgetragen.

Dendrochronologische Untersuchungen konnten an diesem Gebäude bisher nicht durchgeführt werden.

Wiesenmeisterei
Am heutigen Standort des Rathauses gelegen, 1845 abgebrochen. Fachwerkhaus wohl aus dem 15. Jahrhundert, ursprünglich wohl Pfründnerwohnung, ab 1828 bis zu dessen Abbruch 1845 Gasthof »Zum Waldhorn«.[190] Daneben stand ein 1845 ebenfalls abgebrochenes kleines Spital.

---

(190) s. auch unter »Die Gasthöfe«.

Links oben: Die Jahreszahl 1665 »von außen oben an dem Schmidt-Thörlen zu sehen«. Das »Schmiedtörle« wurde im 19. Jahrhundert abgebrochen.

Links unten: »An des Wiesenmeisters Hauß zu sehn.« Wohl um 1500 entstandenes Wandbild mit dem heiligen Andreas, 1739.

Rechts: Das Haus des Klosterverwalters, 1909.

Die alten Häuser im Dorf

Klosterherberge
Heute Böblinger Straße 15

Das Gebäude weist Bauteile aus dem 13. Jahrhundert auf und trug lange den Namen »Gasthaus« oder »Taberna«. Es liegt nördlich des Klosters neben dem um 1823 abgebrochenen »Oberen Tor« und der Klosterschüler Jeremias Höslin schreibt 1739: *»Zu oberst bei dem Thor, das zu dem Schönbuch führt, wird unser Hügel auch durch einen Bau geziert, den man das Gasthaus nennt.«*[191] Zu ihm gehören eine alte, 1904 umgebaute Scheuer sowie ein an der östlichen Mauer zum Prälatengarten hin gelegenes Wasch- und Backhaus. Auf dem Grundstück befanden sich bis 1857 auch die Hundeställe, in denen früher die Hunde für die Hofjagden gehalten wurden.

Bereits in der ersten Hälfte des 18. Jahrhunderts wurde das Gebäude vom herzoglichen Jagdzeugmeister Georg Friedrich Kielmeyer bewohnt, dessen berühmtester Sohn, der Naturforscher Karl Friedrich von Kielmeyer, am 22. Oktober 1765 hier geboren wurde. Bei der Gründung der Gemeinde 1823 erwarb Karl Friedrichs Bruder Franz, der seinem Vater als Jagdzeugmeister gefolgt war, das Gebäude gemeinsam mit Revierförster Johannes Ernst Friedrich Laub. In seiner »Waldchronik« beschreibt Förster Bechtner Franz Kielmeyer als *»den ersten Jagdzeugmeister in ganz Deutschland und im Ganzen ein(en) sehr wissenschaftlicher(n) Mann«*.

Nach dem Tod Franz Kielmeyers ein Jahr später, 1824, ging sein Hausanteil an seinen Bruder Karl Friedrich, den Naturforscher, über. Dessen Tochter Marie verheiratete sich mit Karl Wolff, dem Rektor des Katharinenstifts in Stuttgart und Altersfreund Eduard Mörikes. Karl Wolff übernahm 1857 auch den Hausanteil von Revierförster Laub. Bereits 1847 hatte er Eustachius Jaud, den bisherigen Kutscher des Oberforstamts, als Pächter des Anwesens angestellt; dessen Frau Anna Marie geborene Rieckert stammte aus Lustnau. Bei seinem ersten Ferienaufenthalt im Kielmeyer'schen Haus im Herbst 1863, zu dem ihn sein Freund Karl Wolff eingeladen hatte, wurde Eduard Mörike von diesem Pächterpaar betreut und er notierte in sein Tagebuch: *»Nach 3 Uhr einen vortrefflichen Cafe von Fr. Jaud.«*[192] Während dieses Aufenthalts entstanden seine »Bilder aus Bebenhausen«. Nach dem Tod des Pächters Jaud, 1871, zog Jakob Christian Rieckert, ein Verwandter Anna Jauds, aus Lustnau *»hieher als Betreuer des Kielmeyerschen Guts«*.[193]

Eduard Mörike verbrachte im Sommer 1874 auf Einladung von Luise Walther, Karl Wolffs Stieftochter, seine Ferien nochmals im Kielmeyer'schen Haus in Bebenhausen. In diesen Wochen entstanden drei Schattenrisse der bekannten Künstlerin von Eduard Mörike, darunter der mit dem großen Schlapphut. Auch von Jakob Rieckert, dem Nachfolger des Pächters Jaud, wurde der Dichter gut betreut und er schrieb einem Freund: *»Soeben machte ich einen vertraulichen Besuch in Pantoffeln bei Rieckerts.«*

Oben: Jakob Rieckert (Mitte), »Betreuer des Kielmeyerschen Guts« und Schultheiß von 1887 bis 1901, links neben ihm Schwiegersohn Gottfried Brändle, Schultheiß von 1911 bis 1920.

Unten: Die Klosterherberge mit Sommerfrischlern und der Tochter des Hauses, 1934.

(191) Höslin S. 20.

(192) Mörike, Bilder aus Bebenhausen S. 43.
(193) Pfarrarchiv Lustnau-Bebenhausen.

Das Küferhaus mit Branntweinbrennerei (rechts), 1904.

Karl Wolffs Witwe verkaufte 1875 das elterliche Anwesen an ihren Pächter Jakob Rieckert, den späteren Schultheißen von Bebenhausen (1887–1901). Dessen Schwiegersohn, Gottfried Brändle, übernahm 1901 das Anwesen; er war von 1911 bis 1921 Schultheiß von Bebenhausen. Gottfried Brändles Tochter Marie wiederum heiratete Karl Volle, Bürgermeister von Bebenhausen von 1939 bis 1960.

Die zerbrochene Fensterscheibe
Bei seinem zweiten Aufenthalt im Kielmeyerschen Haus im Jahr 1874 ritzte Eduard Mörike seinen Namen in eine Fensterscheibe seiner Gaststube im Obergeschoss. Diese Scheibe wurde um 1937 aus dem Fenster herausgenommen und dem Schiller-Nationalmuseum in Marbach überlassen. Auf einem Transport von Marbach ins Mörikehaus nach Ochsenwang ging die Scheibe dann später zu Bruch.[194]

---

(194) Auskunft von Frau Hanne Heller, Urenkelin von Schultheiß Jakob Rieckert.

Klosterküferei
Heute Beim Schloss 17
Fachwerkhaus in Ständerbauweise mit einem Gerüst von 1341. Der Giebel und die Fenster wurden später verändert. Gotischer Zugang von außen durch die Wehrmauer, daneben ein kleines Fenster. Der heutige Durchgang stammt aus späterer Zeit. Da sich die Klosterherberge in unmittelbarer Nähe befindet, handelt es sich bei dem Gebäude um ein Pförtnerhaus. Zu der Küferei gehörten ein Branntweinbrennhaus südlich davon (1961 abgebrochen), ein Bandhausanteil und der »Küferturm« auf der Ostseite des Bandhauses.

Das Küferhaus wurde 1823 von Klosterküfer Christian Eberhardt Erbe, dem ersten Schultheißen der Gemeinde Bebenhausen, übernommen. Dessen Sohn Christian Eberhardt sah in Bebenhausen keine Zukunft für sich und zog nach Tübingen. Sein Sohn Christian Heinrich Erbe eröffnete dort 1847 eine Werkstatt für optische und mechanische Instrumente und ist Stammvater der heutigen Tübinger Firma Erbe Elektromedizin GmbH. Tochter Caroline übernahm

Die alten Häuser im Dorf

Links: Das Bandhaus des Klosterküfers (rechts), das Hausschneidereigebäude und das Küferhaus, 1940.

Rechts: Das Amtsbotenhaus mit Schreibturm von Nordwesten, um 1900, Postkarte von H. Sting.

Bauplan für die Schildwirtschaft »Zum Hirsch« und das an die Wirtschaft angebaute »Thor-Häuslein«, um 1790.

1826, nach dem Tod des Vaters, die Küferei und heiratete 1830 den Küfer Andreas Hahn aus Altdorf, Schultheiß von Bebenhausen in den Jahren 1867 bis 1887. Das Küferhaus ging 1968 in Fremdbesitz über, doch es leben noch Nachfahren von Christian Eberhardt Erbe im Dorf.

Bebenhäuser Gepflogenheiten

Wenn das Königspaar spazieren ging oder ausritt, dann kam es meist durch eines der beiden Tore am »Küferhaus«. Das »Pförtnertor«, das zum Jordanhang hinaufführt, stand, im Gegensatz zu heute, immer offen. Das Tor, das in den Prälatengarten führt, war dagegen zu und wurde vom König immer selbst geöffnet, wenn er in den Garten gehen oder ausreiten wollte. Nur wenn Kinder in der Nähe waren, durften diese ihm das Tor öffnen und bekamen von ihm dann als »Dankeschön« ein Bonbon. Eines Tages war die Frau des Küfers dort in ihrem Hof und band Reisigbüschel, als ein hoher Beamter, der neu am Hof war, auf seinem Pferd geritten kam und in den Prälatengarten wollte. Er blieb vor dem verschlossenen Tor stehen und wartete. Als die Frau des Küfers keine Anstalten machte, ihm das Tor zu öffnen, »schnarrte« er: »Warum öffnet sie mir nicht die Tür?« Sie antwortete freundlich lächelnd: »Auch wenn ich nicht von hohem Stande bin, so möchte ich doch gebeten werden.« Der feine Herr stutzte, stieg dann wortlos vom Pferd ab und machte es wie der König: Er öffnete das Tor selbst.

Hausschneiderei
Heute Beim Schloss 19

Das aus nachklösterlicher Zeit stammende Gebäude, zwischen Bandhaus und Küferhaus gelegen, hat einen massiven Unterbau und einen wohl aus dem 18. Jahrhundert stammenden Fachwerkaufbau.

Die alten Häuser im Dorf

Amtsbotenhäuschen
Heute Beim Schloss 3

Dieses Gebäudeensemble, am Schreibturm gelegen, stammt aus nachklösterlicher Zeit, wohl aus dem 17. Jahrhundert. Zum Schreibturm hin stand ursprünglich eine Scheuer, die 1950/51 einem Wohnhaus weichen musste. Das nördlich sich anschließende Wohnhaus ist ein Fachwerkbau, der im 19. Jahrhundert in drei Wohneinheiten aufgeteilt wurde. Auf der Nordseite des Wohnhauses ist eine weitere Scheuer angebaut.

Schildwirtschaft »Zum Hirsch«[195]
Heute Schönbuchstraße 28

Der heutige Bau dürfte um 1750 entstanden sein und wurde 1790 von dem damaligen Wirt Johann Jakob Ziegler umgebaut. In einem Balken auf der Ostseite des Gebäudes findet sich das Bebenhäuser Wappen und folgende Inschrift: *»1759 dermahliger CL(oster) Verwalter Gottlieb Christian Lang zu Bebenhausen. CL(oster) Zimmermann Johannes Sengle«*. 1932 erhielt der Gasthof einen Saalanbau. In den Hirschgarten wurde eine später wieder abgebrochene Kegelbahn gebaut. In den Jahren 1986/87 wurde der Gasthof von Grund auf neu errichtet, lediglich die Außenwände blieben erhalten, und ein Teil des Gartens wurde einem Parkplatz geopfert.

Die Hirschscheuer, östlich vom Hirsch auf der gegenüberliegenden Straßenseite gelegen, stammt wohl noch aus der Zeit des Klosters und wurde 1957 in ein Mehrfamilienhaus umgebaut, an dem der Bildhauer Karl-Otto Werner um 1960 Reliefs anbrachte. Das an die Scheuer angebaute »Posthäusle« fiel 1956 der Straßenerweiterung zum Opfer.

Taglöhnerhaus
Heute Schönbuchstraße 36 (Neubau)

Das außerhalb der Klostermauern gelegene Fachwerkhaus stammte wohl aus dem 17. Jahrhundert. Es besaß im Erdgeschoss einen Fliesenboden aus der Produktion der Klosterziegelei. Auffallend waren die kleinen Fenster des schmalen Gebäudes mit zwei Eingängen. Das Gebäude musste 1953 einem Neubau weichen.

Klosterziegelei
Heute Am Ziegelberg 2

Bei dem heute noch vorhandenen Gebäude, über einem Steilhang des Goldersbachs gelegen, handelt es sich um das wohl aus dem 17. Jahrhundert stammende Verwaltergebäude der Klosterziegelei, das 1888 umgebaut wurde. Der Brennofen und die übrigen Gebäude der Ziegelei wurden nach der Einstellung des Betriebs 1845 abgebrochen. Südlich des Verwaltergebäudes steht eine um 1950 in ein Wohnhaus ausgebaute Scheuer aus dem 19. Jahrhundert.

Die Klosterziegelei wurde bereits 1817, also sechs Jahre vor Gründung der Gemeinde, von Klostermaurer Christoph Imhof erworben, dem späteren Schultheißen der Gemeinde Bebenhausen (1826 bis 1844).

Oben: Um 1900 errichtetes Bauernhaus an der Dorfstraße mit dem dahinterliegenden Taglöhnerhaus (abgebrochen 1953).

Unten: Die Klosterziegelei mit der Ziegelbrücke, 1940.

---

[195] s. auch unter »Die Gasthöfe«.

Die Gasthöfe

Wer heute einen der weithin bekannten Gasthöfe in Bebenhausen besucht, der kann sich kaum vorstellen, mit welchen Problemen die Wirte dieser Häuser in ihrer Anfangszeit zu kämpfen hatten. Der älteste der Gasthöfe, die Schildwirtschaft »Zum Hirsch«, dürfte um 1750 entstanden sein und diente als Übernachtungsmöglichkeit für Klostergäste aus den »unteren Ständen«. Bei der Gründung der Gemeinde Bebenhausen 1823 wurde dieser bis dahin einzige Gasthof am Ort von dem 1777 in Altdorf bei Böblingen geborenen Melchior Reichlin übernommen, der ihn bereits seit 1813 bewirtschaftete. Doch nach der Auflösung der Klosterschule 1807 kamen Besucher von auswärts nur noch selten nach Bebenhausen und die verarmten Dorfbewohner waren für den Wirt keine guten Gäste. Deshalb musste er den »Hirsch« bereits nach acht Jahren, also 1831, wieder verkaufen. Die gute Lage am damaligen Dorfeingang und das verbriefte Recht, Gäste bewirten zu dürfen, waren eigentlich ideale Bedingungen für eine Wirtschaft. Dennoch wurde im »Hirsch« das ganze 19. Jahrhundert hindurch kein Küchenmeister so recht glücklich und mindestens sieben Wirte gaben sich im Laufe dieses Jahrhunderts den Kochlöffel

Der Gasthof »Zum Hirsch«, 1906.

Gaststube im Gasthof »Zum Hirsch«, 1952.

in die Hand. Zu ihnen zählte das Multitalent Christian Ziegler. Wirt und Chirurg wurden als seine Berufe amtlich registriert. Obendrein richtete er eine eigene Hirschbrauerei ein. Doch auch er kehrte dem Dorf den Rücken und wanderte 1853 mit seiner Familie nach Amerika aus. Nicht einmal die Einrichtung einer Gartenwirtschaft brachte genügend Umsatz. Den Dorfbewohnern fehlte das Geld und Fremdenverkehr gab es noch nicht.

Für die damalige Hirschwirtsfamilie Klett, die den »Hirsch« seit 1874 bewirtschaftete, war der Besuch Kaiser Wilhelms II. im November 1893 ein ganz besonderes Erlebnis, denn ihre Tochter *»hatte die Ehre, Majestät bei der Einfahrt in das Dorf am Gasthof ›Zum Hirsch‹ einen Blumenstrauß zu überreichen, der huldvollst entgegengenommen wurde ...«*[196] Doch auch diese Wirtsfamilie hatte kein Glück mit dem »Hirsch« und sie verkaufte ihn 1897 an den Lustnauer Brauereibesitzer Louis Heinrich, nachdem sie ihre Rechnungen nicht mehr bezahlen konnte. Dessen jüngerer Bruder hatte bereits kurz zuvor das »Waldhorn« übernommen.

Am 1. Oktober 1901 brach dann im »Hirsch« eine neue Ära an: Das aus Obersontheim stammende Ehepaar Feyerabend, die Großeltern der heutigen Besitzerin, übernahm den Gasthof zunächst pachtweise. Obwohl die Wirtsleute nicht vom Fach waren – Johannes Feyerabend war Kutscher zunächst von Herzog Albrecht von Württemberg und dann von Oberjägermeister von Plato –, begann der »Hirsch« zu florieren und die Feyerabends konnten ihn bereits 1904 dem Vorbesitzer, Louis Heinrich, abkaufen. Nun war auch König Wilhelm II. gerne Gast im »Hirsch« und wenn er dort auf der Veranda saß, brauchte er seinen Nachtisch nicht eigens zu bestellen, denn jeder im Haus wusste: Für Majestät kamen nur Apfelpfannkuchen in Frage. Die Königin dagegen aß ihre Pfannkuchen lieber mit eingemachten Kirschen. Und wenn sie darin ab und zu noch einen Kirschenstein fand, dann spuckte sie ihn mit einem verschmitzten Lächeln über die Verandabrüstung.

(196) Aufzeichnungen Weiblen.

Die Gasthöfe

Die zwanziger Jahre des vorigen Jahrhunderts waren auch für den »Hirsch« goldene. Die Fremdenzimmer im gegenüberliegenden »Posthäusle«, das 1956 der Straßenverbreiterung weichen musste, waren ständig belegt und im Gasthof hätten noch mehr Gäste bewirtet werden können. Deshalb wurde 1932 ein Saalanbau mit Fremdenzimmern im ersten Stock verwirklicht. Der Hirschsaal wurde nun zur »guten Stube« der Dorfbewohner: Hier fanden Versammlungen und Chorproben statt, hier wurden Feste und wurde Weihnachten gefeiert, und in den Jahren nach dem Zweiten Weltkrieg fanden hier auch »Fleckenbälle« statt, an denen bis zu 100 Dorfbewohner teilnahmen.

Der Schwiegersohn der Feyerabends, Vater der heutigen Besitzerin, ein gelernter Koch, setzte die Küchentradition fort, bis er zum Militär eingezogen wurde. Nun übernahmen die Frauen die Regie, die betagte Hirschwirtin und ihre Tochter. Dass die Wirtin trotz ihres hohen Alters noch nichts an Energie und Resolutheit eingebüßt hatte, das musste auch ein Tübinger Nazi-Funktionär erleben. Dieser beschwerte sich, es war schon mitten im Krieg, lautstark darüber, dass auf dem Ehrenplatz der Gaststubenwand immer noch ein Porträt König Wilhelms II. hing und nirgends ein Führerbild zu sehen war. »*Dr Kenig bleibt hänga!*«, machte ihm die Chefin in einem Ton klar, der keinen Widerspruch duldete. Das Frauengespann war, ebenso wie die Waldhornwirtin, nicht aus der Ruhe zu bringen, während es den Karren durch die schwere Zeit zog.

Mit dem Umbau des Gasthofs 1986/87 unter der Enkelin der Feyerabends, Brigitte Fischer, und ihrem Mann, Ernst Fischer, dem seit dem Jahr 2000 amtierenden Präsidenten des Deutschen Hotel- und Gaststättenverbandes (Dehoga), entstand schließlich ein modernes Landhotel mit zwölf Gästezimmern.

Ganz anders als bei der Schildwirtschaft »Zum Hirsch« verlief dagegen die Entwicklung

Gasthof »Zum Hirsch« mit sichtbarem Fachwerk von etwa 1750 während des Umbaus 1986/87.

Der Gasthof »Zum Waldhorn« mit Brauerei und Mälzturm, 1907.

der Schildwirtschaft »Zum Waldhorn«, die 1828 von Klosterwagner Christoph Glaser in der ehemaligen »Wiesenmeisterei« eingerichtet wurde. Dieses wohl aus dem 15. Jahrhundert stammende und 1845 abgebrochene Fachwerkgebäude stand auf dem Platz, auf dem heute das Rathaus steht. Doch auch diesem Wirt fehlten, ebenso wie dem Hirschwirt, die Gäste für seine neu eingerichtete Wirtschaft mit einer kleinen Brauerei und er musste sie, hoch verschuldet, nach wenigen Jahren verkaufen. Übernommen wurde sie von Carl Eisenhardt, dem jüngsten Sohn der großen Wirtsfamilie Heinrich-Eisenhardt, die damals das weithin bekannte Bläsibad in Derendingen betrieb.

Nahezu alle der zehn Kinder dieser Familie übernahmen zwischen 1830 und 1845 eine Brauereigaststätte in der Umgebung Tübingens. Die beiden ältesten Kinder, Ludwig und Rosine Heinrich, ließen sich von ihrem Stiefvater Eisenhardt ihr Erbe auszahlen und kauften mit dem Geld gemeinsam den Gasthof »Zum Ochsen« in Lustnau, der damals im Volksmund »Zum Gaul« hieß, denn der Vorbesitzer hieß Gaul. Dieser hatte 1810 auch eine Brauerei eingerichtet, die sich nun unter Ludwig Heinrich, der zuvor als Braumeister in Ludwigsburg tätig war, zu der weithin bekannten Lustnauer Brauerei Heinrich entwickelte. Pauline Karoline Erbe, die Enkelin von Rosine Heinrich, schreibt dazu in ihren Erinnerungen: *»Die Brauerei bestand allerdings nur aus einem kleinen, später als Waschküche benutzten Raum. Aber das Bier sei sehr gut gewesen, so daß die Gäste ihnen (Rosine und Ludwig Heinrich. d. Verf.) oft fast keine Zeit gelassen hätten, das Lokal zu reinigen und wären am frühen Morgen schon wieder dagestanden.«*[197] Ludwig Heinrich verhalf dann seiner bereits 1834 verwitweten Schwester Rosine zum »Bierkeller« in Lustnau, der an der damals wichtigen »Schweizerstraße« lag, der heutigen Pfrondorfer Straße. Die übrigen Geschwister und Stiefgeschwister übernahmen nach und nach das »Lamm« in Unterjesingen, das »Waldhorn« in Weil im Schönbuch, das

---

(197) Karoline Erbe, Erinnerungen S. 29.

Die Gasthöfe

Das Wirtshausschild des Gasthofs »Zum Waldhorn«, um 1860.

»Lamm« in Waldenbuch und einen der Gasthöfe in Kilchberg; eine ihrer Tanten betrieb bereits das »Weilheimer Kneiple«. Dank der Unterstützung durch diese Geschwister und Verwandten konnte sich der junge Wirt und Bierbrauer auf dem Bebenhäuser »Waldhorn« halten.

Mit dem 1841/45 ausgeführten Bau der neuen Durchgangsstraße durch das Seebachtal, der heutigen Landesstraße 1208, machten im Dorf, das bisher abgeschieden in einem engen Waldtal lag, nun Durchreisende Station. Der junge Wirt erkannte diese Chance für sich und baute 1845 an der neuen Straße das heutige »Waldhorn«. Auf der anderen Straßenecke errichtete er eine Brauerei mit Mälzturm und einen Eiskeller auf der gegenüberliegenden Straßenseite im Berghang. Zunächst bezog er den Hopfen für seine kleine Brauerei von seinem Stiefbruder aus Lustnau, doch dann ließ er am nordwestlich vom Dorf gelegenen Jordanhang Hopfen anbauen und erntete jährlich 40 bis 50 Zentner davon. Getrocknet wurde er im großen Zeughaus, das er dafür gepachtet hatte. Zusätzlich zur Waldhornbrauerei betrieb er auch eine Branntweinbrennerei.

Der junge Waldhornwirt erhielt nun Unterstützung von seiner Stiefschwester Rosine, die bis dahin den von ihrem Bruder Ludwig erbauten und an der alten »Schweizerstraße« gelegenen »Bierkeller« in Lustnau bewirtschaftete. Nach dem Bau der neuen Durchgangsstraße durch Bebenhausen machten dort keine Durchreisenden mehr Halt, diese benutzten jetzt die neue Straße und stiegen am neu gebauten Gasthof ihres Stiefbruders, dem »Waldhorn« in Bebenhausen, ab. Auch Rosines kleine Tochter Karoline kam mit nach Bebenhausen und ging hier zur Schule. Dem kleinen Mädchen fiel im »Waldhorn« eine ganz besondere Aufgabe zu: Es musste den vom Oberforstamt verurteilten und im Schreibturm einsitzenden Holz- und Waldfrevlern das Essen bringen und es ihnen dort durch einen Schieber in der schweren Zellentür hineinreichen.

Obwohl sein Gasthof ihn sehr in Anspruch nahm, war Carl Eisenhardt von 1860 bis 1866 auch Gemeinderat von Bebenhausen und dieser tagte bei ihm im »Waldhorn«. Der junge, ab 1865 amtierende Schultheiß Theodor Seeger hielt die Gemeinderatssitzungen sicherlich besonders gerne dort ab, denn er war Sofie, der hübschen Tochter des Waldhornwirts, zugetan, die er 1866 heiratete. Allerdings hielt diese Ehe zwischen dem jungen Schultheißen und der Wirtstochter nicht einmal zwei Jahre. Bereits 1867 verließ Theodor Seeger Bebenhausen wie-

Die Gasthöfe

der, um in Pliezhausen die Stelle eines Verwaltungsaktuars anzutreten.

Bevor der Gasthof »Zum Hirsch« 1901 von der heutigen Besitzerfamilie übernommen wurde, war das »Waldhorn«, das damals auch Fremdenzimmer besaß, nicht nur eine beliebte Haltestation für Durchreisende, sondern auch Stammlokal der Dorfbewohner, der Forstleute und der Angestellten des Hofes, wenn das Königspaar anwesend war. Hier trafen sich die Vereine, wurden Jubiläen gefeiert und hier wurden mangels eines Rathauses, wie bereits erwähnt, Gemeinderatssitzungen abgehalten.

Bei seinen Spaziergängen durch das Dorf beobachtete auch Eduard Mörike den regen Betrieb im »Waldhorn« und vermerkte 1863 in seinem Bebenhäuser Tagebuch: *»Stell Dir vor, sagt ich zu Cl. (Schwester Clärchen, d. Verf.), wir wären fremde Reisende, im Waldhorn unten eingekehrt und hätten morgen am Tag kaum eine Stunde Zeit, die Merkwürdigkeiten*[198] *hier anzusehen – wie würden wir den Schulmeister und jedes Kind beneiden, das da zu Haus ist!«*[199]

Nach ihrer Scheidung von Schultheiß Theodor Seeger heiratete die Tochter des Waldhornwirts einen Mann vom Fach, einen Bierbrauer, mit dem sie den Gasthof bis zu ihrer Auswanderung nach Amerika führte. 1895 schließlich übernahm Hermann Heinrich, der jüngere Bruder des Lustnauer Bierbrauers Louis Heinrich, das »Waldhorn« und die dazugehörige Brauerei. Auch er war ein guter Wirt und König Wilhelm II. kehrte gerne bei ihm ein, so auch am 25. September 1899, als der Hofkalligraph, Oberlehrer Weiblen, keine Speisekarte für das Abendessen im Schloss schreiben musste und in seinem Tagebuch vermerkte: *»Abends ißt Majestät im Waldhorn.«* Hermann Heinrich braute noch bis um 1910 das Bebenhäuser Waldhornbier, dann wurde die kleine und inzwischen unrentabel gewordene Brauerei mit der wesentlich größeren Lustnauer Brauerei seines älteren Bruders zusammengelegt. Da Hermann Heinrich keinen Nachfolger hatte, verkaufte er das »Waldhorn« 1928 an Friedrich Schaal, dessen Familie die Gaststätte »Germania« in Pfrondorf besaß, und an seine Frau Maria geborene Schilling.

Direkt vor dem Gasthof befand sich damals die Haltestelle der Postomnibusse, die zwischen Stuttgart und Tübingen verkehrten, und so warteten die Besucher des Klosters bzw. Schlosses oft bei einem Glas Bier im »Waldhorn« auf den Postbus. Auch die Langholzfuhrleute aus Weil im Schönbuch, die Baumstämme aus dem Schönbuch zur Sägerei nach Derendingen fuhren, machten regelmäßig Station am »Waldhorn«. Unvergessen im Dorf ist »Ferde (Ferdinand) von Weil«, ein Holzfuhrmann, der sich nach seiner ausgiebigen Einkehr im »Waldhorn« auf seinen Langholzwagen zum Schlafen legte und von seinen Pferden immer sicher nach Weil zurückgefahren wurde.

Nach dem frühen Tod ihres Mannes gelang es Maria Schaal, aus dem »Waldhorn« ein weit über Bebenhausen hinaus geschätztes Lokal zu machen. Da sie keine eigenen Fremdenzimmer anzubieten hatte, besorgte sie ihren Gästen, den »Sommerfrischlern«, Ferienquartiere im Dorf. Und als es ab 1944 in vielen Gasthöfen nichts mehr zu essen gab, konnte sie ihren Gästen immer noch eine Suppe und Brot anbieten. Wer kein Geld besaß, der wurde von ihr umsonst bewirtet, wie die Malerin Clara Maria Schubart, die ihren Dank eines Tages so ausdrückte: *»Ach, liebe Frau Schaal, Ihre Linsensuppe ist das Himmelreich!«*[200]

1968, nach dem Tod von Maria Schaal, wurde das »Waldhorn« zunächst verpachtet. Dann führte es ihr Neffe, bis es 1979 schließlich von ihrem Großneffen Ulrich Schilling und seiner Frau übernommen werden konnte. Der Gasthof wurde nun durch den italienischen Architekten Emilio Tocchi umgebaut und erhielt einen Anbau auf der Westseite. Ulrich Schilling erkochte sich 1985 seinen ersten Stern im französischen Gastronomie-Führer »Guide Michelin«, den die Küche des »Waldhorns« ohne Unterbrechung bis zum Jahr 2012 verteidigen konnte. Um Ulrich Schillings Kochkünste zu genießen, kamen die Gäste teilweise von weit her und zu den treuen Stammgästen gehörte Chris de Burgh, der irische Sänger, der für die »Mitgenießer« aus dem »Waldhorn« mitunter ein Privatkonzert im Sommerrefektorium des Klosters gab. Inzwischen, seit 2004, wird das »Waldhorn« von Ulrich Schillings Schwester Dorothea Schulz-Schilling geführt.

Der dritte Gasthof im Dorf, die Gaststätte Maurer, wurde 1852/53 in einem der Häuser eröffnet, die nach Abbruch des kleinen Jagdzeughauses und des Melkereigebäudes im Jahr 1837 an der Dorfstraße, der heutigen Schönbuchstraße, entstanden. Zur Gaststätte, die erst vor wenigen Jahren geschlossen wurde, gehörte auch eine Bäckerei, aus der vor allem die nach

---

(198) Heute: Sehenswürdigkeiten.
(199) Mörike, Bilder aus Bebenhausen S. 45/46.

(200) Archiv des Verfassers.

Die Gasthöfe

Backofen der Bäckerei und Gaststätte Maurer, 1926.

Bebenhausen zugezogenen Familien das Brot bezogen, denn die alteingesessenen Dorfbewohner backten ihr Brot nach wie vor im Backhaus. Die Wirtsleute besaßen auch eine Nebenerwerbslandwirtschaft, denn das Einkommen aus der Bäckerei und der kleinen Wirtschaft reichte für den Lebensunterhalt nicht aus. Die vor allem bei Wanderern wegen ihres guten Vespers und ihres eigenen Mostes beliebte Gaststätte wurde im Volksmund auch »Weiße Feder« oder »Herbehne« (Hühnerbühne) genannt, denn eines Tages hatte sich ein Huhn in die im ersten Stock gelegene Wirtschaft verirrt und dort eine weiße Feder verloren.

Als vierter Bebenhäuser Gasthof kam um 1875 der von einem Enkel des Klosterschmieds Jakob Volle erbaute Gasthof »Zur Sonne« dazu. Auch der Sonnenwirt betrieb nebenher noch eine Landwirtschaft, um besser über die Runden zu kommen. Der alte Gasthof wurde 1983 abgebrochen und auf dem Grundstück entstand ein Landgasthof mit Gartenwirtschaft und fünfzehn Gastbetten.

Diese vier Gasthöfe hatten bis 1918 bei der Anwesenheit des Königspaars und der Hofhaltung in Bebenhausen jeweils im Frühjahr und Herbst ein ganz besonderes Privileg: Auf Wunsch des Hofmarschallamtes galt für sie eine verlängerte Polizeistunde, damit die Hofangestellten nach Feierabend noch ausgehen konnten. Und als Bebenhausen zwischen 1947 und 1952 Sitz des Landtags von Württemberg-Hohenzollern war, wurde die Sperrstunde großzügig ausgelegt, denn die Abgeordneten hielten sich abends vorzugsweise am warmen Kachelofen im »Hirsch« auf und nicht in ihren kalten Räumen im Schloss.

Die besorgte ehemalige Königin

Als Wilhelm Maurer, Bäckermeister und Wirt der Gaststätte Maurer, 1926 auf seinem Fahrrad zwischen Lustnau und Bebenhausen von einem Auto erfasst wurde und noch an der Unfallstelle starb, hinterließ er seine Frau mit acht kleinen Kindern, und Charlotte, die ehemalige Königin, nahm großen Anteil am Schicksal dieser Familie. Tochter Gertrud verliebte sich später in einen jungen Mann aus Weil im Schönbuch und wollte ihn heiraten. Doch die jungen Männer aus Weil standen damals in Bebenhausen in keinem guten Ruf und Charlotte war besorgt, ob das nette Mädchen auch den zu ihm passenden Mann gefunden hatte. Sie schickte deshalb einen ihrer Angestellten nach Weil mit dem Auftrag, Auskünfte über den Bräutigam einzuholen. Zu ihrer Genugtuung brachte er gute Nachrichten und Gertrud, die spätere Gemeindeschwester, verbrachte mit ihrem Karl und dem Wohlwollen der ehemaligen Königin ein glückliches gemeinsames Leben im Dorf.

Die Gasthöfe

Die Landhäuser

Wer von Waldhausen nach Bebenhausen kommt, dem öffnet sich von der »Waldhäuser Höhe« aus ein schöner Blick auf die mittelalterliche Klosteranlage und auf die Häuser des sie umgebenden Dorfes. Und am gegenüber gelegenen Jordanhang, »*der wahrhaftig seinen Ruhm verdient*« (Eduard Mörike) und von dem man »*die schönste Aussicht auf das Kloster (hat)*« (Friedrich Wilhelm Schelling), erblickt man, einzeln in ihren großen Gärten stehend, Landhäuser, die sich harmonisch in die Landschaft einfügen. Diese Landhäuser, insgesamt fünf, entstanden in den Jahren 1908 bis 1928.

Nach der Restaurierung der Klosteranlage und deren Nutzung als Schloss wurde Bebenhausen nicht nur zu einem beliebten Ausflugsziel, sondern auch zu einem begehrten Wohnort und neben den Angestellten der Hofhaltung zogen nun auch neue Bürger nach Bebenhausen. Im Dorf entstanden einige wenige neue Gebäude und an dem an der Nordwestseite des Klosters gelegenen Jordanhang, wo bisher Hopfen für die Waldhornbrauerei angebaut wurde, ab 1908 diese fünf Landhäuser: Zunächst das hoch über dem Kloster gelegene »Haus Wetzel« und das an der Böblinger Straße gelegene »Haus Stieler«. Später folgten das »Haus Gerhardsruhe«, das durch die Ferienaufenthalte von Bundeskanzler Kurt Georg Kiesinger in den Jahren 1967 bis 1969 Bekanntheit erlangte, das »Haus Borgun« und als letztes ebenfalls an der Böblinger Straße das »Haus Buff«.

Haus Wetzel

Als erstes Landhaus am Jordanhang wurde also 1908 das »Haus Wetzel« errichtet. »*Wer sich als Baumeister seiner Verantwortung bewußt ist, der begnügt sich nicht mit der Kenntnisnahme vom Quadratmeterpreis und der Existenz eines Baugrundstückes auf dem Meßtischblatt, der scheut keine Mühe, die Baustelle aus eigener Anschauung kennenzulernen, aus der Ferne, aus der Nähe, zu jeder Tageszeit, zu jeder Jahreszeit,*

Wohnraum im Haus Wetzel mit einer Kopie des Wandbildes »Calatrava« im Winterrefektorium des Klosters, um 1910.

*Haus Wetzel,
Ansicht von Süden
Originalplan des
Architekten Heinz
Wetzel, 1908.*

bis ihm die Landschaft die geheimsten Züge ihres Wesens offenbart.«[201] An diese Worte des Architekten Heinz Wetzel (1882–1945) wird man erinnert, wenn man das »Haus Wetzel« betrachtet. Der damals erst 26-jährige Architekt plante dieses Landhaus für seinen Vater, einen Tübinger Anwalt. Oberhalb des Klosters, damals Schloss genannt, entstand ein Haus, das sich in harmonischer Weise in die Landschaft einfügt. Beim ursprünglichen Bau waren die Einflüsse von Theodor Fischer, Wetzels Lehrer, und Adolf von Hildebrand, Wetzels Ratgeber, deutlich erkennbar. In dem Landhaus verbrachte die aus Tübingen stammende und 1907 nach Stuttgart gezogene Familie über dreißig Jahre ihre Wochenenden und Sommerferien. Nach dem Tod des Vaters übernahm Sohn Robert, der Bruder des Architekten, das Haus und bewohnte es bis 1945. Er war Direktor des Anatomischen Instituts der Universität Tübingen und widmete sich auch urgeschichtlichen Studien. Robert Wetzel war aktives Parteimitglied der NSDAP und NS-Dozentenbundführer der Universität Tübingen, über dem Haus wehte deshalb in den Jahren 1933 bis 1945 die Hakenkreuzfahne. Nach dem Zweiten Weltkrieg verkaufte er das Haus an einen Kaufmann, der es umbauen ließ. Im Rahmen dieses Umbaus gestaltete die Frau des neuen Hausherrn, eine Schülerin des Malers Willi Baumeister, die Decke der Küche. Vor wenigen Jahren erfuhr das Haus durch die heutigen Besitzer einen weiteren Umbau. Trotz dieser verschiedenen Um- und Anbauten erinnert das Haus durch seine Lage und die erhalten gebliebenen Proportionen heute noch an Heinz Wetzel, seinen Architekten.

Haus Stieler

Als zweites Landhaus entstand am Jordanhang 1909 das »Haus Stieler«. Sowohl der Bauherr, Karl von Stieler,[202] als auch dessen Frau Elisabeth hatten einen Bezug zum Dorf: Karl von Stielers Mutter war eine geborene Tscherning aus einer Seitenlinie der Familie des Bebenhäuser Forstrats von Tscherning, und seine Frau eine 1874 in Bebenhausen geborene Tochter des Baumeisters August von Beyer, der die Klosteranlage restauriert und Teile davon als Schloss ausgebaut hatte. Die Hochzeit im Jahr 1895 fand im Münster zu Ulm statt, dessen Turm August von Beyer, der Vater der Braut, kurz zuvor vollendet hatte.

Das von den Stuttgarter Architekten Ludwig Eisenlohr und Oskar Pfennig erbaute Landhaus wurde im Laufe der Jahre erweitert und aufgestockt. Dabei legte der Hausherr großen Wert darauf, dass sich sein Haus, hoch über der Klosteranlage gelegen, harmonisch in seine Umgebung einfügt. Zunächst wurde es als Sommerhaus genutzt, bevor es 1923 ständiger Wohnsitz der Familie wurde.

Karl von Stieler, Bebenhausens Ehrenbürger, lebte bis zu seinem Tod 1960 im »Stielerhaus«. Bis zum heutigen Tag wird es von seinen Nachfahren bewohnt.

Haus Gerhardsruhe

1914 erwarb der Esslinger Kaufmann Rudolf Müller (»Betten-Müller«) ein Wiesengrundstück am Jordanhang und errichtete darauf ein Landhaus, das heutige »Haus Gerhardsruhe«. Am Bau und an der Einrichtung dieses Hauses beteiligten sich fünf Handwerker aus dem Dorf. Besonders hervorzuheben sind die Arbeiten des Schreinermeisters Brüstle. Er fertigte Wandverkleidungen, Eckbänke, Tische, Stühle und die Schlafzimmereinrichtungen. Eine Besonderheit im Haus ist die vom Hausherrn um 1920 entworfene und von Schreinermeister Brüstle ausgeführte Einbauküche, die schon als Kulisse für Filmaufnahmen diente.

Das romantisch am Jordanhang gelegene Haus wurde 1937 von dem damals in Schanghai (China) ansässigen Kaufmann Wilhelm Maier

---

(201) Blunck, Wetzel.

(202) s. unter »Menschen im Dorf«.

Haus Stieler mit der Klosterkirche, um 1925.

Haus Gerhardsruhe, 1938.

und seiner Frau Martha erworben. Die Eheleute waren damals in großer Sorge um ihr einziges Kind, das an einer schweren Krankheit litt. Sie kauften das Haus, damit die junge Mutter in der Nähe der Tübinger Kinderklinik sein konnte, in welcher der kleine Gerhard behandelt wurde. Doch die Ärzte konnten nicht helfen: Der kleine Bub starb im November 1937 im kurz zuvor gekauften Haus am Jordan. In Erinnerung an ihr einziges Kind nannten die Eltern ihr Haus nun »Gerhardsruhe«.

Wilhelm Maier, im Dorf »China-Maier« genannt, war 1929 mit seiner Frau nach China gegangen und hatte dort eine Handelsfirma gegründet. Mit Hilfe von chinesischen Mitarbeitern gelang es ihm, ein dichtes Netz von Niederlassungen im ganzen Land aufzubauen mit Zentralen in Schanghai und Kanton. Sein China-Vertretungshaus war damals eines der größten und erfolgreichsten im Land; ein wesentlicher Grund seines großen Erfolges war, dass er sich ganz auf seine chinesischen Partner einstellte. Maier fand rasch heraus, dass seine chinesischen Partner mit den für sie unaussprechlichen deutschen Firmen- und Produktnamen wenig anfangen konnten. So war es einer seiner ersten Schritte, für deutsche Firmen einen chinesischen Namen zu entwerfen (so genannter »Hongname«) und ihn registrieren zu lassen. Aus den deutschen Markennamen wurden schön klingende chinesische Namen, die sich den chinesischen Geschäftspartnern einprägten und die schließlich in ganz China verwendet wurden, wie:

Die Landhäuser

Kienzle Chin Sze Lih – *Goldene Zeit*
Soennecken Sinn Erh Kong – *Modern und Machtfülle*
Hohner Ho Lai – *Träger der Harmonie*
Alexanderwerk Ah Lih San Dah – *Gewaltig wie die Berge Asiens*

Wilhelm und Martha Maier besaßen die chinesische Staatsangehörigkeit und als Mao Tse Tung 1949 die Macht in China übernahm, gelang ihnen die Flucht im letzten Flugzeug, welches das Land verließ. Nach einem kurzen Aufenthalt in Bebenhausen zog das Ehepaar in sein im Kanton Thurgau in der Schweiz gelegenes Haus und überließ das Landhaus »Gerhardsruhe« den Eltern der Frau. Bundesweite Bekanntheit erlangte es in den Jahren 1967 bis 1969, als es dem damaligen Bundeskanzler Kurt Georg Kiesinger als Wochenend- und Feriendomizil diente.

Nach dem Tod der Witwe Wilhelm Maiers vor wenigen Jahren steht dem Haus »Gerhardsruhe« nun ein Besitzerwechsel bevor.

Landhaus Gerhardsruh

Es gibt so manche traute Plätze
In unserem schönen Heimatland.
Es birgt ja doch so viele Schätze,
Dem Wissenden gar wohl bekannt!

Doch einen kann ich nicht vergessen,
An ihn denk' ich halt immerzu,
Der liegt beim stillen Bebenhausen:
Es ist die Klause Gerhardsruh.

Wie rasch entfliehen hier die Stunden!
Wie ist die Welt so göttlich still!
Wie bin ich doch mit dir verbunden,
Oh Gerhardsruh, du Waldidyll!

Und scheid' ich dann mit leiser Trauer,
Ich ginge nie, wenn ich nicht müsst,
So rufe ich mit Dank im Herzen:
Haus Gerhardsruh, sei mir gegrüßt!

Verfasser unbekannt

Haus Borgun

Auch das hoch über dem Kloster am Waldrand gelegene »Haus Borgun«, 1927 von dem Arzt Dr. Albert Schramm erbaut, birgt eine interessante Geschichte. Borgun, der Name des Hauses, weist auf die Affinität des Hausherrn und seiner Frau zu nordischen Mythen hin. Der Arzt führte gemeinsam mit seiner Frau, einer aus Norddeutschland stammenden Ärztin, seine Praxis in Tübingen. Er war Hausarzt praktisch des ganzen Dorfs Bebenhausen einschließlich der ehemaligen Königin Charlotte. Seine Erfahrungen als Arzt fasste er in dem 1935 erschienenen Buch »Der innere Kreis – Aufzeichnungen eines Arztes« zusammen, das große Resonanz fand. Hermine, die zweite Frau Kaiser Wilhelms II., schrieb am 18. August 1938 aus dem Exil in Doorn (Niederlande) an den Verlag: »*Nachdem ich Albert Schramms »Inneren Kreis« gelesen habe, muss ich Ihnen doch Ausdruck geben, wie tief beeindruckt mich dieses herrliche Werk hat und ich bedaure – obgleich es 1935 herausgekommen –, erst jetzt zu dieser Lektüre gekommen zu sein.*«[203]

Das verwunschene, in einem großen Rosengarten gelegene Haus war in den Dreißigerjahren des vorigen Jahrhunderts kultureller Treffpunkt des Dorfes, in ihm gaben namhafte Solisten Konzerte, wie die Altistin Lore Fischer und der Geiger Willy Kleemann mit dem Stuttgarter Kleemann-Quartett. Die Gastgeber freuten sich dann, wenn ihre Konzerte, bei denen auch vertonte Gedichte des Hausherrn vorgetragen wurden, durch die Anwesenheit von Charlotte, der ehemaligen Königin, und deren Hofdame »geadelt« wurden.

Das Haus befindet sich weiter in Familienbesitz und ist nach wie vor ein kultureller Treffpunkt für Kunstfreunde der verschiedensten Richtungen.

Haus Buff

Die fünf Töchter des Baumeisters August von Beyer, welcher ab 1868 die Klosteranlage restaurierte und dort für das württembergische Königspaar, Karl und Olga, Privaträume einrichten ließ, verband eine enge Beziehung zu Bebenhausen. Tochter Elisabeth, verheiratet mit Staatssekretär Karl von Stieler, hatte sich mit ihrem Mann bereits 1909 ein Haus in Bebenhausen gebaut, das »Haus Stieler«. Tochter Hedwig Hieronimus war von der ehemaligen Königin im Schloss aufgenommen worden, nachdem ihr Mann als Major im Ersten Weltkrieg gefallen war. So lag es nahe, dass auch die mit Regierungsrat Henry Buff verheiratete Tochter Marie nach ihrer Verwitwung gemeinsam mit der betagten Mutter, Marie Beyer geborene

---

[203] *Dieses Schreiben von Hermine Prinzessin von Preußen stellte Frau Karin Radau (Tochter Dr. Schramms) freundlicherweise zur Verfügung.*

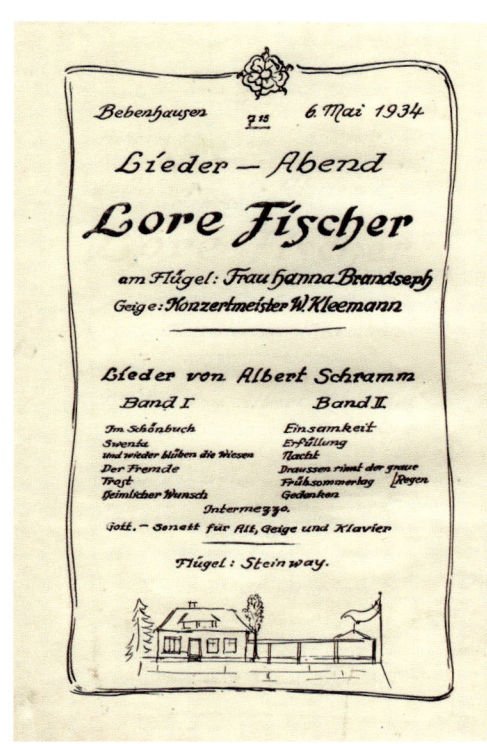

Links: Dr. Albert Schramm (1898–1974), Hausarzt der Dorfbewohner einschließlich der ehemaligen Königin Charlotte, um 1938.

Rechts: Haus Borgun: Programm für einen Liederabend mit Lore Fischer, 1934.

Haus Buff, 1941.

Tscherning, ins Dorf ziehen wollte. Unterhalb des Hauses ihrer Schwester Elisabeth entstand nun 1927/28 nach den Plänen des Architekten Egelhaaf das ebenfalls an der Böblinger Straße gelegene »Haus Buff«. Nach und nach zogen in das Haus auch Maries Schwester Hedwig und die vier Kinder der Schwester Gertrud Volz. Mit dem Tod dieser Kinder wurde das Haus verkauft. Unter den heutigen Eigentümern ist es kürzlich von Grund auf renoviert worden.

Seine romantische Alleinlage verlor dieses Haus 1958, als die Staatliche Hochbauverwaltung direkt daneben ein Revierförsterhaus bauen ließ.

Die Landhäuser   135

Menschen im Dorf

Bacher, Albert und Fanny
(1850–1928 und 1857–1951)
Jurist. Zunächst tätig als Amtsrichter, dann als Rechtsanwalt in Stuttgart. Bezieht 1915 gemeinsam mit seiner Frau Fanny geborene Kissling, einer Kaufmannstochter aus Bremen, seinen Alterssitz im Dorf (heute Schönbuchstraße 32). Einziger jüdischer Bürger von Bebenhausen. Das kinderlose Paar nimmt 1915 ein Mädchen aus dem Dorf auf, das an Epilepsie leidet. Durch seine liebevolle Betreuung bessert sich dessen Zustand und die Anfälle bleiben schließlich ganz aus. Um dem Mädchen eine sichere Zukunft im Dorf zu ermöglichen, übernimmt Fanny Bacher 1920 die Postagentur von Bebenhausen und weist es in diese Aufgabe ein. Über viele Jahre hinweg gibt Fanny Bacher den Dorfkindern kostenlos Klavierunterricht und Unterricht in Englisch. Um 1938 mietet sie in der Klosterschmiede eine Wohnung an, damit dort Bedürftige kostenlos untergebracht werden können. Trotzdem wird sie in dieser Zeit von einigen Dorfbewohnern als »Frau eines Juden« angefeindet.

Baumann, Hugo
(1922–1998)
Studium der Forstwirtschaft in Freiburg. Forstassessor an der Forstdirektion Südwürttemberg-Hohenzollern in Bebenhausen. Promotion 1957 über »Forstliche Luftbild-Interpretation«. Leiter der Forstamts Klosterreichenbach (1959–68), danach Leiter des Forstamts Bebenhausen (1968–85). Wirkt maßgeblich an der Einrichtung und Gestaltung des »Naturparks Schönbuch« mit. Regt 1973 die Ausgrabung der Einsiedelei mit Kapelle am Bromberg an, die dann im Sommer 1974 erfolgt. Lässt 1977 den inzwischen verwilderten Landschaftsgarten »Olgahain« am Kirnberg in wesentlichen Teilen freilegen und das Wegenetz in Ansätzen wiederherstellen. Leiter des »Schönbuchkranzes«[204] (bis 1996). Herausgeber von »Das grüne Liederbuch«. Zahlreiche Veröffentlichungen. Lebt von 1968 bis 1985 in Bebenhausen.

---

(204) s. unter »Das Jagd- und Forstwesen«.

Beyer, August von
(1834–1899)
Architekt, ab 1862 Lehrer an der Baugewerbeschule Stuttgart. Wird von König Karl von Württemberg 1868 für die Umbauten und Restaurierungen am Kloster Bebenhausen verpflichtet. In den Jahren 1874 bis 1875 ist er maßgeblich am Bau einer Arbeitersiedlung in Berlin-Spandau beteiligt und 1886 bis 1894 erfolgt durch ihn eine umfassende Renovierung der Kilianskirche in Heilbronn, die er neugotisch umgestaltet. Krönung seiner Laufbahn ist die Vollendung der Münstertürme in Ulm (1890) und Bern (1893). Ritter des Ordens der württembergischen Krone, womit der persönliche Adel verbunden ist. Ehrenbürger der Stadt Ulm. Verheiratet mit der Tochter Marie des Bebenhäuser Forstrats Friedrich August von Tscherning, die 1936 in Bebenhausen stirbt.

Boehringer, Robert
(1884–1974)
Lyriker, Publizist und Unternehmer. Nachlassverwalter des Dichters Stefan George. Boehringer besucht ab 1945 regelmäßig das seit 1943 im Schloss Bebenhausen untergebrachte Hölderlin-Archiv. Entzückt von dem alten Klosterort besingt er ihn in seinem Gedicht »Bebenhausen«. Boehringers Gedanken zur Wiederbelebung des Klosters fasst Wilhelm Hoffmann, Direktor der Württembergischen Landesbibliothek, in seinem Beitrag für die Festschrift zu dessen 70. Geburtstag 1954 zusammen (»Bebenhausen – Ein Plan zur Wiederbelebung«). Dieser Plan eines weltlichen Klosters für junge Forscher, erfahrene Wissenschaftler, gestresste Politiker und Manager kann nicht verwirklicht werden. Doch in Bebenhausen findet Robert Boehringer den Platz für die Einrichtung eines Stefan-George-Archivs (1963), welches 1970 gemeinsam mit dem Hölderlin-Archiv von Bebenhausen in die Württembergische Landesbibliothek nach Stuttgart überführt wird.

Cabanis, Hertha
(1891–1993)
Geborene Berg, Schriftstellerin, bekannt durch ihre Erzählung »Das Licht in den Händen«

(1951) und den Roman »Die verborgene Kraft« (1954). In ihrem 1964 erschienenen Buch »Lebendiges Handwerk« setzt sie den Bebenhäuser Handwerkern ein Denkmal. Lebt ab 1958 in Bebenhausen.

Dahms, Hellmuth Günther
(1918–2010)
Historiker und Publizist. Tätig als Journalist bei der »Badischen Zeitung«, Leiter des Ulrich Steiner Verlags, Dozent, Studiendirektor am Kepler-Gymnasium Tübingen. Zahlreiche Zeitschriftenbeiträge und Veröffentlichungen, u. a. »Geschichte der Neuen Welt« (1950), »Der Zweite Weltkrieg« (1960), »Der spanische Bürgerkrieg 1936–1939« (1962), »Vom Kaiserreich zum Bundeshaus« (1964), »Geschichte der Vereinigten Staaten von Amerika« (1983), »Geschichte des Zweiten Weltkriegs« (1983), »Litauen zwischen den Großmächten« (1988), »Der Zweite Weltkrieg in Text und Bild« (1989) und »Deutsche Geschichte im Bild« (1991). Lebt ab 1946 in Bebenhausen.

Dörner, Eleonore
(1912–1997)
Geborene Benary. Germanistin und Schriftstellerin. Bereist mit ihrem Mann, dem Altertumswissenschaftler Friedrich Karl Dörner (s. dort), den Mittelmeerraum und nimmt an den von ihm geleiteten Ausgrabungen in Kommagene (Türkei) teil. Veröffentlicht mehrere Arbeiten gemeinsam mit ihrem Mann. Sie selbst veröffentlicht »Der Berglöwe und zwölf wunderbare Geschichten« (1992) und »Liebende Herzen in Trapezunt« (1997). Lebt von 1944 bis 1956 in Bebenhausen.

Dörner, Friedrich Karl
(1911–1992)
Althistoriker, Altphilologe, Epigraphiker und Archäologe. Erforscht das kleinasiatische Königreich Kommagene. Ihm zu verdanken sind die Entdeckung und Freilegung der Residenzstadt Arsameia am Nymphaios und des dortigen Hierothesions mit der Inschrift Antiochos' I. Gründet 1968 in Münster die »Forschungsstelle Asia Minor«. Zahlreiche Veröffentlichungen. Lebt von 1945 bis 1956 in Bebenhausen.

Erbe, Christian Eberhardt
(1765–1826)
Klosterküfer. Einer der »Gründerväter« der Gemeinde Bebenhausen. Ist bereits vor deren Gründung, ab 1819, als Ortsvorsteher Ansprechpartner für das Kameralamt und das Oberamt Tübingen. Als erster Schultheiß der Gemeinde Bebenhausen führt er deren Geschicke von 1823 bis zu seinem Tod 1826.

Eulenburg, Philipp Graf zu
(1847–1921)
Preußischer Gesandter in Stuttgart und München 1891 bis 1894. Enger Freund Kaiser Wilhelms II. Weilt zwischen 1891 und 1894 mehrmals in Bebenhausen, so vom 7. bis 10. November 1893 mit Kaiser Wilhelm II. anlässlich der »Kaiserjagd«. Seine Begeisterung für Bebenhausen schlägt sich nieder in der Geschichte »Weihnacht im Kloster« in dem von ihm verfassten »Weihnachtsbuch« (1894).

Falkenstein, Elsa Baronin von
(1881–1969)
Hofdame von Königin Charlotte von Württemberg. Begleitet König Wilhelm II. und Königin Charlotte am 9. November 1918 von Stuttgart nach Bebenhausen. Zieht am 1. Dezember 1921 gemeinsam mit der ehemaligen Königin von Schloss Friedrichshafen endgültig nach Bebenhausen und betreut diese bis zu ihrem Tod 1946. Unterstützt in den Jahren 1939 bis 1946 Bürgermeister Karl Volle in vielfältiger Weise und verschafft 1945 dem Schriftsteller Friedrich Sieburg eine Bleibe im Schloss. Wohnt nach dem Tod der ehemaligen Königin weiterhin im Schloss. 1958 Übersiedlung in das Karolinenstift in Tübingen, in dem sie 1969 stirbt.

Fichte, Immanuel Hermann von
(1796–1879)
Theologe und Philosoph. Sohn des Philosophen Johann Gottlieb Fichte. 1836 Professor in Bonn. Übernimmt 1842 in Tübingen einen Lehrstuhl für Philosophie. Hat weit reichende Beziehungen zu den großen Schwaben seiner Zeit, insbesondere zu Justinus Kerner, Ludwig Uhland, David Friedrich Strauß, Friedrich Theodor Vischer und Friedrich Hegel. Ritter des Ordens der württembergischen Krone (1863), womit der persönliche Adel verbunden ist. Erhält 1849 mit seiner Ehefrau und den Söhnen Carl Eduard und Ernst Max das Bürgerrecht der Gemeinde Bebenhausen.

Gruppe 47
Bezeichnung für Teilnehmer an den Treffen deutschsprachiger Schriftsteller, zu denen Hans Werner Richter von 1947 bis 1967 einlädt. Die 13. Tagung im Oktober 1953 und die 17. Tagung im Oktober 1955 finden in Bebenhausen statt.

Hanselmann, Wilhelm
(1879–1942)
Kreisamtmann und Verwaltungsaktuar aus Tübingen. Als *»Beweis seiner erfolgreichen Arbeit«* für das Dorf, insbesondere bei dem Bau der Wasserleitung und der Dorfentwässerung, erhält er 1915 das Ehrenbürgerrecht der Gesamtgemeinde Bebenhausen mit Waldhausen verliehen. Die Gemeinde schenkt ihm *»als Zeichen unserer Dankbarkeit«* eine goldene Uhr mit Kette.

Höslin, Jeremias
(1722–1789)
Theologe. Verfasst als Schüler (Alumnus) der Klosterschule Bebenhausen im Jahr 1739 eine »Beschreibung des höhren Closters Bebenhausen«, die auch einige interessante Einzelheiten über das Dorf enthält. 1744 fertigt er eine Ansicht (Aquarell) von Bebenhausen. Später Pfarrer in Suppingen und Böhringen. Verfasst eine »Beschreibung der wirtembergischen Alp« mit landwirtschaftlichen Bemerkungen und Witterungsbeobachtungen.

Kapff, Ludwig Friedrich
(1791–1861)
Württembergischer Kanzleirat. Erwirbt 1859 das Infirmeriegebäude des Klosters von dem Stuttgarter Kaufmann Heinrich Seemann und gibt ihm seinen Namen: »Kapff'scher Bau«. Rückkauf durch den Staat 1873. Sein Grab hat sich auf dem »Herrenfriedhof« erhalten.

Kielmeyer, Karl Friedrich von
(1765–1844)
Mediziner, Naturforscher und Chemiker. Wird am 22. Oktober 1765 im Haus Böblinger Straße 15 in Bebenhausen geboren. Studiert ab 1773 an der Hohen Karlsschule in Stuttgart. Dort ab 1785 Lehrer für Naturwissenschaften, ab 1790 Lehrer für Zoologie, 1792 Professor für Chemie in Stuttgart und 1796 Professor für Botanik in Tübingen. Ab 1816 Direktor der königlichen wissenschaftlichen Sammlungen in Stuttgart. 1817 Staatsrat, 1818 Ritter des Ordens der württembergischen Krone und damit Erhebung in den persönlichen Adelsstand sowie weitere Auszeichnungen. Kielmeyer, der mit Johann Wolfgang von Goethe in enger Verbindung steht, äußert als früher Evolutionstheoretiker lange vor Charles Darwin eigene Gedanken zur Evolution der Lebewesen: Er spricht die Hypothese der Evolution von Arten, der Entwicklung von niederen zu höheren Formen in seinen Vorlesungen deutlich aus, publiziert sie jedoch nicht. Bei der Gründung der bürgerlichen Gemeinde Bebenhausen im Jahr 1823 wird sein Geburtshaus (heute Böblinger Straße 15) von seinem Bruder Franz erworben. In seinem Geburtsort Bebenhausen weist nichts auf diesen bedeutenden Naturforscher hin.

Kiesinger, Kurt Georg
(1904–1988)
Politiker. Landesgeschäftsführer der CDU Württemberg-Hohenzollern bis 1951. Von 1949 bis 1959 Mitglied des Deutschen Bundestags. 1958 bis 1966 Ministerpräsident von Baden-Württemberg. Wird am 1. Dezember 1966 Bundeskanzler der ersten Großen Koalition auf Bundesebene. 1967 bis 1971 Bundesvorsitzender der CDU, zu deren Ehrenvorsitzenden er dann ernannt wird. Verbringt als Bundeskanzler von 1967 bis 1969 seine Wochenenden und Ferien im Haus »Gerhardsruhe« in Bebenhausen und macht Bebenhausen zu »Deutschlands Wochenendhauptstadt«. Zahlreiche Auszeichnungen und Veröffentlichungen. Ehrenbürger der Stadt Tübingen.

Killy, Walter
(1917–1995)
Literaturwissenschaftler. Herausgeber von Standardwerken wie dem Literaturlexikon, bekannt als »Der Killy«, und der Deutschen Biographischen Enzyklopädie. Mitarbeiter an der Stuttgarter Hölderlin-Ausgabe und Mitherausgeber der Werke von Georg Trakl. Lebt von 1945 bis 1949 in Bebenhausen.

Koppen-Augustin, Hildegard
(1912–1972)
Aus Danzig stammende Schriftstellerin. Bekannt durch ihren in den Dreißigerjahren des vorigen Jahrhunderts in mehreren Auflagen erschienenen historischen Roman »Eccehard und Uta«. Schreibt zwischen 1958 und 1968 mehrere Hörspiele für den Süddeutschen Rundfunk, unter anderem auch über Bebenhausen. Lebt ab 1951 in Bebenhausen.

Linck, Ilse und Walter, Erika
(1894–1966 und 1911–1965)
Kinderbuchautorinnen. In der Reihe »Stalling-Kinderbuch« erscheinen von ihnen ab ca. 1932 mehrere Kinderbücher, wie »Kleckerklaus« und »Jojuk der große Zaubermeister«. Besonderen Anklang bei den Kindern findet das Buch »Siebenmal Krause – Sieben fröhliche Geschichten von sieben fröhlichen Geschwistern«, das eine Auflage von nahezu 100 000 Exemplaren erreicht. Ilse Linck und Erika Walter leben ab 1955 in Bebenhausen.

Metzger, Wolfgang
(1899-1979)
Psychologe. Gilt als einer der bedeutendsten Vertreter der zweiten Generation der Gestalttheorie der »Berliner Schule«. Nach dem Zweiten Weltkrieg einflussreichster Vertreter der gestaltpsychologischen Schule in Deutschland. Seine Hauptwerke werden in zahlreiche Sprachen übersetzt. Arbeitet auch auf dem Gebiet der empirisch-experimentellen Überprüfung von Hypothesen der Tiefenpsychologie bzw. Psychoanalyse. Bis zu seiner Emeritierung Professor für Psychologie an der Universität Münster. Zieht nach seiner Emeritierung 1968 mit seiner Frau, einer Spielzeugsammlerin, nach Bebenhausen.

Mörike, Eduard
(1804-1875)
Lyriker, Erzähler, Übersetzer, evangelischer Pfarrer und Lehrer am Katharinenstift in Stuttgart. Seine Arbeiten zählen zu den bedeutenden Werken der deutschen Literatur des 19. Jahrhunderts. Zu dem 1853 erschienenen »Stuttgarter Hutzelmännlein« fertigt die in Bebenhausen wohnende Scherenschneiderin Luise Walther eine Serie von Scherenschnitten. Verbringt 1863 in Bebenhausen im Haus seines Altersfreundes Karl Wolff, Rektor des Katharinenstifts in Stuttgart, seine Ferien. Dabei entsteht sein Zyklus »Bilder aus Bebenhausen«, elf elegisch-idyllische Epigramme in klassischen Distichen. 1874 verbringt er auf Einladung von Luise Walther, der Stieftochter Karl Wolffs, seine Ferien nochmals in Bebenhausen. An seine Aufenthalte in Bebenhausen erinnern eine Gedenktafel am Haus Böblinger Straße 15 und die hoch über dem Dorf gelegene »Mörikeruhe«.

Nüsslein-Volhard, Christiane
(geboren 1942)
Biologin mit Schwerpunkt Embryologie und Genetik, Biologie- und Physikstudium in Frankfurt, Diplom in Biochemie, Promotion in Genetik in Tübingen 1973. Von 1969 bis 1974 wohnt sie im ehemaligen Küferhaus in Bebenhausen. In Basel beginnt sie, die genetischen Grundlagen der Gestaltbildung bei der Taufliege Drosophila zu untersuchen, Forschungen, die sie am Europäischen Labor für Molekularbiologie in Heidelberg gemeinsam mit Eric Wieschaus fortsetzt, mit dem sie 1995 den Nobelpreis für Medizin und Physiologie erhält. Seit 1981 forscht sie in Tübingen, erst im Friedrich-Miescher-Laboratorium, seit 1984 als Direktorin am Max-Planck-Institut für Entwicklungsbiologie. Dort hat sie mit ihren Mitarbeitern den Zebrafisch als neues Modellsystem für die biologische Grundlagenforschung etabliert und ein Fischhaus mit mehr als 7000 Aquarien eingerichtet. Sie hat viele Interessen wie Musik (Flöte, Gesang), Kochen und Gärtnern. 2004 gründet sie die »Christiane Nüsslein-Volhard Stiftung«, die begabten jungen Wissenschaftlerinnen durch finanzielle Zuschüsse die Kinderbetreuung erleichtern soll. Zahlreiche Ehrungen und Mitgliedschaften. Bücher: »Das Werden des Lebens: Wie Gene die Entwicklung steuern«, »Von Genen und Embryonen«, »Mein Kochbuch: Einfaches für besondere Anlässe«. Wohnt seit 1989 in der Klostermühle und pflegt das Grundstück mit den historischen Teichen als idyllischen, naturnahen Wassergarten.

Pfeiffer, Wilhelm Jacob
(1806-1822)
Forstlehrling unter Oberförster Johannes Andreas Vogelmann. Sohn des Klavierbauers Johann Jacob Pfeiffer in Stuttgart. Wird am 26. Februar 1822 im Schönbuch vermutlich von Holzhändlern aus Lustnau oder Pfrondorf ermordet, sein schlimm zugerichteter Körper wird sechs Tage später in einem Forchenbestand östlich von Bebenhausen gefunden. Der Forstlehrling wird am 6. März 1822 auf dem Dorffriedhof in Bebenhausen beigesetzt, sein Grabmal steht heute auf der Nordseite des Chores der Klosterkirche. Am Mordplatz erinnert ein Gedenkkreuz, der »Pfeifferstein«, an ihn.

Pfizenmayer, Eugen Wilhelm
(1869-1941)
Zoologe und Naturforscher. Sohn des Bebenhäuser Revierförsters Wilhelm Pfizenmayer. Besuch der Dorfschule in Bebenhausen und anschließend des Gymnasiums in Ehingen. Studium der Naturwissenschaften in Stuttgart. Durch Vermittlung von Königin Olga von Württemberg ab 1892 Mitarbeiter beim Aufbau eines Zoologischen Museums an der Akademie der Wissenschaften in Sankt Petersburg. 1901/02 Leiter einer Expedition nach Sibirien und Ausgrabung eines Mammutkadavers. 1903 Übernahme in den russischen Staatsdienst. Ab 1907 Kustos am Landesmuseum Tiflis in Georgien und ab 1919 Mitarbeiter am Museum für Naturkunde in Stuttgart. In seinem 1926 erschienenen Werk »Mammut-Leichen und Urwaldmenschen in Nordost-Sibirien« fasst er seine Forschungsergebnisse zusammen und schildert seine Erlebnisse in Sibirien. 1929 erscheinen seine »Jagd- und Volksbilder aus dem Kaukasus«.

Pfizenmayer, Hedwig
(1890-1967)
Malerin und Zeichnerin. Tochter des Forstmeisters Wilhelm Pfizenmayer. Schülerin von Bernhard Pankok an der Kunstgewerbeschule Stuttgart (1910), später Meisterschülerin von Adolf Hölzel an der Kunstakademie Stuttgart. Malt Zirkusbilder sowie, nach ihrer Rückkehr nach Bebenhausen 1932, eine ganze Anzahl von Zeichnungen und Aquarellen ihres Heimatdorfes. Auch fertigt sie in meisterhaft naturgetreuer Weise Stofftiere an.

Plato, Detlef Freiherr von
(1846-1917)
Freund König Wilhelms II. aus dessen Göttinger Studienzeit. Zunächst Hofmarschall, dann Oberjägermeister (bis 1905). Stiftet mit seiner Frau Anna 1901 Altarleuchter für die Klosterkirche Bebenhausen, damals Schlosskirche genannt. Wohnt mit seiner Familie während der Aufenthalte des württembergischen Königspaars in Bebenhausen in der Klostermühle. An ihn erinnert die »Platoeiche« nahe der Königlichen Jagdhütte im Schönbuch.

Pressel, Friedrich Wilhelm Martin
(1818 bis nach 1889)
Pfarrer von Lustnau und Bebenhausen (1874 bis 1889). Betreibt wissenschaftlich-theologische Forschungen und verfasst den Briefroman »Priscilla an Sabina«, welcher, 1874 ins Englische übersetzt, in den USA große Beachtung findet. Zur Wiedereinweihung der Klosterkirche im Jahr 1885 erscheint sein Gedichtband »Bebenhausen – Ein Kranz von Romanzen aus seiner ältesten Geschichte«. Bruder des Komponisten Gustav Pressel.

Schelling, Carl Eberhard von
(1783-1854)
In Bebenhausen geborener jüngerer Bruder des Philosophen Friedrich Wilhelm Schelling. Besuch der Dorfschule in Bebenhausen. Ab 1799 Studium der Medizin in Jena und Tübingen. Wird 1803 bei dem ebenfalls in Bebenhausen geborenen Naturforscher Karl Friedrich Kielmeyer promoviert. Praktischer Arzt in Stuttgart, dann königlicher Hofmedicus. Zahlreiche weitere Ämter. In seinen Publikationen ist Schelling bestrebt, die naturphilosophischen Konzepte seines Bruders auf die Heilkunde und die Theorie vom Leben zu übertragen. Obwohl er als Gelehrter im Schatten seines Bruders steht, ist er aufgrund seiner wissenschaftlichen und ärztlichen Tätigkeit einer der bekanntesten Mediziner in der ersten Hälfte des 19. Jahrhunderts. Wird 1837 in den persönlichen Adelsstand erhoben. In seinem Geburtsort Bebenhausen weist nichts auf diesen bedeutenden Arzt hin.

Schelling, Friedrich Wilhelm von
(1775-1854)
Philosoph. Sein Vater, seit 1775 Pfarrer in Leonberg, wird 1777 zunächst zweiter und später erster Lehrer an der Klosterschule in Bebenhausen, wohin die Familie zieht. Schelling besucht zunächst die Dorfschule von Bebenhausen und schreibt 1789, vierzehnjährig, eine »Geschichte des Klosters Bebenhausen« in zwei Teilen: Der erste Teil gibt eine Beschreibung des Klosters und seiner Örtlichkeiten, der zweite behandelt die Geschichte des Klosters. Diese Handschrift gilt als verschollen. Lediglich einige wenige Teile sind in Abschrift erhalten. Darunter ist eine Stelle, die Auskunft darüber gibt, wo Schelling in Bebenhausen gewohnt hat. Zu dem 1765 in Bebenhausen geborenen Naturforscher Carl Friedrich von Kielmeyer (s. dort) unterhält Schelling eine besondere Beziehung. Wird 1812 in den persönlichen Adelsstand erhoben. Zusammen mit seiner Frau Caroline besucht Schelling 1803 noch einmal Bebenhausen. An seinem Bebenhäuser Wohnort, dem »Kapff'schen Bau« des Klosters, erinnert eine Gedenktafel an ihn.

Schleppe, Luise
(1878-1976)
Diakonisse. Entstammt einer seit 1695 in Bebenhausen nachweisbaren Familie. Sechstes von fünfzehn Kindern des Forstwegewarts Christian Schleppe. 1900 Einsegnung zur Diakonisse des Mutterhauses Stuttgart. Findet ab 1913 in der »Evangelischen Frauenheimat« in Stuttgart-Stammheim ihre Lebensaufgabe. Mit zwei Mitschwestern und behindertem Personal führt sie über 57 Jahre das Heim, das ein Pfarrer »Denkmal der Gotteshilfe« nennt. Unter ihrer Leitung entwickelt sich die »Dienstbotenheimat« zu einem modernen Altenheim der Evangelischen Heimstiftung, das nun ihren Namen trägt: »Luise-Schleppe-Heim«. Wird mit dem Diakonie-Kronenkreuz in Gold geehrt und erhält das Bundesverdienstkreuz verliehen.

Schmidt, Friedrich Johann Wilhelm
(1802-1873)
Liedkomponist aus dem Umfeld Nicolaus Lenaus und mehrfach begabtes Mitglied des Stuttgarter Hoftheaters. In Bebenhausen geborener Sohn des Johann Nikolaus Schmid (sic)

aus »Gainzheim« und der Eberhardine Heinrike Mitschelin aus Bebenhausen. Wird 1810 in das Königliche Waisenhaus in Stuttgart aufgenommen. 1812 Aufnahme in das neu gegründete Königliche Musikinstitut des Waisenhauses *»und fürs Theater ausgebildet«*. 1818 Anstellung am Königlichen Hoftheater. Heiratet 1827 in Bebenhausen die Hofschauspielerin Luise Karoline Ritter aus Ludwigsburg. Korrepetitor und Schauspieler (ab 1849 Korrepetitor und Chordirektor) am Hoftheater. Vertont um 1836 die »Schilflieder« Nicolaus Lenaus und Eduard Mörike schreibt 1841 über den Vortrag dieser Schilflieder-Vertonungen im Hause Justinus Kerners in Weinsberg: *»(Emilie Erhard) sang einige neue Lieder von Friedr. Schmidt (beim Stuttgarter Theater), die Zumsteeg*[205] *sehr hoch stellt und die auch mir nicht übel gefielen.«* Nicolaus Lenau selbst erwähnt Schmidts Schilflieder-Vertonungen in einem 1836 geschriebenen Brief: »*... so hör ich heute Abend den Vorsänger der hiesigen Synagoge, Sulzer, der sehr wahrscheinlich die schönste Stimme in Deutschland hat. Die von Schmit komponirten Schilflieder wären mir sehr willkommen für diesen herrlichen Sänger.«*

Das Oeuvre Friedrich Schmidts ist mit kaum mehr als 20 im Druck erschienenen Werken, allesamt Liedern, von geringem Umfang, denn er war in erster Linie nicht Komponist, sondern zur Zeit der Entstehung der Lieder Korrepetitor am Stuttgarter Hoftheater mit ausgezeichneten Fähigkeiten und hohem Renommee. Der Herrenberger Musikerfamilie Öhm-Kühnle ist es zu verdanken, dass die nahezu vergessenen Lieder Friedrich Schmidts heute wieder zu hören sind.[206]

---

(205) *Stuttgarter Verlegerfamilie, in deren Haus damals zahllose Musiker wie Friedrich Silcher und Friedrich Schmidt sowie Literaten wie Eduard Mörike, Justinus Kerner, Gustav Schwab und Nicolaus Lenau ein- und ausgingen. Gemeint ist wohl Emilie Zumsteeg.*

(206) *Herr Dr. Christoph Öhm-Kühnle stellte dem Verfasser dankenswerterweise seinen Aufsatz über den Liedkomponisten Friedrich Schmidt zur Verfügung, der in Kürze erscheinen wird in: Musik in Baden-Württemberg, Jahrbuch 2013, Band 20, herausgegeben im Auftrag der Gesellschaft für Musikgeschichte in Baden-Württemberg von Ann-Katrin Zimmermann, München 2013 (Druck in Vorbereitung). Die Lenau-Vertonungen Friedrich Schmidts werden von Frau Margrit Öhm als Notenedition herausgegeben, Stuttgart 2013 (Druck in Vorbereitung).*

Scholkmann, Barbara
(geboren 1941)
Geborene Tränkle. Studiert nach einer Ausbildung zur Grund- und Hauptschullehrerin Geschichte, Germanistik, Politik und Vor- und Frühgeschichte in Tübingen, München und Würzburg (Promotion 1973). Mitarbeiterin beim Amt für Denkmalpflege Stuttgart (1969-73) und beim Landesdenkmalamt Baden-Württemberg (ab 1981). Honorarprofessur an der Universität Tübingen (ab 1988) und Berufung zur Professorin für Archäologie des Mittelalters (1994). 2001 bis 2006 Prorektorin für Studium und Lehre.

Leitet zahlreiche Ausgrabungen, u. a. im Klosterbereich in Bebenhausen, und erforscht im Goldersbachtal die Reste der mittelalterlichen Glashütte des Klosters. Als Ortsvorsteherin von Bebenhausen (1985-94) konzipiert und organisiert sie gemeinsam mit ihrem Mann, Dipl. Ing. Klaus Scholkmann, zur 800-Jahr-Feier des Klosters Bebenhausen im Jahr 1887 die Ausstellung *»Das Dorf Bebenhausen - Aus der Geschichte der Gemeinde ab 1823«*. Auf ihr Betreiben hin verabschiedet der Ortschaftsrat von Bebenhausen 1992 erstmals in einem Tübinger Teilort eine Ortsbildsatzung für Bebenhausen.

Zahlreiche Ehrungen und Veröffentlichungen. 2009 Verleihung der Ehrendoktorwürde der Universität Lund (Schweden). Lebt seit 1973 in Bebenhausen.

Scholtz-Klink, Gertrud
(1902-1999)
Geborene Treusch. Reichsfrauenführerin im nationalsozialistischen Deutschen Reich. Zieht mit ihrem dritten Mann, dem SS-Obergruppenführer, General der Waffen-SS und der Polizei sowie Inspekteur der Napola (Nationalsozialistische Erziehungsanstalten) August Heißmeyer, auf Vermittlung von Fürstin Pauline zu Wied, der Tochter des letzten württembergischen Königs, nach Bebenhausen. Das Ehepaar meldet sich hier am 8. Oktober 1945 als »Heinrich und Maria Stuckenbrock« mit der Berufsbezeichnung »Heimarbeiter« an. Maria Stuckenbrock alias Gertrud Scholtz-Klink wird am 29. Februar 1948 mit ihrem Mann von der französischen Militärpolizei verhaftet und muss sich vor einem französischen Militärgericht in Reutlingen verantworten. Lebt in Bebenhausen bis zu ihrer Übersiedlung in ein Altenheim, in dem sie 1999 stirbt.

Schramm, Albert
(1898-1974)
Praktischer Arzt. Baut 1927 am Jordanhang in Bebenhausen sein »Haus Borgun«. Zusam-

men mit seiner ersten Frau, Hanni, wird er zum Hausarzt praktisch ganz Bebenhausens, die ehemalige Königin Charlotte von Württemberg eingeschlossen. Das Ärztehepaar erlangt durch fachliches Können und besondere Fürsorglichkeit großes Vertrauen bei den Bebenhäusern. Autor von »Der innere Kreis – Aufzeichnungen eines Arztes« (1935). Lebt ab 1927 in Bebenhausen.

Schubart, Clara Maria
(1887–1963)

Zeichnerin und Malerin. Entstammt einer Frankfurter Musikerfamilie. Der Vater ist Dirigent, Gesangslehrer und Komponist, die Mutter Oratoriensängerin. Da die Eltern mit Clara Schumann befreundet sind, erhält die Tochter den Namen Clara. Nach einem Kunststudium wohl in Berlin sind ihre Stationen u. a. Berlin, Darmstadt und Dessau. Zieht 1941 nach Bebenhausen und porträtiert zwischen 1941 und 1956 nahezu 10 % der Dorfbewohner. 1959 Übersiedlung in ein Altenheim, in dem sie am 13. Mai 1963 stirbt.

Seethaler, Friedrich
(1901–1994)

Der gebürtige Elsässer kommt 1922 durch Heirat ins Dorf. Von 1947 bis 1952 einziger Beamter der Verwaltung des Landtags von Württemberg-Hohenzollern in Bebenhausen. 1952 Versetzung zum Landtag von Baden-Württemberg nach Stuttgart, dort Parlamentsrat und Leiter des Parlamentarischen Dienstes bis zu seiner Pensionierung 1967. Bürgermeister der Gemeinde Bebenhausen von 1967 bis zu deren Eingemeindung nach Tübingen 1974, dann Ortsvorsteher bis 1980.

Sieburg, Friedrich
(1893–1964)

Schriftsteller, Literaturkritiker, Journalist. »Ehrenbegleiter« von Marschall Henri Philippe Pétain, Staatschef des unbesetzten Frankreich, von Vichy nach Sigmaringen. Zieht am 14. April 1945 von Sigmaringen nach Bebenhausen, wo er bis März 1947 wohnt.

Sinn, Reinhold
(1890–1976)

Oberlehrer an der Volksschule von 1932 bis 1958 mit kriegsbedingter Unterbrechung von 1941 bis 1944. Organist (bis 1941) und Leiter des Kirchenchors. 1947 Mitbegründer und langjähriger Dirigent des Männerchors. Führt mit seinen Schülern über viele Jahre vor Weihnachten ein Krippenspiel auf, welchem auch Charlotte, die ehemalige Königin von Württemberg, beiwohnt. Löst als Leiter des Volkssturms Lustnau-Bebenhausen diesen im April 1945 in eigener Verantwortung und unter Lebensgefahr auf und wendet somit Schaden von beiden Orten ab.

Springer, Fritz »Fris«
(1912–2008)

Grafiker. Studium an der Kunstgewerbeschule Stuttgart. Erlernt zunächst künstlerischen Glasschliff. Meisterschüler von Wilhelm von Eiff. Stipendiat der Königin Olga Stiftung und der Markel-Stiftung. Nach 1945 Illustrator, Mitbegründer der Künstlergruppe »Ellipse«. Wissenschaftlicher Zeichner am Geologisch-paläontologischen Institut der Universität Tübingen. Nach der durch die Nationalsozialisten erzwungenen Pensionierung des Vaters als Geschäftsführer des Evangelischen Volksbunds für Württemberg zieht die Familie 1938 nach Bebenhausen und wohnt hier bis 1951.

Stieler, Karl August von
(1864–1960)

Jurist, ab 1899 bei der Generaldirektion der Königlich Württembergischen Staatseisenbahnen und 1904 bis 1907 beim Reichs-Eisenbahn-Amt in Berlin tätig. 1899 Heirat mit Elisabeth Beyer, der 1874 in Bebenhausen geborenen Tochter des Baumeisters August von Beyer. Forciert die Elektrifizierung der Hauptstrecken und tritt früh für einen Zusammenschluss der deutschen Eisenbahnen ein. 1907 Rückkehr nach Stuttgart. 1908 bis 1919 Präsident der Königlich Württembergischen Staatseisenbahnen. Unter ihm wird 1914 mit dem Bau des heutigen Stuttgarter Hauptbahnhofs begonnen, nachdem der Architekt, Paul Bonatz, die Wünsche und Vorbehalte von Stielers berücksichtigt hat. Karl von Stieler vermerkt dazu in seinen Erinnerungen: *»Es war mit Rücksicht auf die Besonderheiten des Baustils nicht leicht für uns, die Übertragung der Ausführung den im Wettbewerb siegreichen Architekten Bonatz und Scholer zu beantragen.«* Als Staatssekretär im Reichsverkehrsministerium ab 1919 kann er 1920 einen Staatsvertrag über die »Verreichlichung« der Eisenbahnen abschließen und geht als »Vater der Deutschen Reichsbahn« in die Geschichte ein. Nach seiner Pensionierung 1923 nimmt Karl von Stieler mit seiner Familie seinen ständigen Wohnsitz in seinem bisher als Sommerhaus genutzten »Haus Stieler« in Bebenhausen. Bereits im Ruhestand wird er 1923 in den Verwaltungsrat der

Deutschen Reichsbahngesellschaft berufen und zu deren Vizepräsidenten gewählt. Er übt dieses Amt bis 1934 aus.

Dem Bürgermeister von Bebenhausen, Karl Volle, steht Karl von Stieler mit Rat und Tat zur Seite und unterstützt ihn dabei, das Dorf durch die Wirren des Zweiten Weltkriegs zu führen. Er trägt in dieser schweren Zeit wichtige Entscheidungen für das Dorf mit. Auch leistet er stillschweigend über den Bürgermeister in Not geratenen Familien Hilfe.

Aus Dankbarkeit für sein Wirken im Dorf und für das Dorf wird Karl von Stieler anlässlich seines 90. Geburtstages am 19. März 1954 die Ehrenbürgerwürde der Gemeinde Bebenhausen verliehen. Weitere Ehrungen sind ihm bereits zuteil geworden: die Verleihung des Titels »Staatsrat« (1917), »Ritter des Ordens der Württembergischen Krone« in Verbindung mit dem persönlichen Adel, die Ehrendoktorwürde der Universität Tübingen, die Ehrenbürgerwürde der Technischen Hochschule Stuttgart und das »Große Verdienstkreuz der Bundesrepublik Deutschland am Bande«. 1950 veröffentlicht er seine Erinnerungen in »Aus meinem Leben«.

Tscherning, Friedrich August von
(1819–1900)
Forstmann, Naturwissenschaftler und Historiker, Leiter des Oberforstamts Tübingen bzw. Bebenhausen von 1854 bis 1892. Legt 1841 in Bebenhausen die zweite forstliche Dienstprüfung ab. 1845 Ernennung zum Revierförster in Bebenhausen. Lehrauftrag an der Universität Hohenheim, 1854/55 Übernahme des Oberforstamts Tübingen, das 1857 in Oberforstamt Bebenhausen umbenannt wird. Der Schwerpunkt von Tschernings Wirken liegt im Schönbuch, vor allem in dessen Forstgeschichte. Entdecker der als verloren geglaubten ältesten Schönbuchordnung von 1553. Ihm gelingt es, König Karl von Württemberg für die Wiederherstellung des Klosters Bebenhausen zu gewinnen. Das Wirken von Tschernings findet hohe Anerkennung: Ehrendoktor der staatswissenschaftlichen und naturwissenschaftlichen Fakultäten der Universität Tübingen und Ritter des Ordens der württembergischen Krone, womit der persönliche Adel verbunden ist. Einrichtung einer Stiftung aus seinem Privatvermögen *»zur Unterstützung solcher Söhne hiesiger Bebenhäuser Ortsansässiger durch Lehrgeld und Lehrmittelbeiträge, welche auf Lehrstellen außerhalb Bebenhausens für den Betrieb technischer oder landwirtschaftlicher Gewerbe sich ausbilden wollen ...«*. Zahlreiche Veröffentlichungen, Mitverfasser von »Die Cistercienser-Abtei Bebenhausen« von Eduard Paulus (1886). Im Staatswald nahe der »Kälberstelle« erinnert ein Gedenkstein an ihn und an die »Baierhaus Wohnstätte um 1400«, die von Tscherning hier aufgefunden wurde. Auch erinnert an ihn die 1847 errichtete »Tscherninghütte«, die er im Schönbuch nördlich von Bebenhausen bauen ließ. Das Familiengrab der Familie Tscherning befindet sich auf dem »Herrenfriedhof« am Chorfenster der Klosterkirche.

Vogelmann, Johannes Andreas von
(1768– nach 1855)
Oberförster, Leiter des Oberforstamts Tübingen mit Sitz in Bebenhausen bis 1836. Führt gemeinsam mit einem Vertreter der Regierung ab 1819 Verhandlungen mit den Schönbuchgemeinden über die Ablösung der seit dem Mittelalter bestehenden Waldgerechtigkeiten. Setzt sich in vielfältiger Weise für die verarmten Dorfbewohner ein. Auf seine Initiative hin entsteht 1852 ein *»Verein zur Unterstützung reisender Wanderburschen«* und 1856 richtet er am Todestag seines Forstlehrlings Wilhelm Pfeiffer eine Stiftung ein, um vom Zins dessen Grabstein zu unterhalten. Der restliche Zins *»soll jeweils am Neujahrstag unter Benennung der Stiftung unter die ganze Bebenhäuser Bürgerschaft, jung und alt, vertheilt werden«*. Ritter des Ordens der württembergischen Krone, womit der persönliche Adel verbunden ist. Während an Vogelmanns Nachfolger Widenmann und Tscherning Gedenksteine erinnern, gerät dieser bedeutende Forstmann und Wohltäter des Dorfes nahezu in Vergessenheit.

Volle, Karl
(1892–1960)
Landwirt, Bürgermeister von Bebenhausen von 1939 bis 1960. Führt das Dorf mit großem Geschick durch die Wirren des Zweiten Weltkriegs. Unter ihm wird das Dorf ab 1941 Zufluchtsort für Menschen, die Probleme mit der Obrigkeit haben. Entlassung aufgrund der *»Rechtsordnung zur politischen Säuberung«* vom 28. Mai 1946. Daraufhin Eingabe von nahezu allen erwachsenen Bürgerinnen und Bürgern von Bebenhausen an den Tübinger Landrat Viktor Renner für den Verbleib von Karl Volle als Bürgermeister. Wiederwahl am 15. September 1946 mit 95,3 % der abgegebenen Stimmen. Nimmt 1947 beim Aufbau der Verwaltung des Landtags von Württemberg-Hohenzollern im Schloss Bebenhausen wichtige Aufgaben wahr. Wird 1960 auf einer Dienstfahrt mit seinem Fahrrad auf

Menschen im Dorf

dem Radweg zwischen Tübingen-Lustnau und Bebenhausen von einem Auto erfasst und stirbt an der Unfallstelle.

Waller, Hellmut
(geboren 1924)
Jurist, Leiter der Staatsanwaltschaft Tübingen, später Landgerichtspräsident in Tübingen, 1980 bis 1988 Generalstaatsanwalt in Stuttgart und damit Vorgesetzter der acht Staatsanwaltschaften im württembergischen Landesteil. Organisiert, bereits im Ruhestand, nach Deutschlands Wiedervereinigung 1990/91 maßgeblich die rechtsstaatlich einwandfreie personelle Säuberung der Justiz in Sachsen. Neben dem Beruf als Jurist fesseln ihn aber auch Sprache und Literatur und er widmet sich dem Reiz des literarischen Übersetzens. Überträgt nahezu das gesamte erzählerische Werk des bedeutenden französischen Romanciers Michel Tournier, seines Freundes, ins Deutsche. Bearbeitet die Autobiographie seines Vorfahren Johann Baptist Martin von Arand (1743–1821) »In Vorderösterreichs Amt und Würden«, die 1996 und in einer zweiten Auflage 1999 in der Schriftenreihe »Lebendige Vergangenheit« des Württembergischen Geschichts- und Altertumsvereins erscheint. Erhält 1995 die Verdienstmedaille des Landes Baden-Württemberg. Lebt seit 1954 in Bebenhausen.

Walter, Erika
siehe unter Linck, Ilse

Walther, Luise
(1833–1917)
Geborene von Breitschwerdt. Enkelin des Naturforschers Karl Friedrich von Kielmeyer. Eine der produktivsten Scherenschneiderinnen des 19. Jahrhunderts. Sie porträtiert nicht nur ihren engeren Kreis, sondern, wie die im Schiller-Nationalmuseum in Marbach aufbewahrte Mappe ihrer Schattenrisse zeigt, auch nahezu alle Dorfbewohner Bebenhausens. Von ihr stammen auch drei in Bebenhausen gefertigte Bildnisse Eduard Mörikes, darunter das mit dem großen Schlapphut. Als Stieftochter von Karl Wolff, Rektor des Stuttgarter Katharinenstifts und Altersfreund Mörikes, ist sie Gastgeberin bei dessen zweitem Ferienaufenthalt in Bebenhausen im Jahr 1874.

Weiblen, Johannes
(1861–1935)
Oberlehrer. Tritt 1887 die Lehrerstelle in Bebenhausen an und heiratet im selben Jahr die Tochter des Bebenhäuser Forstwächters Gottfried Schmider. Er ist 41 Jahre lang bis zu seiner Pensionierung Lehrer an der Volksschule Bebenhausen. Wirkt auf vielfältige Weise am kulturellen Leben des Dorfes mit. Er ist Organist an der Schloss- bzw. Klosterkirche und leitet jahrzehntelang den Kirchenchor. Wird 1898 von König Wilhelm II. zum Hofkalligraphen (»Hofschönschreiber«) ernannt und erhält von ihm wegen seiner Verdienste 1912 die Goldene Verdienstmedaille des Friedrichsordens verliehen.

Wetzel, Heinz
(1882–1945)
Architekt, Hochschullehrer, Stadtplaner. Neben Paul Bonatz und Paul Schmitthenner ist Wetzel von 1925 bis 1945 prägender Architekturlehrer für Städtebau und Siedlungswesen an der Technischen Hochschule Stuttgart. Baut 1908 am Jordanhang in Bebenhausen für seinen Vater, einen Tübinger Anwalt, das »Haus Wetzel«. Das Leben und Werk Heinz Wetzels wird 1957 in Tübingen mit der Ausstellung »Heinz Wetzel – Persönlichkeit und Lehrer« gewürdigt, zu deren Eröffnung in Bebenhausen eine Feierstunde mit Paul Schmitthenner stattfindet. Seinen Namen findet man auf einer Gedenktafel der Familie Wetzel auf dem »Herrenfriedhof«.

Widenmann, Wilhelm von
(1798–1844)
Forstmann, Professor der Landwirtschaft und Forstwissenschaft an der Universität Tübingen, Leiter des Oberforstamts Tübingen mit Sitz in Bebenhausen von 1836 bis 1844. Von Widenmann befasst sich mit Fragen, welche weit über seinen unmittelbaren Wirkungskreis hinausgehen. Er versucht, den Unterschied zwischen Forstwirtschaft und Forstwissenschaft herauszustellen. Er weist in Deutschland als Erster auf die »Wohlfahrtswirkungen« und »Infrastrukturleistungen« des Waldes hin. Zahlreiche Veröffentlichungen. 1833 bis 1838 Abgeordneter des Oberamts Tübingen in der Abgeordnetenkammer. 1836 Ritter der württembergischen Krone, womit der persönliche Adel verbunden ist. An ihn erinnert ein Denkmal am »Roten Graben« im Schönbuch, das ihm seine Freunde und Verehrer 1847 setzen. Sein eisernes Grabkreuz hat sich auf dem »Herrenfriedhof« erhalten.

Wolff-Haug, Elisabeth
(1878–1960)
Geborene Haug. In Bebenhausen geborene Tochter des Forstassistenten Gustav Haug. Malerin (Landschaft, Stillleben) und Grafikerin

(Buchillustrationen). Heirat 1911 mit dem Maler Eugen Wolff-Filseck (1873–1937). Tätig in München und Stuttgart.

Württemberg, Charlotte Königin von
(1864–1946)
Geborene Prinzessin von Schaumburg-Lippe. Heiratet 1886 Prinz Wilhelm von Württemberg. Erster Besuch in Bebenhausen am 19. November 1891. Es folgen jährliche Aufenthalte jeweils im Frühjahr und Herbst. Geht hier ungezwungen ihren Interessen nach: Musizieren, Jagen, Reiten, Rad- und Schlittenfahren. Nach der Abdankung König Wilhelms II. am 30. November 1918 als »Herzogin von Württemberg« Bürgerin von Bebenhausen. Nimmt nach dem Tod des ehemaligen Königs mit ihrem Gefolge am 1. Dezember 1921 ihren ständigen Wohnsitz in Bebenhausen. Die bei den Dorfbewohnern außerordentlich beliebte und verehrte Königin nimmt in vielfältiger Weise am Dorfleben teil. Geradezu als Vermächtnis ihres Gatten pflegt sie eine wohltuende Bürgernähe. Noch heute leben im Dorf Bewohner, welche »ihre Königin« in lebhafter Erinnerung haben. Stirbt hier am 16. Juli 1946. An sie erinnert eine Gedenktafel am Neuen Bau des Schlosses.

Württemberg, Karl König von
(1823–1891)
Folgt 1864 seinem Vater, Wilhelm I., auf den Thron. Veranlasst ab 1868 die Restaurierung der Klosteranlage Bebenhausen durch Baumeister August Beyer. 1868 bis 1870 zunächst Einbau von Privatgemächern für ihn und Königin Olga im ehemaligen Herrenhaus. Anschließend Restaurierung der gesamten Klosteranlage und Umgestaltung der Umgebung in eine Parklandschaft. Jährliche Aufenthalte im Frühjahr und Herbst. Lädt 1877 aus Anlass der 400-Jahr-Feier der Universität Tübingen zu einem »Königsfest« ins Kloster, nun Schloss genannt. Stiftet der Gemeinde 1885 aus Anlass der Wiedereinweihung der Klosterkirche nach deren Restaurierung eine Orgel. An ihn erinnert ein Gedenkstein an der Waldhäuser Höhe, den ihm die Dorfbewohner von Bebenhausen zu seinem 25-jährigen Regierungsjubiläum 1889 setzen.

Württemberg, Olga Königin von
(1822–1892)
Geborene Großfürstin von Russland und Tochter von Zar Nikolaus I. Heiratet 1846 Prinz Karl von Württemberg. Ab 1870 jährliche Aufenthalte in Bebenhausen jeweils im Frühjahr und Herbst. Stiftet 1885 zur Wiedereinweihung der Klosterkirche nach deren Restaurierung Paramente und eine weiße Taufsteindecke. An sie erinnert der »Olgahain«, ein Landschaftsgarten am Kirnberg südöstlich von Bebenhausen.

Württemberg, Wilhelm II. König von
(1848–1921)
Übernimmt, noch als Kronprinz, 1886 die Jagd im Staatswald und den angrenzenden Gemeindewäldern um Bebenhausen und lässt 1888 die königliche Jagdhütte am Steingart westlich von Bebenhausen errichten. Ab 1891, nunmehr als König Wilhelm II., regelmäßige Aufenthalte in Bebenhausen jeweils im Frühjahr und Herbst. Veranstaltung von Hofjagden wie der »Kaiserjagd« mit Kaiser Wilhelm II. im November 1893. Während dieses Besuchs des Kaisers wird hier die »Bebenhäuser Konvention« vereinbart. Empfängt in Bebenhausen neben dem Kaiser auch Reichskanzler von Bethmann-Hollweg (1909–1917) und den norwegischen Polarforscher Roald Amundsen.

Förderer der Bebenhäuser Vereine und der Schule. Abdankung am 30. November 1918 während seines Aufenthaltes in Bebenhausen und nun, als »Herzog von Württemberg«, Bürger von Bebenhausen. Stirbt hier am 2. Oktober 1921. An ihn erinnern eine Gedenktafel am Neuen Bau des Schlosses sowie der König-Wilhelm-Stein östlich von Bebenhausen.

Anhang

Das Dorf in Zahlen

Gesamtfläche

1367 ha	davon 1234 ha Staatswald

Gebäude *(ohne Klostergebäude)*

1823	14
1900	31
1945	41
2012	78

Einwohner

1793	226[207]
1811	170[208]
1823	130
1844	180
1867	238
1885	279
1935	233[209]
1950	350
1961	440
1988	375[210]
2012	339

---

[207] mit Klosterschule.
[208] ohne Klosterschule.
[209] ohne Weiler Waldhausen.
[210] davon männlich: 173 (46 %), weiblich: 202 (54 %), mit ausländischem Hintergrund: 18 (4,8 %), Einpersonenhaushalte: 154, Mehrpersonenhaushalte: 106.

Landwirtschaftliche und ackerbürgerliche Betriebe	
1823	14
1907	38
1949	31
1969	13
2012	0

Handwerksbetriebe	
1823	9
1969	7
2012	1

Erwerbstätige	Stand 1970
	137, davon 66,4 % Handel, Verkehr und Dienstleistungen, 12,4 % Landwirtschaft, 21,2 % produzierendes Gewerbe
	Beamte und Angestellte 61,3 %
	Arbeiter 21,1 %
	Selbständige und mithelfende Familienangehörige 17,6 %

Aus- und Einpendler	
1966	81 Auspendler und 80 Einpendler
2012	85 Auspendler und 130 Einpendler (geschätzt)[211]

(211) Infolge der Umstrukturierung der Forstverwaltung, der Erweiterung der Gasthöfe »Zum Hirsch« und »Zum Waldhorn« sowie der Ansiedlung des Silberburg-Verlags (1992) erhöhte sich die Zahl der Einpendler, während die Zahl der Auspendler nahezu gleich geblieben ist.

Quellen- und Literaturverzeichnis

Ortsarchiv Bebenhausen
Stadtarchiv Tübingen
Staatsarchiv Sigmaringen
Hauptstaatsarchiv Stuttgart
Deutsches Literaturarchiv Marbach
Württembergische Landesbibliothek (WLB)
Archiv Schwäbisches Tagblatt
Archiv des Pfarramts Lustnau-Bebenhausen
Archiv der Familie Erbe
Heimatmuseum Winterbach
Commonwealth War Grave Commission

Augustin, Diether: Erinnerungen an Bebenhausen, handschriftlich 2011
Dörner-Lähnemann, Susanne: Meine Erinnerungen an Bebenhausen, handschriftlich 2001
Erbe, Christian Eberhardt: Küferbuch, handschriftlich, um 1792
Essich, Jakob David: Monumenta Bebenhusana, handschriftlich 1744 (WLB Cod. Hist. fol. 316)
Gunzert, Gustav Adolf von: Aufzeichnungen, handschriftlich um 1890
Höslin, Jeremias: Beschreibung des höhren Closters Bebenhaußen, handschriftlich, 1739 (WLB Cod. Hist. 305)
Ludwig, Ilse: Nachlaß und Aufzeichnungen, 1980
Münst, Konrad: Revierchronik 1888/89
Rau, Oskar: Friedrich August von Tscherning Forstmann 1819–1900, Manuskript o. J.
Scholkmann, Barbara: 175 Jahre Bebenhausen als Dorf, Festvortrag, Bebenhausen 1998
Uhl, Hans: Aufzeichnungen, 1945
Walchner, Gertrud: Meine Erinnerungen, handschriftlich 1998
Weiblen, Johannes: Aufzeichnungen 1887 bis 1925, handschriftlich

Almanach der Gruppe 47, 1947–1962, hrsg. von Hans Werner Henze, Hamburg 1962
Bauer, Franz: Jagdschloss Bebenhausen und der Schönbuch, Sonderdruck aus der Deutschen Jäger-Zeitung, Ausg. 15/16 1955
Baumann, Hugo: Vom Hofjagdrevier zum Naturpark: Wald, Erholung und Wildhege im Schönbuch, ein Musterbeispiel für unsere Zeit in: Die Pirsch, Nr. 6/1974
Baumann, Hugo: Erfahrungen mit Gehegen im Wald in: Der Forst- und Holzwirt, Nr. 10/1979
Bechtner: Waldchronik des K. reisigen Försters Bechtner in Weil im Schönbuch in: Bilder, Sagen und Geschichten aus Württemberg, Stuttgart 1860
Beschreibung des Oberamts Tübingen, Stuttgart 1867
Biographie bedeutender Forstmänner aus Baden-Württemberg in: Schriftenreihe der Landesforstverwaltung Baden-Württemberg Bd. 55, Stuttgart 1980
Blunck, Karl: Heinz Wetzel zum Gedenken, Tübingen 1958
Boehringer, Robert: Späte Ernte, Düsseldorf und München 1974
Cabanis, Hertha: Lebendiges Handwerk, Tübingen 1964
Conrad, Joachim: Liturgie als Kunst und Spiel, Die Kirchliche Arbeit Alpirsbach 1933 bis 2003, Münster-Hamburg-London 2003
Decker-Hauff, Hansmartin: Frauen im Hause Württemberg, Leinfelden-Echterdingen 1997
Der Landkreis Tübingen, Amtliche Kreisbeschreibung, Bde. I–III, Tübingen 1967
Ehmer, Hermann: Bildung umsonst – Die Umwandlung württembergischer Klöster in Schulen 1556 in: Schwäbische Heimat 2/2006
Erbe, Elisabetha: Erinnerungen, Privatdruck, Tübingen 2010
Erbe, Pauline Karoline: Erinnerungen, Privatdruck, Tübingen 2010
Eulenburg, Philipp Graf zu: Das Weihnachtsbuch, Stuttgart 1894
Festschrift »Glückwunsch aus Bebenhausen«, Wilhelm Hoffmann zum fünfzigsten Geburtstag, Stuttgart 1951
Fischer, Joachim: Das Klosteramt Bebenhausen nach der Reformation in: Das Zisterzienserkloster Bebenhausen, Tübingen 1995
Fischer, Walter: Der Schreibturm von Bebenhausen – Ein Gefängnis für Waldfrevler in: Schwäbische Heimat 2004/1
Gerhardt, D.: Unser unvergesslicher guter König!, Stuttgart 1933

Gerlach, Stefan: Wunderkind in Bebenhausen. Ein Beitrag zur frühen intellektuellen Entwicklung Schellings in: Der Anfang und das Ende aller Philosophie ist – Freiheit!, Schellings Philosophie in der Sicht neuerer Forschung, Tübingen 2012

Gerok, Karl: Das Königsfest in Bebenhausen, Stuttgart 1877

Graf, Heinrich: Darstellung des alten schwäbischen Klosters Bebenhausen, Tübingen 1828

Graner, Ferdinand: Geschichte der Waldgerechtigkeiten im Schönbuch, Stuttgart 1929

Gwinner, Wilhelm Heinrich von: Die Folgen des Holzdiebstahls oder Pfeiffers Ermordung im Jahr 1822, Bebenhausen 1826

Haug, Hans: Der preußische Gesandte Philipp Graf zu Eulenburg und Bebenhausen in: Mitteilungsblatt für Bebenhausen 7/2003

Haug, Hans: Kurt Georg Kiesinger in Bebenhausen in: Mitteilungsblatt für Bebenhausen 17/2005

Haug, Martha: Meine Erinnerungen, Privatdruck, Bebenhausen 1995

Hiller von Gärtringen, Hans Freiherr von: Jagd in Württemberg im 19. Jahrhundert, Gärtringen 2000

Hockenjos, Fritz: Durch den Schwarzwald auf der Fährte der Hohenheimer Forstkandidaten 1832, Freiburg 1982

Jänichen, Hans: Zur Geschichte des Schönbuchs in: Der Schönbuch, Hrsg. von Hermann Grees, Bühl 1969

Kleemann, Gotthilf: Von ehemaligen Orgeln im Kloster Bebenhausen, Sülchgau 18., 1974

Kirschfeld, Paul: 150 Jahre Waldaufbau im Schönbuch in: Der Schönbuch, hrsg. von Hermann Grees, Bühl 1969

Klüpfel, K. und Eifert, Max: Geschichte und Beschreibung der Universitätsstadt Tübingen, Tübingen 1849

Klunzinger, Karl: Artistische Beschreibung der vormaligen Cistercienser-Abtei Bebenhausen, Stuttgart 1852

Köhler, Mathias: Die Bau- und Kunstgeschichte des ehemaligen Zisterzienserklosters Bebenhausen bei Tübingen, Stuttgart 1995

Köhrer, Alexander: Friedrich Wilhelm Joseph Schelling und Bebenhausen in: Mitteilungsblatt für Bebenhausen 20/2002

Krins, Hubert: Denkmalpflege in Bebenhausen in: Das Zisterzienserkloster Bebenhausen, Tübingen 1995

Lanz, Otto: Der König als Waidmann in: Wilhelm II., Württembergs geliebter Herr, Stuttgart 1928

Leucht, Alfred: Bebenhausen – Vergangenheit und Gegenwart, Tübingen 1978

Maier, Wilhelm: Kampf um den Chinamarkt, Privatdruck, Schanghai 1937

Matthisson, Friedrich von: Das Dianenfest bei Bebenhausen, Zürich 1813

Mörike, Eduard: Bilder aus Bebenhausen, hrsg. von Alfred Kelletat, 2. Auflage, Tübingen 1961

Neuscheler, Eduard: Die Cistercienser-Abtei Bebenhausen, Stuttgart 1877

Ott, Wilfried: Ich bin ein freier Wildbretschütz, Leinfelden-Echterdingen 2000

Ott, Wilfried: Der Jägeratz in Württemberg in: Zeitschrift für württembergische Landesgeschichte 2009

Paulus, Eduard: Cistercienser-Abtei Bebenhausen, Stuttgart 1886

Pesch, Heinrich: Waidwerk und Wild in herzoglicher und königlicher Zeit, Sonderdruck aus: Münsingen – Geschichte, Landschaft, Kultur, Sigmaringen 1982

Rauch, Udo: Schattige Wiesen und öden Waldboden verkauft in: Mitteilungsblatt für Bebenhausen 16/2003

Raulff, Ulrich: Kreis ohne Meister – Stefan Georges Nachleben, München 2009

Richter, Gregor: Der Landtag zu Bebenhausen in: Das Land Württemberg-Hohenzollern 1945–1952, Sigmaringen 1982

Rösener, Werner: Grundzüge der Wirtschaftsgeschichte des Klosters Bebenhausen in: Das Zisterzienserkloster Bebenhausen, Tübingen 1995

Sauer, Paul: Regent mit mildem Zepter, Stuttgart 1999

Sauer, Paul: Württembergs letzter König, Stuttgart 1994

Scholkmann Barbara und Scholkmann Klaus: 800 Jahre Bebenhausen: Das Dorf Bebenhausen – Aus der Geschichte der Gemeinde seit 1823, Ausstellungskatalog, Bebenhausen 1987

Scholkmann, Klaus: Rekonstruktionsversuch der Klosteranlage Bebenhausen um 1534 in: Das Zisterzienserkloster Bebenhausen, Tübingen 1995

Schwitalla, Ursula: Bebenhäuser Dialoge 2001–2010, Bebenhausen 2011

Sedda, Julia: Friedrich von Matthisson und Luise Duttenhofer. Der Dichter und die Scherenschneiderin – eine Freundschaft in: Schwäbische Heimat 1/2012

Setzler, Wilfried: Die Klosterschule Bebenhausen 1556 bis 1807 in: Das Zisterzienserkloster Bebenhausen, Tübingen 1995

Specht, Hans: Der Olgahain in Bebenhausen, Diplomarbeit, Nürtingen 1991

Springer, Walter: Ein Werk, getragen von Menschlichkeit in: Fritz Springer »Fris«, Tübinger Kataloge 2002

Stieler, Karl von: Aus meinem Leben, Privatdruck 1950

Sydow, Jürgen: Die Zisterzienserabtei Bebenhausen, Germania Sacra, Neue Folge 16, Bistum Konstanz 2, Berlin 1984

Sydow, Jürgen: Geschichte der Stadt Tübingen, 1. Teil, Tübingen 1974

Tränkle, Christof: Von der Klosterkirche der Zisterzienser zur evangelischen Gemeindekirche von Bebenhausen in: Mitteilungsblatt für Bebenhausen 11/2005

Uhl, Stefan: Zwei spätmittelalterliche Wirtschaftsgebäude im Hof des Klosters Bebenhausen: Kasernenhof 14 und Kasernenhof 6, 8 in: Südwestdeutsche Beiträge zur historischen Bauforschung, Band 5, Stuttgart 2002

Wagner, Rudolf von: Das württembergische Jagdwesen unter den Herzögen, Stuttgart 1876

Wehling, Hans-Georg: Die Entwicklung des Bürgermeisteramtes in Baden-Württemberg im 19. und 20. Jahrhundert in: Schwäbische Heimat 3/1984 S. 267 ff.

Y, Rainer: Schloß Bebenhausen, München 1987

Zeeb, Werner: Königin Charlotte von Württemberg – Erinnerungen an ihre Beerdigung vor fünfzig Jahren in Ludwigsburg in: Schwäbische Heimat 2/1996 S. 116 ff.

Zeyher, Max: Der Schönbuch, Stuttgart 1938

Ein Dank

Dieses Buch über die Geschichte des Dorfes Bebenhausen hätte ohne die Hilfe vieler nicht geschrieben werden können. Mein Dank gilt vor allem denjenigen, die mir mit Rat und Tat zur Seite standen: Helmut Erbe, Wilfried Ott, Karin Radau, Barbara und Klaus Scholkmann, Elisabeth und Georg Stieler, Christof Tränkle, Isolde Weber, Norbert Wokart und viele andere. Mein Dank geht auch an Manfred Piekarski, der die vielen Bilder und Pläne bearbeitete, die im Buch zu finden sind. Ferner bedanke ich mich dafür, dass ich die genannten Archive nutzen durfte und dort stets willkommen war. Mein besonderer Dank geht hier an Werner König, den ehemaligen Ortsvorsteher von Bebenhausen, der nicht selten seine Freizeit opferte, damit ich meine Recherchen im Ortsarchiv zu Ende bringen konnte. Mein Dank gilt auch den Mitarbeiterinnen und Mitarbeitern des Silberburg-Verlags für die gute Zusammenarbeit.

Bildnachweis

Ludwig Bamberger: Seite 58.
Thorsten Beck: Seite 81.
Hellmuth Günther Dahms: Seiten 80, 128.
Deutsches Literaturarchiv Marbach: Seiten 84, 94 oben links.
Familie Erbe: Seiten 15, 110 rechts.
Evangelische Kirchengemeinde Bebenhausen: Seite 105.
Elsa Baronin von Falkenstein: Seiten 40 links und rechts, 45.
Brigitte Fischer: Seite 30 oben.
Förderverein Naturpark Schönbuch e. V.: Seiten 90, 96.
Foto Gröger: Seite 41 rechts.
Manfred Grohe: Seiten 61 unten, 65.
Gudrun Haidt: Seite 132.
Friedrich Haug: Seiten 83, 92.
Hauptstaatsarchiv Stuttgart: A 474 Bü 30a (Rieckert): Seite 2 und H 107/18 Bd 52 (Kieser): Seiten 8 oben und 12.
Haus der Geschichte (Landtag): Seiten 59, 60 oben und unten.
Haus der Geschichte (Sammlung Metz): Seiten 17, 32, 34 links, 74, 86, 98, 119 rechts, 123 oben, 124, 125, 127.
August und Hanne Heller: Seiten 70, 102, 103, 106, 118 oben und unten rechts, 120.
Alfred Hirrlinger: Seite 36.
Foto Kleinfeldt: Seite 61 oben.
Susanne Lähnemann-Dörner: Seiten 64, 114.
Landratsamt Tübingen, Fachabteilung Forst: Seite 89 unten.
Waltraud Meitz: Seiten 47 unten, 52, 77, 93, 116 unten links.
Christiane Nüsslein-Volhard: Seite 66 oben.
Ortsarchiv Bebenhausen: Seiten 14, 33 links, 51, 88, 110 oben links.
Siegfried Pfeiffer: Seite 44.
Manfred Piekarski: Seiten 18, 23 oben, 27, 63.
Privat: Seiten 25, 108 links.
Karin Radau: Seiten 54, 135 oben links und rechts.
Regierungspräsidium Tübingen, Abteilung Denkmalpflege: Seiten 67, 100 rechts, 115 unten, 116 oben, 118 oben rechts, 126.
Frieder Schad: Seite 26 unten rechts.
Klaus Scholkmann: Seiten 115, 117 oben.
Staatsgalerie Stuttgart: C 1965/404 (Steiner): Seiten 9 (Ausschnitt) und 82, A 32 118 (Keckeisen): Seiten 7 und 20 oben.
Stadtarchiv Tübingen: Seiten 8 unten, 20 unten, 131.
Stadtmuseum Tübingen: Seite 8 unten.
Familie Stieler: Seiten 23 unten links und rechts, 24 links, 26 oben, 46, 79, 122 oben links, 123 unten, 133 oben, 135 unten.
Ursula Stöffler: Seite 101.
Familie Uhl: Seite 47 oben.
Universitätsbibliothek Tübingen, Portraitsammlung: Seite 111.
Universitätsstadt Tübingen, Abteilung Geoinformation und EDV: Seite 66 unten.
Universitätsstadt Tübingen, Abteilung Bauen und Vermessen: Seite 69.
Christa Widmaier: Seite 42.
Wilhelm Prinz zu Wied: Seite 31 oben.
Charlotte Königin von Württemberg: Seite 30 unten.
Württembergische Landesbibliothek (WLB): Cod. hist. fol. 305 und 316: Seiten 13, 116 unten rechts, 119 links.

Alle übrigen Abbildungen stammen aus dem Archiv des Verfassers.

Bei der Fülle des Bildmaterials, das mir zur Verfügung stand, konnten die jeweiligen Inhaber der Bildrechte nicht immer eindeutig ermittelt werden. Sollte das eine oder andere Bild falsch zugeordnet worden sein, so bitte ich um eine entsprechende Benachrichtigung.

Zum Weiterlesen

In Ihrer Buchhandlung

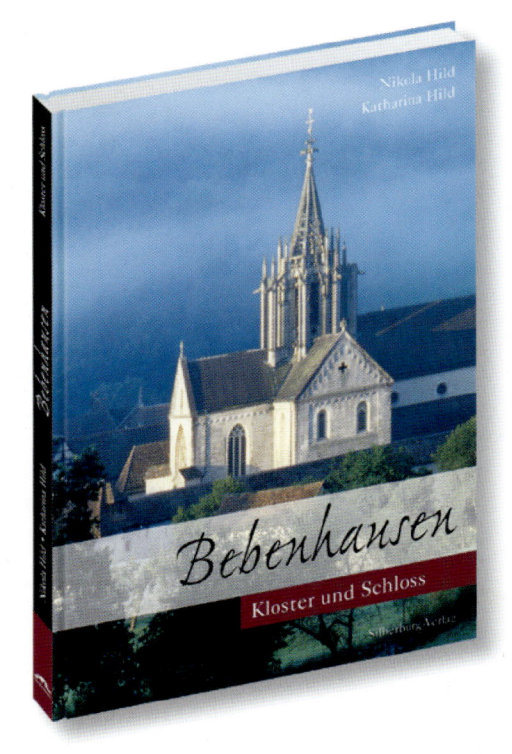

Nikola Hild · Katharina Hild
Bebenhausen
Kloster und Schloss

Bebenhausen im Naturpark Schönbuch kann auf eine über 800-jährige Geschichte zurückblicken. 1183 gegründet, beherbergte das Kloster zunächst Angehörige des Prämonstratenser-Ordens, später dann Zisterziensermönche. Bebenhausen gehörte zu den bedeutendsten Klöstern Württembergs. Die Reformation beendete diese Tradition, die Anlage wurde evangelische Klosterschule. Anfang des 19. Jahrhunderts musste sich Bebenhausen abermals einer grundlegenden Änderung unterziehen. Es wurde nun zum königlichen Jagdschloss umgebaut. Württembergs König Wilhelm II. verbrachte hier nach dem Thronverzicht 1918 seinen Lebensabend. Von 1947 bis 1952 fungierte die Anlage gar als Sitz des Landtags von Württemberg-Hohenzollern.

All dies erzählt das Buch von Nikola und Katharina Hild in ausführlicher Weise. Der Band führt zudem durch die prächtigen und prunkvollen Räume und Säle von Kloster und Schloss Bebenhausen.

128 Seiten, 130 meist farbige Abbildungen, fester Einband. ISBN 978-3-87407-716-3

Silberburg-Verlag
www.silberburg.de